GLOCKEN UND

von

ANDREA FR

CW01507913

Andere Bücher von Andrea Frazer

Kommissar Falconers Mordfälle

Tod eines alten Knackers

Abgewürgt

Tintiger als das Schwert

Pascal Leidenschaft

Mord in The Manse

Musik zum Sterben

Streng und eigenartig

Weihnachtstrauer

Die Grabsteine

Tod in hohen Kreisen

Glashaus

Glocken und Düfte

Schatten und Sünden

Hochzeitsopfer

Falconer Files - Kurze Fälle

Liebe mich zu Tode

Ein Beiwagen namens Ableben

Zu Tode paniert

Giftiger Klatsch

Dazu getrieben

Allerheiligen

Ausgeschrieben

Tod einer Pantomimenkuh

Weitere Bücher

Chor-Chaos

Down and Dirty in der Dordogne

DRAMATIS PERSONAE

Feldman, Rev. Florrie - neue Amtsträgerin in St. Cuthbert's, Ford Hollow

Ian Brown, Mon Repos, Hauptstraße - Kreuzträger

Burton, Albert - Tulpenhäuschen, Drovers Weg - Chorleiter

Davies, Gail und Clive - Pächter des »The Plume of Feathers«, Milchhaus-Gasse

Garfield, Polly - die Alte Bäckerei, Drydens Passage - Reinigungskraft

Hartley, John - Freund von Chelsea Winter

Jell, Joel und Lisa - Glockenblumenhäuschen, Drovers Weg - Stiefvater und Mutter von Chelsea Winter

Monaghan, Rev. Jude - Das Pfarrhaus, Kirchstraße, Carsfold - Leiter des Pfarrteams

Mundy, Marjorie - Augenbrauen, Schweineweg - eine ältere Dame mit Gesundheitsproblemen und scharfem Verstand

Pooley, Yvonne und David - Radhäuschen, Hauptstraße - sie, Chorleiterin und Organistin

Scardifield, Willard und Thea - Wolken, Brachfeldstraße - beide im Chor, er der Ersatzorganist

Slater, Sylvia und Silas - Küsterhäuschen, Schweineweg - er der Weihrauchträger

Sutherland, Elodie - Lizanben, Hauptstraße - eine ältere Junggesellin, die mit ihrer sehr alten Mutter zusammenlebt

Lektorin Winter,

Chelsea - Tochter von Lisa Jell

Polizeistation Market Darley

Kriminalhauptkommissar Harry Falconer

Kriminaloberkommissar »Davey« Carmichael

Kriminalkommissar Chris Roberts

Kriminalkommissar Neil Tomlinson

2

Dienstgruppenleiter Bob Bryant

Polizeimeister Merv Green

Polizeimeister John Proudfoot

Polizeidirektor Derek »Wackelpudding« Chivers

Josie - Bedienung in der Kantine

Vi - Köchin in der Kantine

Mitarbeiter

Dr. Philip Christmas - Rechtsmediziner der Polizei

Dr. Hortense »Honey« Dubois - Beraterin für psychische Gesundheit

Landbank GmbH

Trevelyan, Cardew - Finanzen und Buchhalter

Grimble, Sheridan - Architekt

Smallwood, Xavier - Gutachter und Erschließung neuer Grundstücke

Aylesford, Sigmund - Verkauf und Verhandlungen

Andere

Greenslade, Michael - Leiter der Planungsbehörde

Carstairs, Kenneth - ein Mitglied des Planungsausschusses

Dibley, Victor - ein Mitglied des Planungsausschusses

PROLOG

Ford Hollow war weder ein besonders hübsches Dorf noch von nennenswerter Größe. Tatsächlich wäre es ohne die Anwesenheit der St. Cuthbert's Kirche nur ein Weiler gewesen.

In der Vergangenheit waren seine wenigen Einwohner auf die örtlichen Bauernhöfe angewiesen, um den Männern landwirtschaftliche Arbeit zu verschaffen, und das war damals in Ordnung. Jetzt hatte sich der kleine Bach, der eine Ecke des Flusses Darle abschnitt, ausgebreitet, begünstigt durch das feuchtere Wetter, und das ohnehin schon sumpfige Land am Südende des dortigen Bauernhofs für die Vieh- und Feldwirtschaft völlig unmöglich gemacht. Der Hof ging zugrunde, und schließlich zogen der Bauer und seine Familie weg.

Lange danach gelang es dem Bauern, inzwischen ein alter Mann, das Grundstück an ein Unternehmen namens Landbank Ltd zu verkaufen, das es wiederum in winzigen Parzellen an Investoren weiterverkaufte, in der Hoffnung, dass es eines Tages, obwohl als landwirtschaftliche Fläche ausgewiesen, zu Bauland werden könnte, da der Wohnungsmangel immer drückender wurde.

Es gab zwei Treffpunkte im Dorf: die bereits erwähnte Kirche war der eine, der andere war das einzige Gasthaus, The Plume of Feathers. Beide zogen eine starke und treue Kundschaft an, und die Kirche hatte außerdem eine Mutter-Kind-Gruppe, einen Zweig der Müttervereinigung, viel Gerangel um Plätze auf den Putz- und Blumendienstplänen, einen Chor und eine Brownie-Gruppe.

The Plume of Feathers hatte ein Team begeisterter Dartspieler, eine Fünfer-Fußballmannschaft und eine Cribbage-Gruppe und war an den meisten Abenden der Woche gut besucht.

Die einzigen Einzelhandelsgeschäfte waren eine schäbige Neubebauung aus den frühen Sechzigern mit drei Reihenhäusern, die einen Gemischtwarenladen, eine Post und einen Obst- und

Gemüsehändler beherbergten, der versuchte, seinen Laden so weit wie möglich mit Waren von den örtlichen Kleingärten und Kleinbauern aus der näheren Umgebung zu bestücken.

Die übrigen Gebäude im Dorf, alle Wohnhäuser bis auf die Kirche und den Pub, waren ein Sammelsurium aus verschiedenen Epochen und Stilen. Es gab ein paar ältere Häuser, die noch mit Stroh gedeckt waren, und eine Reihe von Landarbeiterkaten am Drovers Way, die von einem Bauunternehmer aufgekauft worden waren, als sie schon fast verfallen waren. Er hatte sie mit Blick auf den Preis renoviert und dann mit maximalem Gewinn weiterverkauft, eines davon an einen Einheimischen als Investition, der es dann vermietete. Es gab auch einige viktorianische und edwardianische Häuser sowie ein paar Doppelhaushälften aus den Dreißigern. Kein Jahrhundert und kein Jahrzehnt hatte es geschafft, aus Ford Hollow viel zu machen.

Zu Beginn der Geschichte hat Ford Hollow gerade einen neuen Pfarrer für St. Cuthbert's bekommen, der ein neues Mitglied des örtlichen Seelsorgeteams sein wird, das von Pfarrer Monaghan geleitet wird. Dieser wohnt in Carsfold und ist nicht nur für Ford Hollow und Carsfold zuständig, sondern auch für die Dörfer Downland Haven und Coldwater Pryors, die beide derzeit keinen eigenen Pfarrer haben und daher abwechselnd vom Teamleiter selbst betreut werden.

Kapitel Eins

Mittwoch

Pfarrerin Florrie Feldman ließ ihren Blick durch das große, hohe Wohnzimmer mit seinen riesigen Fenstern schweifen - ihr Lieblingsraum in ihrem neuen Zuhause - und lächelte. Es war ihr schwergefallen, Shepford St Bernard zu verlassen, aber es war eine kurze, wenn auch ereignisreiche Zeit für ihre erste Gemeinde gewesen, und sie freute sich auf einen etwas ruhigeren Verlauf in St Cuthbert's.

Was für ein Pfarrhaus, dachte sie. Es musste zu einer Zeit gebaut worden sein, als Pfarrer noch über eigene Mittel verfügten und sich folglich große Familien leisten konnten. Es war jedoch wunderbar, so viel Platz für Treffen und Veranstaltungen zu haben, die sie in Zukunft ausrichten würde. Sie liebte den Raum und würde sich überhaupt nicht verloren fühlen, nur mit ihrer neuen Katze Kelly Finn, einer blauen Burmesin, die ihre Eltern ihr zum Geburtstag geschenkt hatten. Ihr vorheriges Haustier war leider von einem Auto überfahren worden, und sie hatte es schmerzlich vermisst.

Kelly Finn befand sich noch in ihrem Weidenkorb für die Reise, da die Möbel noch nicht eingetroffen waren. Anstatt wie ein fünftes Rad am Wagen herumzustehen, beschloss sie, nachdem sie einen Blick in das ganze Haus geworfen hatte, schnell zur Kirche zu gehen, um zu sehen, ob sie so war, wie sie sie in Erinnerung hatte, als sie nach der Nachricht über ihren Gemeindewechsel einen Besuch incognito gemacht hatte.

Dies war die Idee des Bischofs gewesen, da er erst jetzt zu begreifen schien, dass sie in Shepford St Bernard einige sehr unglückliche Vorfälle erlebt hatte, was ihre erste Gemeinde gewesen war, die sie seit ihrer Ordination allein geleitet hatte.

Während Kelly Finn protestierend in ihrer unerwarteten Gefangenschaft heulte, hüpfte Rev. Florrie fast aus dem Pfarrhaus und den Gartenweg hinunter zu ihrem neuen Arbeitsplatz. St Cuthbert's lag direkt gegenüber am Pig Lane, an der gegenüberliegenden Ecke ihres neuen Zuhauses.

Die Kirche war genauso charmant, wie sie sie in Erinnerung hatte; klein, aber perfekt geformt, und sie hatte einige Buntglasfenster als Beweis für ihr Alter. So viele Kirchen heute hatten ihre Buntglasfenster durch Vandalismus verloren, und viele konnten es sich nur leisten, sie durch einfache Scheiben zu ersetzen. Nicht so hier, und sie betrachtete mit reiner Freude das Farbenmuster, das die Sonne auf dem unebenen Steinboden erzeugte, als sie durch die Fenster strömte.

Die Chorstühle waren klein, passend zu allem anderen, aber sie waren da, prächtig vor dem Altar. Im Altarraum brannte ein Licht, und der schwache Geruch von Weihrauch durchdrang den Ort der Anbetung, ein Überbleibsel vom letzten Gottesdienst, der dort stattgefunden hatte.

Die Sakristei, als sie sie gefunden hatte, war für ihre Bedürfnisse ausreichend, und alles, was sie in dem Gebäude sehen konnte, war peinlich sauber, die Messingteile glänzten und blinkten in den Sonnenstrahlen, die Blumen waren frisch und wunderschön arrangiert. Sie war sich nicht sicher über die Größe der Gemeinde, aber das Gebäude und seine Ausstattung wurden von denen, die die Gottesdienste besuchten, gut geliebt und gepflegt.

Ein zartes Räuspern direkt neben ihrer linken Schulter ließ sie zusammenzucken, und sie drehte sich um, um eine Frau Mitte vierzig hinter sich stehen zu sehen.

»Entschuldigung, wenn ich Sie erschreckt habe. Sind Sie unsere neue Pfarrerin?«

»Schuldig im Sinne der Anklage«, gab Rev. Florrie zu und streckte ihre Hand aus. »Pfarrerin Florence Feldman, aber bitte nennen Sie mich Florrie.«

»Ich bin Polly Garfield aus The Old Bakery in Dryden's Passage, und ich bin gerade gekommen, um zu prüfen, ob das Blumenwasser gewechselt werden muss«, sagte die andere Frau, nahm die dargebotene Hand und schüttelte sie. Sie war eine ziemlich schlanke Frau von durchschnittlicher Größe und hatte schulterlanges hellbraunes Haar. Heute trug sie einen vernünftigen Baumwollrock und ein weißes T-Shirt und sah sehr kühl und gefasst aus.

»Sie sind eine regelmäßige Besucherin, nicht wahr?«

»Ziemlich regelmäßig, und ich bin auch im Mütterverein und meine jüngere Tochter ist bei den Brownies.«

»Also haben Sie beides, ja? Erzählen Sie mir ein bisschen mehr über die Aktivitäten der Kirche.« Rev. Florrie war neugierig darauf, wie viele Aktivitäten es für die Gemeindemitglieder außer den Gottesdiensten gab.

»Nun, wir haben einen Chor, obwohl er nicht sehr groß ist; wir haben Hauskreise, die sich wöchentlich abwechselnd in den Häusern der Leute treffen, es gibt natürlich den Pfarrgemeinderat; es gibt eine Mutter-Kind-Gruppe in der kleinen Halle an drei Vormittagen in der Woche, und wir haben natürlich unseren Turnus von Reinigungskräften und Blumenlieferanten und -arrangeurinnen. Wir treffen uns in der Regel nach den Gottesdiensten hinten in der Kirche zum Kaffee und einem kleinen Plausch.« Polly Garfield strahlte förmlich, nachdem sie diese gute Nachricht überbracht hatte, dass die Kirche lebendig und gesund war und eine gute Anhängerschaft hatte.

»Wir organisieren auch gelegentlich Gemeindeausflüge und Line-Dance-Abende«, fügte sie als Nachgedanken hinzu.

»Das ist eine geschäftige Gemeinde, wenn Sie all das am Laufen haben«, erwiderte die Pfarrerin mit einem antwortenden Lächeln. Polly Garfields Grinsen wurde bei diesem Kompliment so groß, dass es ihr Gesicht fast in zwei Hälften teilte.

»Haben Sie sich schon umgesehen?«, fragte sie.

»Ich habe noch nicht einmal einen Blick auf die Orgel geworfen«, antwortete Florrie.

»Lassen Sie mich Ihnen den Weg zeigen.«

»Oh je!«, rief die neue Pfarrerin aus, als sie das alte und nicht sehr ehrwürdige Instrument betrachtete, nachdem sie es angeschaltet hatte und hier und da ein paar Tasten drückte.

»Oh je, in der Tat«, erwiderte ihre Führerin. »Wir können diesen Ort makellos und gepflegt halten, aber gegen diesen alten Quetschkasten können wir nichts tun außer einer riesigen Rechnung für Reparaturen und Renovierungen oder einem kompletten Austausch.«

»Haben Sie schon einen Spendenaufruf gestartet?«

»Noch nicht.«

»Dann wird es Zeit, dass wir einen starten. Möchten Sie die Leitung übernehmen, Polly? Es bedeutet, dass Sie die gesammelten Gelder aufzeichnen und Veranstaltungen organisieren müssen, und dann alle relevanten Ausgaben, die möglicherweise angefallen sind, herausrechnen müssen.«

Polly Garfield errötete unschön bei der Ehre einer solchen Verantwortung und schüttelte erneut die Hand der neuen Pfarrerin, zu verlegen und überwältigt, um zu sprechen.

»Ich werde einen Flyer über ein Gemeindetreffen in jeden Briefkasten werfen, damit wir uns alle kennenlernen können. Aber ich werde die Leute in den nächsten ein oder zwei Wochen auch zu Hause besuchen, um mich vorzustellen.«

»Das wird gut ankommen«, erwiderte Polly, die sich von ihrer Sprachlosigkeit erholt hatte. »Einige Gemeindemitglieder sind zu alt und gebrechlich, um an den Gottesdiensten teilzunehmen, und sie würden das sehr schätzen. Der alte Vikar pflegte ihnen die Kommunion zu bringen, aber Reverend Monaghan sagt, er habe keine Zeit dafür, weil er so viele andere Gemeinden hat. Er meint, er sei viel zu beschäftigt.«

»Ich werde mir die Zeit nehmen, selbst wenn ich sie mir stricken muss«, erklärte Florrie, und Polly lächelte über den kleinen Scherz.

»Könntest du mir auch etwas Zeit stricken? Ich könnte immer eine extra Stunde hier und da gebrauchen.«

»Wenn ich die Wolle bekomme.«

Polly Garfield entschuldigte sich und ging, um alle Vasen zu überprüfen und festzustellen, ob sie nur aufgefüllt oder komplett mit frischem Wasser versehen werden mussten, während Rev. Florrie wieder nach draußen ging, um zu sehen, ob der Umzugswagen mit all ihren weltlichen Gütern eingetroffen war. Gott bewahre, dass diesem Fahrzeug etwas zustieße.

Rev. Florrie kam zum Pfarrhaus zurück und fand eine Gruppe von Umzugsmännern vor, die mürrisch auf die unbeantwortete und unnachgiebige Haustür starrten. »Tut mir leid, Leute«, rief sie und beschleunigte ihren Schritt. »Ich habe nur einen kurzen Blick in meine neue Kirche geworfen. Ich wollte euch nicht aufhalten. Soll ich den Wasserkocher anstellen? Wenn ich ihn finden kann?«

»Das ist die richtige Einstellung, Hochwürden! Wir haben dafür gesorgt, dass der Wasserkocher und die Tassen ganz hinten im Wagen für den leichten Zugriff gepackt sind, und wenn wir die Teebeutel nicht finden können, haben wir immer einen Vorrat in der Fahrerkabine.« Der Mann, der sie ansprach, war ein kleiner, untersetzter Kerl mit leuchtend karottenrotem Haar und, jetzt, da sie zurückgekehrt war, um sie hereinzulassen, einem Funkeln in den Augen. Er sah aus wie jemand, der normalerweise sehr fröhlich war. »Los, ihr Leute: Packt aus. Je schneller die Arbeit erledigt ist, desto eher könnt ihr eine Zigarettenpause machen.«

Rev. Florrie ging ins Haus und bekam sofort den Wasserkocher und die Tassen gebracht, während ein anderes Teammitglied mit einer Kiste in die Küche kam, die Kaffee, Tee und eine ungeöffnete Flasche Milch enthielt, letztere als Einzugsgeschenk beschrieben. Sie bedankte sich recht hübsch bei ihm, und er wirkte ein wenig schüchtern und antwortete: »Das ist nur etwas, das wir immer tun. Es hilft, den Tee schneller zu uns zu bringen«, schloss er naiv.

»Clevere Idee«, erwiderte sie. »Ich gebe euch Bescheid, wenn der Tee fertig ist.«

Während sie auf den Stufen saßen und ihren Tee tranken, kam eine große Frau, wahrscheinlich Ende fünfzig, sehr aufrecht und streng aussehend, durch das Tor und warf einen missbilligenden Blick auf die Schar von Overall tragenden Männern, die vor der Tür saßen.

»Besuch für Sie, Fräulein«, rief der karottenköpfige Mann, und Rev. Florrie zeigte sich an der Tür.

»Guten Morgen«, rief sie und scheuchte die Männer weg, damit sie dieser abweisenden Frau Einlass gewähren konnte. »Ich bin Rev. Florrie. Wie kann ich Ihnen helfen?«, fragte sie und streckte ihre Hand aus. Davon würde es in naher Zukunft eine Menge geben.

»Elodie Sutherland«, kündigte die ältere Frau an und ergriff Florries Hand mit unnötiger Kraft. »Ich bin nur vorbeigekommen, um mich als Lektorin dieser Gemeinde vorzustellen.«

»Freut mich, Sie kennenzulernen. Möchten Sie hereinkommen und eine Tasse Tee mit mir trinken?«

»Das ist sehr freundlich von Ihnen, Rev. Feldman.« Sie hatte sich also die Mühe gemacht, Florries vollen Namen herauszufinden. »Vielleicht könnte ich Sie über einige der Aktivitäten der Gemeinde und auch über einige der Persönlichkeiten informieren.«

»Und wo wohnen Sie?« Florrie hatte sich Polly Garfields Adresse bereits notiert, sobald sie in ihr neues Zuhause zurückgekehrt war.

»In einem Haus mit dem grässlichen Namen 'Lizanben' in der High Street, mit meiner betagten Mutter. Meine Eltern hießen Elizabeth und Benjamin, wie Sie wahrscheinlich schon erraten haben, und meine Mutter will den Namen nicht ändern lassen, weil sie sagt, er erinnere sie an glücklichere Tage, als mein Vater noch lebte. Ich kann nicht verstehen, warum sie damals glücklicher gewesen sein sollte«, schloss sie.

Ich schon, dachte Florrie, sagte aber kein Wort.

»Ein sehr gewöhnlicher Mann war mein Vater«, fuhr die recht strenge Frau fort. »Wenn meine Mutter hinübergeht, werde ich es natürlich umbenennen. Nun, ich dachte, Sie sollten besser wissen, womit Sie es in dieser Gemeinde zu tun haben.«

Da haben wir's, dachte Rev. Florrie. Sie will die Erste sein, bevor jemand anders etwas über sie sagt.

»Wir haben ein bisschen Ärger mit den Kindern während des Gottesdienstes. Ich weiß nicht, ob Sie es wissen, aber nach der Predigt kommt die Sonntagsschule zur Gemeinde, damit sie zum Altargeländer gehen können, während die Erwachsenen die Kommunion empfangen, und einen Segen bekommen - nur das Auflegen einer Hand auf den Kopf und ein paar gesprochene Worte - nichts Kompliziertes.

Aber sie stören die allgemeine Atmosphäre des Gottesdienstes so sehr. Sie zappeln herum und flüstern und beeinträchtigen die andächtige Stimmung, die der erste Teil des Gottesdienstes aufgebaut hat. Ich habe mich manchmal gefragt, ob es nicht besser wäre, wenn der Vikar zu irgendeinem Zeitpunkt in die Sonntagsschule ginge und sie en masse segnen würde. So müssten sie gar nicht in die Kirche kommen und die Atmosphäre ruinieren. Was meinen Sie?«

Rev. Florrie saß einige Momente schweigend da, dann fasste sie einen Entschluss. »Wenn sie nie während eines Gottesdienstes hereinkommen, wie sollen sie sich dann als Teil der Gemeinde fühlen, geschweige denn lernen, wie man sich während eines Gottesdienstes verhält? Es ist wie mit den Restaurants hier in England. Wir nehmen unsere Kinder nie mit, aus Angst, sie könnten sich daneben benehmen, sodass sie natürlich nicht wissen, wie man sich benimmt, wenn sie älter sind, weil ihnen nie vertraut wurde.

Auf dem Kontinent gehen Kinder von klein auf mit ins Restaurant und lernen daher schon früh den Verhaltenskodex. Persönlich halte ich es für unerlässlich, dass die jüngeren Mitglieder der Gemeinde zumindest in einen Teil des Gottesdienstes einbezogen werden.«

»Hmph!« Elodie Sutherland machte ein missbilligendes Geräusch und durchbohrte die Vikarin mit einem stählernen Blick. »Finden Sie es auch richtig, dass Kinder, die zu jung für die Sonntagsschule sind, mit ihren Eltern kommen und während des ganzen Gottesdienstes quengeln und weinen?«

»Ich denke, eine Spielecke in der Kirche würde das Problem lösen. Wenn es genug Dinge gäbe, mit denen sie sich beschäftigen könnten, wären sie weniger störend und besser erzogen, wenn sie in die Sonntagsschule gehen, und somit auch besser erzogen, wenn sie als deren Mitglieder zum Segen in den Gottesdienst kommen.«

»Sie sind eine ziemlich radikale Geistliche, nicht wahr?«, fragte Miss Sutherland.

»Nicht wirklich, aber ich bin mir der sinkenden Besucherzahlen bewusst und möchte alles in meiner Macht Stehende tun, um die Menschen nicht zu vertreiben. Wenn wir die Eltern verlieren, verlieren wir die Kinder, die die nächste Generation von Kirchgängern sind.«

»Wir müssen wohl unterschiedlicher Meinung bleiben. Nun, zu den anderen Aktivitäten, die in der Vergangenheit organisiert wurden: Ich denke, ich sollte Ihnen sagen, dass es Gemeindepicknicks und Line-Dance-Abende gab, bei denen Alkohol zur Verfügung stand.«

»Was, harter Alkohol?«

»Nicht direkt *hart*, aber Rev. Monaghan hat den Teilnehmern Punsch als Teil des Ticketpreises zur Verfügung gestellt.«

»Damit er keine Lizenz braucht?«

»Genau, aber ich sehe keinen Platz für Alkohol in der Kirche.«

»Was ist mit dem Kommunionswein?«, konterte Florrie mit einem leichten Zucken der Lippen.

»Nun, der ist natürlich kein Wein mehr; er ist das Blut Christi.«

»Für diejenigen, die daran glauben, aber für alle forensischen Zwecke ist es tatsächlich ein alkoholisches Getränk.« Rev. Florrie gab nicht so leicht auf.

»Ich denke, das ist ein bisschen radikal für ein ordiniertes Mitglied des Klerus.« Miss Sutherland auch nicht.

»Ich bin sicher, wir werden all unsere Differenzen schließlich in perfekter Harmonie klären«, murmelte Florrie, in dem Versuch, Öl auf die aufgewühlten Wasser zu gießen.

»In dem Fall sehe ich Sie beim Treffen der Müttervereinigung in der Woche.«

»Sie haben Kinder?«, fragte die Pfarrerin, nun definitiv interessiert.

»Nicht direkt, aber ich wurde vor einigen Jahren zum Ehrenmitglied ernannt«, antwortete Elodie Sutherland mit leichter Röte im Gesicht.

»Wie ungewöhnlich! Nun, kommt Ihre Mutter in die Kirche oder möchten Sie, dass ich ihr die Kommunion nach Hause bringe?«

»Sie fangen damit wieder an, ja?«

»Ganz bestimmt. Alter und Gebrechlichkeit sollten kein Hindernis sein, um voll am christlichen Leben teilzunehmen.«

»Ich würde mir an Ihrer Stelle keine Mühe machen. Sie sagt, wir kommen sowieso alle in die Hölle, und sie hat vor Jahren aufgehört, an solche Dinge zu glauben.«

»Nun, vielleicht könnte ich sie einfach besuchen, um ihr ein wenig Gesellschaft zu leisten.«

»Sie können tun, was Sie möchten. Sie ist eine sehr unkooperative Frau, die manchmal äußerst schwierig sein kann.«

Als sie ihren Besuch hinausbegleitete und sich für all die Informationen – Schmähungen – bedankte, die sie erhalten hatte, beschloss Florrie, dass sie Mrs. Sutherland definitiv zu Hause besuchen würde, und sei es nur, um zu sehen, was das Leben mit einer sehr gehässigen Tochter mit ihr gemacht hatte.

Die Umzugsleute hatten gerade das Hereinbringen ihrer Besitztümer beendet und glücklicherweise alles in die dafür vorgesehenen Räume gestellt, und Rev. Florrie hatte die Tür hinter ihnen geschlossen und sich hingesetzt, um einen Becher Tee zu trinken, als es erneut an der Tür klingelte.

Mit einem Seufzer erhob sie sich und ging zur Tür, wobei sie ein Willkommenslächeln aufsetzte. Auf der Schwelle stand eine leicht rundliche Frau von etwa vierzig Jahren mit einem entschlossenen Funkeln in den Augen. Hoffentlich nicht noch jemand, der mir sagen will, wie ich meinen Job zu machen habe, dachte sie und streckte zur Begrüßung die Hand aus. »Hallo. Und Sie sind?«

»Yvonne Pooley, Organistin und Chorleiterin«, verkündete sie, gab Florries Hand einen abrupten Ruck nach unten und drängte sich ins Pfarrhaus. »Ich bin gekommen, weil ich von Rev. Monaghan beauftragt wurde, einen Terminkalender für Sie zu führen, bis Sie ankommen.

Ich habe hier alles aufgeschrieben«, verkündete sie und überreichte einige Blätter Papier. »Das sind all Ihre Pflichten für den Rest dieses Monats, bis dahin sollten Sie in der Lage sein,

Ihren eigenen Kalender zu führen.«

»Vielen Dank, äh, *Frau* Pooley, richtig?«

»Genau. Mein Mann und ich leben mit unseren zwei Kindern im Wheel Cottage in der High Street, falls Sie Hilfe oder Rat brauchen. Fragen Sie jederzeit.«

»Das ist sehr freundlich von Ihnen. Möchten Sie eine Tasse Tee?«

»Das wäre sehr erfrischend.«

»Becher oder Tasse mit Untertasse?«

»Tasse mit Untertasse. Ich denke, man sollte seinen Beitrag leisten, um Standards aufrechtzuerhalten, finden Sie nicht auch?«, fragte sie, als Florrie schuldbewusst auf ihren eigenen übergroßen Becher auf dem Tisch blickte.

»Oh«, stammelte Florrie, öffnete eine Schranktür und betrachtete den fast leeren Innenraum. »Für einen Moment hatte ich vergessen, dass fast all meine Sachen noch verpackt sind. Ich fürchte, ich habe nur ein paar Becher, die die Umzugsleute aussortiert haben, damit ich ihnen Tassen Tee anbieten konnte. Es tut mir so leid. Wäre ein Becher in Ordnung, nur dieses eine Mal?«

»Ich nehme an, schon«, sagte Mrs. Pooley mit einem überlegenen Schnauben. »Es wird gehen, nur für dieses eine Mal.« Ihr Gesichtsausdruck zeigte deutlich, dass sie effizienter gewesen wäre und eine separate Kiste für Tassen und Untertassen vorbereitet hätte, um Besucher zu bewirten, sobald sie das Haus in Besitz genommen hätte.

»Gut. Lassen Sie uns zur Sache kommen«, fuhr sie herrisch fort. »Ich brauche von Ihnen bis Mittwoch eine Liste mit Hymnen für Sonntag. Die Chorprobe ist freitags um sieben Uhr in der Kirche. Wir erwarten nicht, dass Sie teilnehmen. Die Anthems wähle ich selbst aus und lege sie Ihnen vor, bevor sie gesungen werden.

Wir singen bei Hochzeiten für eine symbolische Bezahlung, die meiner Meinung nach überarbeitet werden muss - derzeit nur etwa ein Pfund pro Chorsänger. Wir machen keine Beerdigungen. Manchmal gibt es Gottesdienste, an denen alle Kirchen des Team Ministry beteiligt sind, und dafür haben wir normalerweise einen gemeinsamen Chor, dessen Proben in Carsfold stattfinden. Auch hier müssen Sie nicht involviert sein.«

»Falls Sie keinen besonderen Wunsch haben, wähle ich normalerweise die Prozessionsmusik und alle anderen Begleitmusiken aus, aber Ihre Meinung wird berücksichtigt. Außerdem habe ich einen Kirchenschlüssel, damit ich jederzeit zum Üben an der Orgel hineingehen kann. Ich erwarte, diesen zu behalten, um den Standard des Spiels aufrechtzuerhalten. Haben Sie irgendwelche Fragen?«

»Nein«, flüsterte Rev. Florrie fast. Frau Pooley wusste, worum es ging, und würde sich von niemandem von ihrem Kurs abbringen lassen, schon gar nicht von so einer aufstrebenden Pfarrerin.

»Dann sehe ich Sie am Sonntag, wenn das alles ist.«

»Vielen Dank für die Informationen, Frau Pooley. Ich werde mir alles notieren, was Sie mir gesagt haben.«

»Sie werden alles in den Notizen finden, die ich für Sie gemacht habe.« Yvonne Pooley erhob sich von ihrem Stuhl, ihre Tasse Tee kaum angerührt, und marschierte zur Haustür, wo sie sich geschickt selbst hinausließ.

Rev. Florrie blieb in ihrem Stuhl sitzen. Das hatte ihr die Meinung gesagt, nicht wahr? Sie würde sich an die aktuelle Praxis halten müssen, oder sie hätte einen echten Krieg an den Händen.

An diesem Tag gab es keine weiteren unangekündigten Besucher, also machte sie sich an einige Auspackarbeiten, bevor sie gegen halb zwölf erschöpft ins Bett schlüpfte, fest entschlossen, am nächsten Tag einige ihrer Gemeindemitglieder zu Hause zu besuchen.

Kapitel Zwei

Donnerstag

Florrie hatte im Voraus von Rev. Monaghan eine kurze Liste mit Namen von Leuten bekommen, die sie treffen sollte, sobald sie eingezogen war, und sie konsultierte diese jetzt. Da Miss Sutherland und Mrs. Pooley bereits vorbeigekommen waren, konnte sie diese ignorieren. Noch auf der Liste standen Silas Slater, der Thuriferar, Ian Brown, der Kreuzträger, Albert Burton, der mit zweiundneunzig das älteste Chormitglied und nominell der Chorleiter war, sowie Marjorie Mundy, die, wie ihre Liste verriet, über alles Bescheid wusste, was in der Gemeinde vor sich ging, und daher eine unschätzbare Informationsquelle war.

Als sie sich ihre Adressen ansah, bemerkte sie, dass zwei von ihnen tatsächlich in der Pig Lane wohnten. Also beschloss sie, zuerst Silas Slater im Vergers Cottage zu besuchen und dann die Straße zu überqueren, um sich Marjorie Mundy in Eyebrows vorzustellen. Danach könnte sie zu Ian Brown ins Mon Repos in der High Street gehen und ihren letzten Besuch bei Albert Burton im Tulip Cottage in der Drovers Way machen. Wenn sie sich beeilte, könnte sie rechtzeitig zum Mittagessen fertig sein.

Silas Slater und seine Frau Sylvia waren beide zu Hause, da sie im Ruhestand waren, und hießen sie herzlich willkommen. Sie boten ihr Tee oder Kaffee an, noch bevor sie in ihrem etwas altmodischen Wohnzimmer Platz nehmen konnte. Sie nahm eine Tasse Kaffee an und lobte den makellosen Zustand ihres Gartens, obwohl sie auf dem Weg hinein nur die Vorderseite des Grundstücks gesehen hatte.

»Das hält uns von Dummheiten ab, Frau Pfarrerin, jetzt wo keiner von uns mehr einer bezahlten Beschäftigung nachgeht«, antwortete Sylvia.

»Und es bereitet uns auch große Freude«, fügte Silas hinzu.

»Wohnen Sie schon lange hier?«, fragte Florrie.

»Vierzig Jahre jetzt, seit wir frisch verheiratet waren«, informierte sie Silas, während Sylvia in die Küche verschwunden war, um Kaffee zu machen.

»Und wie lange sind Sie schon Thuriferar?«

»Etwa zwanzig Jahre. Ich habe die Aufgabe von einem sehr alten Herrn übernommen, der verstorben ist, und der alte Pfarrer fragte mich, ob ich es machen möchte. Ich darf auch die Hostie austeilen.« Er lächelte dabei, als ob er es als eine Ehre empfände.

»Und ist es eine glückliche Gemeinde?«

»Im Großen und Ganzen schon, obwohl es ein paar alte Schachteln gibt, die gerne tratschen und von Zeit zu Zeit Ärger machen. Ich nehme an, wir sind da nichts Besonderes.«

Rev. Florrie erfuhr wenig von dem Paar. Obwohl sie stark in die Gemeindeaktivitäten eingebunden waren, tratschten sie nicht und pflegten kaum sozialen Umgang außerhalb der Gemeinde. Sie hatten keine Kinder und hielten sich sehr für sich, obwohl sie freundlich und einladend waren, und sie fühlte sich in ihrer Gesellschaft wohl.

Ihr nächster Besuch galt einem strohgedeckten Cottage, dessen Dach tatsächlich wie ein Paar Augenbrauen um die beiden oberen Fenster aussah. Es dauerte eine Weile, bis jemand auf ihr Klopfen antwortete, aber sie hörte eine keuchende Stimme rufen, dass sie bald da sein würde.

Marjorie Mundy erwies sich als kleine, ziemlich übergewichtige Frau, die mit zwei Stöcken ging. Ihr Haar war ungekämmt und grau und stand wie ein altersschwacher Heiligenschein von ihrem Kopf ab.

Als die Frau sie begrüßte, blickte die Pfarrerin entsetzt auf ihre linke Brust, aus der eine Vielzahl von Stecknadeln herausragte. »Oh, meine Liebe«, sagte sie besorgt. »Haben Sie sich verletzt?«

Diese Frage wurde mit einem keuchenden Kichern beantwortet, als die alte Dame nach unten schaute, um zu bestätigen, worauf Florrie blickte, und sie grinste sie schelmisch an. »Ich hatte vor Ewigkeiten eine Mastektomie«, erklärte sie. »In meinem Alter kann ich mit einer

Prothese nichts anfangen, also stopfe ich einfach ein paar alte Socken in den Körbchen meines BHs, und ich neige dazu, ihn als Nadelkissen zu benutzen, wenn ich nähe. Tut mir leid, wenn es Sie erschreckt hat, aber ich habe heute Morgen keine Besucher erwartet.«

Beide brachen in Gelächter aus, und Marjorie führte ihren Gast langsam ins Wohnzimmer und bot ihr die unvermeidliche Tasse Tee oder Kaffee an. »Ich verzichte, wenn es Ihnen nichts ausmacht. Ich komme gerade von den Slaters und habe gerade eine Tasse Kaffee getrunken. Ich möchte nicht den ganzen Tag zur Toilette rennen müssen, oder?«

»Das passt mir gut«, erwiderte Marjorie und ließ sich langsam in einen Sessel sinken, neben dem auf einem Tisch ihre Näharbeiten lagen. »Also, Sie sind die neue Pfarrerin, nicht wahr? Sie werden einige Federn aufwirbeln, da bin ich mir sicher.«

»Wieso das?«

»Nun, Sie sind eine Frau, und einige dieser albernen alten Damen mögen es, mit einem männlichen Pfarrer zu flirten. Sie werden sie in ein rechtes Dilemma bringen. Und sie haben sich angewöhnt, den Titel 'Vater' zu verwenden. Seit wir unseren letzten Pfarrer verloren haben, war es 'Vater Monaghan dies, Vater Monaghan das'. Sie werden nicht wissen, was sie mit Ihnen anfangen sollen.«

»Vielleicht gibt es ein paar Lesben in der Gemeinde, die mit mir flirten können«, erwiderte Florrie, ohne nachzudenken, und errötete, als ihr klar wurde, wie ihre flapsige Bemerkung aufgenommen werden könnte, aber Marjorie hatte einen ausgiebigen Lachanfall bei dem Gedanken.

»Vielleicht bringen Sie einige dieser albernen alten Schachteln dazu, sich zu outen«, sagte sie und unterdrückte ein weiteres keuchendes Kichern. »Hatten Sie schon Besucher, seit Sie angekommen sind?«

»Tatsächlich ja - zwei. Eine Frau namens Sutherland und eine andere namens Pooley.«

Dies entlockte ihrer Gastgeberin ein weiteres keuchendes Lachen, und Florrie sah sie fragend an.

»Die Sutherland-Frau ist das perfekte Ebenbild einer Opferjungfrau. Sie war so wütend darüber, nicht als Mann geboren zu sein und daher kein Gemeindepfarrer werden zu können, dass sie Lektorin wurde. Dann begann die Kirche, Frauen zu ordinieren, aber sie musste zu Hause bleiben und sich um ihre gebrechliche Mutter kümmern.

»Sie ist so hochkirchlich, dass sie sogar ab und zu darum bittet, ihre Beichte abzunehmen, obwohl ich nicht weiß, ob sie so erpicht darauf sein wird, einer Frau alles zu beichten. Sie ist so nah dran, katholisch zu sein, dass es kaum einen Unterschied macht, aber sie wird den letzten Schritt nicht machen und konvertieren.

»Sie hat es sogar geschafft, Ehrenmitglied der Müttervereinigung zu werden und hat generell überall in der Gemeinde ihre Finger im Spiel. Alles in allem ist sie eine richtige Neugierige und obendrein eine gehässige Tratschtante. An Ihrer Stelle würde ich mich davor hüten, ihr zu nahe zu kommen.

»Was diese Pooley-Frau angeht, sie hat sich momentan in den Kopf gesetzt, gegen die geplante Bebauung des alten Ackerlands zu protestieren. Aber ich nehme an, du weißt darüber nichts, da du neu hier bist, oder?«

»Ich habe keine Ahnung, wovon du sprichst«, erwiderte Florrie. Sie beschloss, dass diese ältere Dame eine Quelle des Gemeindewissens sein könnte. Außerdem hatte sie Humor und nahm sich selbst nicht zu ernst.

»Der letzte Bauernhof in der Gegend lag am Ende der Pig Lane. Er bewirtschaftete das ganze Land zwischen dort und der Stelle, wo die Straße auf der anderen Seite eine Kurve macht. Sein Land wurde von der Straße geteilt, wo die Furt ist. Es war früher gutes Land, aber in den letzten Jahrzehnten ist der Bach immer sumpfiger geworden, und das umliegende Land wurde durchnässt und ungeeignet zum Anbauen.

»Der letzte Bauer ist vor Jahren weggezogen, weil er es nicht mehr rentabel bewirtschaften konnte. Die Gebäude waren in einem schrecklichen Zustand, weil kein Geld mehr reinkam. Jetzt sind sie verfallen. Er konnte niemanden finden, der es kaufen wollte, also stand es einfach verlassen da.

»Dann kam vor einiger Zeit diese Firma namens Landbank Ltd und kaufte es ihm für'n Appel und 'n Ei ab. Er war überglücklich, überhaupt etwas dafür zu bekommen, da er dachte, er würde es nie loswerden. Aber sie fingen sofort an, es in winzigen Parzellen an leichtgläubige Leute weiterzuverkaufen, die bereit waren, auf bessere Zeiten und knapperes Bauland zu warten. So konnte Landbank einen Antrag auf Nutzungsänderung von Agrarland zu Bauland stellen. Es würde an einen Bauträger verkauft werden, und alle würden ein Vermögen machen.

»Es ist Wahnsinn. Die Häuser wären bei jedem längeren Regenwetter überschwemmungsgefährdet. Jedenfalls bekam unsere Frau Pooley Wind davon und startete eine Petition. Als dann niemand auf sie hören wollte, brachte sie eine kleine Gruppe zusammen, um zum Hauptsitz von Landbank Ltd zu gehen und persönlich zu protestieren.

»Jetzt verbringt sie ihre ganze Freizeit damit, Briefe an Zeitungen und den Premierminister zu schreiben, in denen sie gegen die Überschwemmung des Dorfes mit Neubauten protestiert. Außerdem organisiert sie Treffen, um Strategien zu planen, wie man zukünftige Bauträger behindern kann. Sie ist besessen davon. Hat sie es erwähnt?«

»Nein.«

»Dann hattest du Glück. Sie ist meistens eine Entwicklungs-Nervensäge, und ich gehe ihr aus dem Weg, wann immer ich kann. Gott sei Dank bin ich nicht im Chor. Dieses Land mag zwar weiterverkauft worden sein, aber ich kann mir nicht vorstellen, dass die Gemeinde eine dichte Wohnbebauung darauf genehmigen würde. Es wäre einfach nicht sicher, dort zu leben, wo das Wetter in den letzten paar Jahren so verrückt gespielt hat. Aber ich nehme an, man weiß ja nie, was unter der Hand so alles läuft, oder?«

»Wie ist die aktuelle Situation?«, fragte Florrie, nun neugierig geworden.

»Niemand scheint es zu wissen, nicht einmal die stets nachforschende Frau Pooley. Es ist alles sehr still geworden, also sind vielleicht dunkle Machenschaften im Gange.«

Rev. Florrie wurde sich plötzlich der verstreichenden Zeit bewusst und schaute auf ihre Uhr. Sie rief aus: »Ich muss los. Ich habe noch ein paar Besuche vor dem Mittagessen zu machen, aber es war schön, dich kennenzulernen. Vielleicht könnte ich ein andermal wiederkommen.«

»Das wäre schön, Liebes. Du könntest mir die Kommunion bringen, wenn du möchtest. Ich kann nicht so regelmäßig zur Kirche gehen, wie ich gerne würde, mit meiner Brust und meiner Arthritis.«

»Abgemacht«, stimmte Florrie zu. »Steh nicht auf. Ich finde selbst hinaus.«

Es war nicht weit bis zu Ian Browns Haus in der High Street, aber sie bekam keine Antwort auf ihr Klopfen und Klingeln an der Tür. Andererseits gab es keine Garantie, dass er im Ruhestand war, also war er wahrscheinlich bei der Arbeit. Sie würde ihn an einem Abend oder am Samstag besuchen müssen, denn sie musste sich vor dem Sonntagsgottesdienst vorstellen.

Ihr nächster Besuch führte sie in den Drovers Way, wo es eine Reihe von vier Häuschen gab. Im ersten in der Reihe lebte Albert Burton, zweiundneunzig Jahre alt und immer noch Chorsänger - tatsächlich der Hauptchorsänger, wie man ihr zuverlässig mitgeteilt hatte.

Auf ihr Klopfen öffnete ein ausgezehrter, sehniger alter Mann mit weißen Haarsträhnen auf dem Kopf und verblasst jeansblauer Augenfarbe. Er lächelte sie an, schüttelte ihr etwas zittrig die Hand und bat sie herein. »Möchtest du etwas?«, fragte er mit zittriger Stimme.

»Nein, danke. Ich glaube, Sie sind der Leiter des Chors«, erwiderte Florrie.

»Das stimmt. Setz dich, Mädchen. Ich bin seit meinem dreizehnten Lebensjahr im Kirchenchor, als Mann und Junge, und ich kenne das *English Hymnal* in- und auswendig. Nenn mir eine beliebige Nummer, und ich sage dir, welcher Hymnus es ist.«

»Nummer 386«, sagte sie nach kurzem Zögern, und er nannte ihr nicht nur den Hymnus, sondern auch die Melodie. Sie machten das ein paar Mal, und bei denen, die alternative Melodien hatten, konnte er sich auch daran erinnern. »Das ist erstaunlich«, erklärte sie.

»Nur lange Vertrautheit«, sagte er bescheiden. »Ich kenne jeden Hymnus in diesem Buch, und ich habe mich auch schon fast an dieses neumodische *English Praise* gewöhnt.«

»Ich finde das bemerkenswert.« Rev. Florrie war beeindruckt. »Und welche Stimme singen Sie?«

»Bass«, antwortete er, »aber ich kenne alle Stimmen auswendig«, und plötzlich gab er ihr eine Zeile von »Onward Christian Soldiers« in einer Stimme, die nicht das geringste Anzeichen von Zittern zeigte und überraschend kräftig war.

»Wow!«, sagte sie. »Wie lange wohnen Sie schon hier?«

»Ich hab in Bristol gelebt, als ich ein Bursche war, dann, sobald ich alt genug war, bin ich zur Armee gegangen. Als ich zurückkam, war meine Mutter gestorben, aber mein Vater war hierher gezogen, um in der Nähe seiner Schwester zu sein, also hab ich mich hier niedergelassen.«

»Und sind Sie verheiratet?«

»War ich, aber sie ist vor Jahren verstorben. Hab einen Jungen, aber der ist fast im Ruhestandsalter und lebt nicht in der Gegend. Ich seh ihn etwa vier- oder fünfmal im Jahr.«

Florrie wusste nicht recht, wie sie auf ein so abgenutztes und von Verlusten geprägtes Leben reagieren sollte. »Sie werden wohl bei der Chorprobe dabei sein«, sagte sie, weil ihr keine andere Antwort einfiel.

»Verpasse sie nie«, antwortete Albert mit einem zufriedenen Lächeln.

»Dann gehe ich mal. Schön, Sie kennengelernt zu haben.«

»Wird schön sein, so ein hübsches junges Ding als Pfarrerin zu haben«, erwiderte er und kniff ihr beiläufig in den Hintern, als sie sich zum Gehen wandte.

Frecher alter Sack, dachte sie, als sie etwas verlegen zum Pfarrhaus und ihrem Mittagessen eilte - stell dir vor, von einem zweiundneunzigjährigen Mann begrapscht zu werden. Sie hoffte, er hatte keine Absichten auf ihre Tugend, so wie sie war.

Als sie zum Pfarrhaus zurückkehrte, konsultierte sie die Unterlagen, die Yvonne Pooley ihr gegeben hatte, und stellte fest, dass sie heute Abend eine PCC-Sitzung im Pfarrhaus selbst hatte. Also sagte sie ihre Pläne für die nachmittäglichen Besuche mental ab und beschloss, sich dem Auspacken zu widmen, da es heute Abend Tee, Kaffee und Teller mit Keksen zu verteilen gab und sie außerdem einen sauberen und ordentlichen Raum für die Sitzung brauchte.

Schließlich stand jeder Stuhl, den sie besaß, im riesigen Wohnzimmer, und zahlreiche Tassen und Untertassen waren in der Küche aufgereiht. Punkt sieben Uhr klingelte es an der Tür, und sie dachte: Jetzt geht's los. Zeit, für meine wahrscheinlich größten Kritiker aufzutreten.

Es gab ein paar Entschuldigungen wegen verspäteter Urlaube oder Krankheiten, aber alle Leute, die sie bereits getroffen hatte, waren da, einschließlich Polly Garfield, mit der sie in der Kirche gesprochen hatte, plus ein paar weitere. Ian Brown war unter ihnen, und sie machte einen Punkt daraus, sich ihm vor Beginn der Sitzung vorzustellen und ihm zu sagen, dass sie versucht hatte, ihn zu besuchen, aber er müsse bei der Arbeit gewesen sein – eine Schlussfolgerung, die sie aus seinem Alter zog, das irgendwo in den Dreißigern lag. Sein Haar war jedoch früh ergraut, sodass es schwierig war, sein Alter genauer einzuschätzen.

Er gab zu, in den letzten zwei Jahren Kreuzträger gewesen zu sein und die Rolle kurz vor der Pensionierung des alten Vikars übernommen zu haben. Sie hatten bis jetzt keinen Ersatz gehabt, sodass er nicht jeden Sonntag gebraucht wurde; nur an denen, an denen Rev. Monaghan geruhte, dort einen Gottesdienst abzuhalten.

Willard Scardifield und Clive Davies (der Wirt von The Plume of Feathers, was eine Überraschung war) waren noch unbekanntes Terrain. Clive erzählte Florrie, dass er nur ein Auge auf die einzige andere Unterhaltung in der Stadt habe. »Man muss doch die Konkurrenz im Auge behalten, nicht wahr?«, kommentierte er jovial, während sein bieriger Atem den Kopf der Pfarrerin umwehte.

»Zweifellos«, erwiderte sie und versuchte, sich etwas weiter wegzubewegen.

»Sie müssen mal vorbeikommen und meine Frau kennenlernen. Sie

würde sich freuen, Ihre Bekanntschaft zu machen.«

»Das werde ich auf jeden Fall tun und, äh, die Konkurrenz im Auge behalten, wa?«

»Das ist die richtige Einstellung, Frau Pfarrerin. Das erste Getränk geht aufs Haus.«

»Sehr freundlich.« Dankbar bewegte sie sich weg und näherte sich Willard Scardifield, mit dem sie noch nicht gesprochen hatte.

»Man hat mir gesagt, dass Sie Willard Scardifield sind, aber wir haben uns noch nicht getroffen: Rev. Florrie Feldman. Es tut mir leid, dass ich noch keine Zeit hatte, vorbeizukommen und mich vorzustellen.«

»Machen Sie sich keine Sorgen, Frau Pfarrerin. Wir wissen, dass Sie gerade erst eingezogen sind, also haben meine Frau und ich Sie nicht erwartet. Sie wären aber jederzeit willkommen. Wenn Sie abends vorbeikommen, würden Sie vielleicht gerne ein Glas Wein mit uns teilen?!«

»Das ist sehr freundlich von Ihnen«, antwortete Florrie, der bewusst war, dass auch in seinem Atem bereits Alkohol zu riechen war, wie bei dem Wirt, und sie fragte sich, ob er ein Problem hatte. In seinen Augen war ein Glitzern gewesen, als er den Wein erwähnte, das mehr als nur Begeisterung war; es war eher eine Art Sehnsucht.

Sie übernahm für die ersten fünfzehn Minuten das Wort und gab allen einen kurzen Lebenslauf darüber, wie sie in der Kirche gelandet war und was in ihrer ersten Gemeinde passiert war, worüber sie zweifellos damals in den Zeitungen gelesen hatten. Dann fragte sie, ob es dringende Gemeindeangelegenheiten gäbe, da es eine Weile dauern würde, bis sie sich eingewöhnt hätte.

Als sie das Eingewöhnen erwähnte, fiel ihr plötzlich ihre geliebte Katze Kelly Finn ein, die noch immer in einem der Gästezimmer schmachtete, wo sie eingesperrt worden war, bis Florrie den Umzug abgeschlossen hatte. Seitdem hatte sie nur noch auf Autopilot funktioniert, sie gefüttert, ihr Wasser gegeben und ihr Katzenklo gereinigt. Sie war eine so anspruchslose Katze, dass sie sich nicht einmal beschwert hatte. Sie musste sie wirklich später rauslassen, sonst würde sie denken, sie sei verlassen worden, aber sie hatte in den letzten Tagen keine Zeit gehabt, auch nur an ihr armes Liebling zu denken, so ein Wirbel war das Leben gewesen.

An diesem Punkt schweiften ihre Gedanken ab, da sie über ihre eigene Untreue gegenüber dem armen Tier schockiert war, und sie ließ die Sitzung sich selbst leiten, was sie offensichtlich schon eine Weile tat. Es wurden Entscheidungen getroffen, aber als sie hier und da einen Satz hörte, schienen sie nicht von gemeinde-erschütternden Ausmaßen zu sein, und um acht Uhr schlug sie vor, dass sie eine Erfrischung zu sich nehmen sollten.

Als sie die Küche erreichte, fand sie Polly Garfield bereits dort vor, die Tassen mit Tee und Kaffee füllte, und sie hatte nicht einmal bemerkt, wie sie den Raum verlassen hatte. »Ich weiß, was jeder nimmt«, erklärte sie, »außer Ihnen, also dachte ich, es wäre eine gute Idee, damit anzufangen.«

»Vielen Dank, Polly.«

»Das ist keine Mühe. Es war schön, hier alles fertig vorzufinden.«

»Ich nehme Kaffee. Wenn ich ein paar Tabletts hole, können wir alles zusammen reintragen, wenn wir die Untertassen stapeln und separat austeilen.«

»Gute Idee. Ich kann für die Kekse zurückkommen, wenn jeder ein Getränk hat; gibt Ihnen die Chance, mit den Leuten zu reden.«

Florrie spürte ein Prickeln der Besorgnis ihren Rücken hinunterlaufen bei der Aufmerksamkeit, die sie auf sich ziehen würde, obwohl sie das früher selten gestört hatte, da es zum Job gehörte. Anstatt wie üblich zu zirkulieren, steuerte sie direkt auf Marjorie Mundy zu und unterhielt sich mit ihr, bis Elodie Sutherland die Sitzung wieder zur Ordnung rief; sie behandelten Verschiedenes, dann sprachen sie Gebete, bevor sie ihrer Wege gingen.

Als Rev. Florrie schließlich dem Letzten die Tür schloss, wunderte sie sich über ihre unerwartete zurückhaltende Reaktion. Was auch immer das verursacht haben mochte? Im Moment hatte sie keine Ahnung und hoffte lediglich, dass es nicht wieder passieren würde. Es war nicht gut für das Image.

Kelly Finn kam nervös aus dem Zimmer, in dem sie eingesperrt gewesen war, da sie noch nie zuvor in dem Haus gewesen war, und brauchte etwas Überredung, um die Treppe hinunterzukommen. Sie würde in den nächsten Tagen nervös sein, und Florrie würde es nicht wagen, sie rauszulassen, bevor sie sich an ihre neue Umgebung gewöhnt hatte, falls sie weglaufen und den Weg nicht zurückfinden würde.

Kapitel Drei

Freitag

Am nächsten Morgen sperrte Florrie eine immer noch nervöse Katze in die Küche und ging hinunter zur Furt, von der das Dorf seinen Namen hatte, um sie sich anzusehen.

Ihrer Meinung nach wurde sie, wie Marjorie angedeutet hatte, allmählich zu groß für ihre Verhältnisse und würde bald für alle außer Geländewagen unpassierbar sein. Das könnte ein Problem für den Zugang nach und von Ford Hollow darstellen, und sie fragte sich, ob etwas dagegen unternommen wurde, bevor es zu spät war. Dies war ein typisches Land dafür, von der Seitenlinie aus zuzusehen, wie sich Probleme entwickelten, und sie nicht anzugehen, bevor sie zu viel größeren Kopfschmerzen wurden. Sie würde jemanden fragen müssen.

Am Nachmittag besuchte sie wieder Marjorie Mundy, Frau Sutherland und einige andere, die Hauskommunion angefordert hatten oder früher bekamen. Dabei hatte sie die ganze Zeit im Hinterkopf, dass heute Abend Chorprobe war und sie sich wieder mit der unbezwingbaren und einschüchternden Yvonne Pooley messen und dem Spießrutenlauf von Albert Burtons betagten Fingern aussetzen musste.

Die Chorprobe war für 19 Uhr angesetzt, also kam sie um Viertel vor sieben an, um die Kirche aufzuschließen. Sie musste jedoch feststellen, dass Yvonne Pooley dies bereits für sie erledigt hatte und drinnen die Begleitung für die Sonntagshymnen durchging. Diese waren bereits von Pfarrer Monaghan ausgewählt worden, da er dachte, sie hätte keine Zeit dafür, weil sie erst am Donnerstag eingezogen war, und Frau Pooley gerne bis Mittwoch eine Liste mit den Nummern hatte.

Es dauerte nicht lange, bis die Chormitglieder nach und nach eintrafen, aber es waren nicht viele, und Florrie beschloss, dass sie eine Kampagne zur Anwerbung neuer Mitglieder starten müsste, besonders wenn sie gebeten würden, bei Hochzeiten zu singen. Die Leute wollten heutzutage etwas für ihr Geld bekommen. Sie war jedoch froh zu bemerken, dass ein paar Kinder dabei waren, die vielleicht zur Pfadfindergruppe gehörten, und mindestens ein Teenager. Die Jugend war vertreten.

Als sie ihre Übungen durchgingen, war sie erneut überrascht, wie stark Alberts Gesangsstimme geblieben war, selbst wenn seine Sprechstimme fast zu einem Krächzen geworden war.

Alles lief reibungslos, bis Frau Pooley Notenblätter verteilte und ihnen mitteilte, dass sie eine neue Hymne und das siebenfache Amen einstudieren würden, die sie beim Erntedankfest aufführen sollten, das gar nicht mehr so weit weg war. Daraufhin ertönten Stöhnlaute aus den Chorrängen.

»Seid nicht so negativ«, ermahnte Yvonne sie. »Ich werde mit jeder Stimmlage einzeln üben, damit ihr ein Gefühl dafür bekommt, dann werden wir vorsichtig versuchen, sie zusammenzuführen.« Dies wurde mit noch lauterem Stöhnen quittiert, das sie ignorierte, und sie kehrte zu ihrem Platz an der Orgel zurück. »Wir beginnen mit der Sopranstimme für die Hymne.«

Elodie Sutherland meckerte zusammen mit den anderen Frauen in der hinteren Reihe mit schriller und leicht verstimmter Stimme. Unglücklicherweise gab es aus Gründen der Balance nur einen Alt, und die arme Frau musste ihre Stimme allein singen – obwohl sie ziemlich genau war und offensichtlich Noten lesen konnte; mehr als man von einigen anderen sagen konnte, die es auswendig lernen mussten. Es gab nur den alten Albert, der Bass sang, und zwei ziemlich schwache Tenöre für die tiefere Stimmlage.

Nach einem katastrophalen Versuch, alle Stimmen zusammenzubringen, stieß Yvonne Pooley einen hörbaren Seufzer aus und kündigte an, dass sie das siebenfache Amen versuchen würden, woraufhin Albert zu krächzen begann, dass er es kenne, seit er ein junger Spund gewesen sei.

Mehrere Köpfe drehten sich in seine Richtung und warfen ihm böse Blicke zu. Es schien nichts im kirchenmusikalischen Repertoire zu geben, das er nicht kannte, aber das lag nur daran, dass er schon so lange in der Kirchenmusik tätig war. Tatsächlich hatte Florrie von jemandem erfahren, dass er eine besondere Medaille von der Royal School of Church Music für seinen langjährigen Dienst erhalten hatte, und das konnten nicht viele von sich behaupten.

Schließlich neigte sich die Probe dem Ende zu, und Yvonne eilte von ihrem Platz an der Orgel, um anzukündigen, dass sie nach Hause müsse, um auf einen sehr wichtigen Anruf zu warten, aber später zurückkommen würde, um abzuschließen, wenn das für alle in Ordnung sei. Sie wolle niemanden hetzen und sei gerne bereit, dies zu tun. Es gab ein zustimmendes Gemurmel, und sie schoss wie ein Windhund aus der Falle durch die Tür.

Pfarrerin Florrie ging mit der Mehrheit der anderen, sich sicher, dass Yvonne Pooley dafür sorgen würde, dass alles in Bezug auf die Orgel erledigt und der Ort bei ihrer Rückkehr gesichert sein würde. Kelly Finn war nicht mehr ganz so nervös, als sie ins Pfarrhaus zurückkehrte, und Florrie hatte das Gefühl, dass sie den Rest des Abends für sich selbst haben könnte.

Eine Stunde später konnte man eine einsame Gestalt sehen, die sich auf dem Weg zur Kirche befand. Es war eines der jüngeren Mitglieder des Sopranteils des Chores. Die sechzehnjährige Chelsea Winter hatte ihre neuen Notenblätter liegen lassen und brauchte sie zum Üben zu Hause. Sie war eine derjenigen, die Noten lesen konnten, und sie hatte geplant, ihren Part später am Abend am Keyboard durchzugehen. Irgendjemand musste es richtig machen, um die anderen anzuleiten, und sie hatte beschlossen, angesichts der mangelnden Konkurrenz aus den anderen Mitgliedern der Stimmlage, dass sie das sein würde. Ihre Mutter und ihr Stiefvater waren wie üblich schon gut dabei mit dem Alkohol, und sie brauchte etwas zu tun, da sie keine Gesellschaft waren, wenn sie angetrunken waren, und wahrscheinlich später in den Pub gehen würden.

Die Tür war noch unverschlossen, als sie zurückkam, wofür sie dankbar war. Sie hatte gedacht, dass die alte Pooley vielleicht ihren Anruf gehabt und alles schon abgeschlossen hätte, aber sie konnte unauffällig hineinschlüpfen. Das einzige Licht war das im Altarraum, aber durch die Fenster kam genug Licht herein, sodass sie es nicht für nötig hielt, elektrisches Licht einzuschalten und Aufmerksamkeit auf ihre Anwesenheit zu lenken.

Leise schlich sie den Mittelgang hinauf, ihre Aufmerksamkeit auf die Stelle gerichtet, wo sie gesessen hatte und wo sie den helleren Fleck sehen konnte, der die Notenblätter kennzeichnete, die sie versehentlich dort gelassen hatte. Als sie diese aufhob und sich umdrehte, fiel ihr Blick auf jemanden, der noch auf der Männerseite der Chorstühle saß. Es sah aus wie der alte Albert.

»Hallo, Herr Burton«, rief sie. »Ich bin nur zurückgekommen, weil ich meine Noten nach der Probe vergessen habe.«

Statt der krächzenden Antwort, die sie erwartet hatte, herrschte nur Stille, die immer lauter zu werden schien. Vielleicht war ihm schlecht geworden, dachte sie und ging auf die andere Seite der Chorstühle, um nachzusehen. Er war schließlich uralt.

»Geht es Ihnen gut, Herr Burton?«, fragte sie mit zitternder Stimme. »Sind Sie krank?«, fügte sie hinzu, als die Stille in ihrem Kopf noch lauter widerhallte und ihre Ohren zu summen begannen.

Es schien etwas mit dem Kopf des alten Mannes nicht zu stimmen. Schaute er seitwärts und nach unten? Er sah jedenfalls nicht gut aus. Auch bewegte er sich nicht, als sie sich näherte. Als sie ihn erreichte, streckte sie eine Hand aus, um seine Wange zu berühren, und noch immer blieb er still und regungslos.

Plötzlich verstand sie warum.

Die Fenster im Pfarrhaus standen offen, und da die Kirche direkt nebenan lag, konnte Pfarrerin Florrie ganz schwach den Klang von jemandem hören, der schrie. Sofort stand sie vom Sofa auf und eilte zur Tür hinaus in Richtung Kirche, während das Geräusch immer lauter wurde. Die Tür war noch unverschlossen und drinnen fand sie Chelsea Winter, die vor dem Altar stand und zur Männerseite des Chorgestühls blickte, mit weit geöffnetem Mund und den Kopf in den Händen. Sie sah aus wie auf dem berühmten Gemälde von Edvard Munch, nur mit Ton.

Florrie eilte auf sie zu und schaltete dabei die Lichter ein. Als sie das verstörte Mädchen erreichte, nahm sie es in den Arm und versuchte, es zu beruhigen. Als Antwort hob Chelsea eine Hand und zeigte auf das Chorgestühl, dem sie gegenüberstand. Dort lagen die sterblichen Überreste von Albert Burton, dem 92-jährigen Chorleiter, der nun an einem Ort aus dem Leben geschieden war, an dem er über die Jahre so viel seiner Freizeit verbracht hatte.

Pfarrerin Florrie zog Chelseas willenlosen Körper in die Sakristei und drückte sie auf einen harten Holzstuhl. Das Schreien hatte endlich aufgehört und war einem kläglichen Wimmern gewichen. »Was ist passiert?«, fragte sie und wartete, bis sich das junge Mädchen gefasst hatte.

»Ich hatte meine neuen Noten von der Probe vergessen«, konnte sie schließlich erklären. »Ich schlich mich hinein und fand die Blätter, dann bemerkte ich Herrn Burton. Zuerst dachte ich, ihm sei schlecht geworden. Dann ging ich hinüber, um zu sehen, wie es ihm geht, und fand ...« Sie brach in Schluchzen aus, bevor sie hinzufügte: »Es war sein Kopf. Er war ganz falsch, und ich wusste nicht, was falsch war, aber ich wusste, dass er gestorben war.«

Florrie drückte sie an sich. Sie war so jung, und das musste ein schrecklicher Schock für sie gewesen sein. »Sind deine Eltern zu Hause?«, fragte sie.

»Meine Mutter und mein Stiefvater werden jetzt wahrscheinlich in der Kneipe sein und erst zur Sperrstunde nach Hause kommen, stockbesoffen wie immer«, erzählte ihr das junge Mädchen ohne einen Funken Selbstmitleid. »Das machen sie so.«

Die Pfarrerin dachte über diese unerwartete Information nach und fragte dann: »Kennst du eine Frau namens Frau Mundy?«

»Die alte dicke Dame?«, fragte Chelsea ohne jede Selbstbeherrschung.

»Genau. Sie wohnt in einem Haus namens Eyebrows. Also, ich werde jetzt mit meinem Handy die Polizei anrufen, und dann bringe ich dich dorthin, während ich auf sie warte. Ich rufe auch in der Kneipe an und sage ihnen, dass sie deiner Mutter Bescheid geben sollen, dass du heute Nacht im Pfarrhaus übernachtest, wenn das für dich in Ordnung ist.«

»Danke.« Chelsea war jetzt ruhiger, und diese pragmatische Entscheidung schien ihr zu gefallen. »Das wäre schön.«

»Komm. Ich bin sicher, dieser Tatort wird für ein paar Minuten in Ordnung sein, und ich hole mein Handy auf dem Rückweg. Du wartest einfach bei Frau Mundy, und ich hole dich später ab, aber ich warne dich jetzt schon, ich werde wahrscheinlich die Polizei im Schlepptau haben, die eine Aussage von dir aufnehmen will, also sei darauf vorbereitet.«

Marjorie Mundy war nur zu glücklich, dem Mädchen Zuflucht zu gewähren. Sie wusste, wie ihre Mutter und ihr Stiefvater waren, und lobte im Stillen Florries Entscheidung, das Mädchen die Nacht bei ihr verbringen zu lassen. »Geh du nur und informiere die Polizei. Wir kommen schon klar, bis du zurück bist«, sagte sie und schickte sie auf den Weg.

Florrie brauchte nur so lange, wie es dauerte, ihr Handy zu holen, dann kehrte sie zum Tatort zurück, um die Ordnungskräfte zu informieren. Nachdem sie das getan hatte, begann sie, sowohl ihre eigene als auch die Sakristei des Chors und alle anderen dunklen Ecken in der Nähe zu durchsuchen, um sicherzugehen, dass sich niemand auf dem Gelände versteckte und dass sie wirklich allein mit einer Leiche war.

Im Polizeirevier von Market Darley hatte Kriminalhauptkommissar Falconer den Kürzeren bei der Dienstplaneinteilung gezogen und hatte Freitagabendschicht. Sein Sergeant hatte keinen Dienst, und Kriminalkommissar Roberts war bei einem Einsatz, als die Nachricht durchkam, dass es eine Leiche in der Kirche von Ford Hollow gab. Er bat Bob Bryant, den Sergeant am Empfang, Carmichael zu alarmieren, dass er gebraucht wurde, schnappte sich sein Handy und seine Autoschlüssel und machte sich auf den Weg zum Parkplatz.

Er und sein Sergeant waren nun seit über zwei Jahren Partner, wobei »Davey« Carmichael - mit richtigem Namen Ralph Orsino - nur ein einfacher uniformierter Polizist gewesen war, als sie zum ersten Mal zusammengearbeitet hatten. Carmichael war schnell zur Kriminalpolizei versetzt und dann zum Sergeant befördert worden. Er hatte eine Witwe mit zwei Kindern geheiratet, die er bei ihrem ersten gemeinsamen Fall kennengelernt hatte, und sie hatten ein eigenes Kind, und seine Frau, Kerry, erwartete jetzt Zwillinge. Mit der zusätzlichen Anwesenheit von zwei kleinen Hunden würde ihr Haushalt in der Tat sehr chaotisch werden. Die einzige Kritik, die Harry Falconer an seinem Sergeanten hatte, war dessen beunruhigende Neigung zu seltsamer und wunderlicher Kleidung, eine ständige Quelle der Verlegenheit für den ranghöheren Beamten in der Vergangenheit.

Harry Falconer hingegen war eher ein Einzelgänger. Anfang vierzig und mit einer bereits hinter sich liegenden Armeekarriere lebte er in Market Darley und hatte eine Katze gehabt, als sie zuerst zusammengearbeitet hatten, aber aufgrund eines unerwartet weichen Herzens für die Katzenfamilie hatte er jetzt fünf und hatte sich geschworen, sich nicht mehr dazu überreden zu lassen, weitere aufzunehmen. Er hatte eine Art Freundin in Heather Antrobus, die

Krankenschwester im Krankenhaus von Market Darley war, aber es war nichts Ernstes, und er war entschlossen, es dabei zu belassen. Sie teilten lediglich alle vierzehn Tage eine Mahlzeit in einem kleinen italienischen Restaurant, und es war ihm gelungen, ihren früheren Bitten zu widerstehen, zu ihm nach Hause zu kommen und für ihn sonntags zu kochen. Das Weiteste, was er zugelassen hatte, war, sie manchmal nach dem Essen auf einen Kaffee hereinzulassen.

Als er vor der Kirche in Ford Hollow vorfuhr, war er nicht überrascht, Carmichaels Auto bereits dort geparkt zu sehen, da Castle Farthing, wo der Sergeant wohnte, viel näher an Ford Hollow lag als Market Darley. Der Mann fuhr immer noch den schändlichen alten Skoda, den er besessen hatte, als sie zum ersten Mal Partner wurden, während Falconer einen Boxster hatte, den er schon überlegte gegen etwas Neueres, aber immer noch Sportliches einzutauschen. Schließlich, für wen sollte er sein Geld ausgeben außer für sich selbst? Man lebt nur einmal, also musste man das Beste aus dem machen, was man hatte, oder?

Drinnen, wo jetzt die Lichter brannten, fand er seinen Sergeant in einer Kirchenbank sitzend mit einer Frau in geistlicher Kleidung, und als Carmichael aufstand, war er entsetzt, die Knie des Mannes zu sehen. Trug er etwa Shorts bei einem offiziellen Einsatz?

Nein, nicht Carmichael. Er hatte noch einen draufgesetzt und trug tatsächlich einen topmodischen schwarzen Kilt, wie man ihn unmöglich in Market Darley gesehen haben konnte, geschweige denn in den Dörfern. Falconer dankte dem lieben Gott, dass er nicht auch noch einen Sporran trug, und näherte sich ihm mit einem missbilligenden Gesichtsausdruck, während er sich fragte, warum ihm die Frau bekannt vorkam.

Als er Rev. Florrie vorgestellt wurde, erinnerte er sich sofort, wo sie sich zuvor getroffen hatten, bei einem Fall im Dorf Shepford St Bernard, und fragte sie, ob sie vom Regen in die Traufe gekommen sei, da sie offensichtlich in eine andere Gemeinde versetzt worden war.

»Das sieht ganz danach aus, nicht wahr?«, kommentierte sie. Sie lächelte ihn an und schüttelte ihm die Hand, da sie den Kontakt mit den beiden in der Vergangenheit, so gut es angesichts der Umstände ging, genossen hatte, und sie mochte und respektierte sie. Nun war sie sicher, dass diese Angelegenheit zufriedenstellend geklärt und die richtige Person für ihre Taten bestraft werden würde. Dem alten Albert würde Gerechtigkeit widerfahren. Plötzlich spürte sie, wie ihr Tränen in die Augen stiegen, und sah weg.

»Setzen Sie sich, Rev. Florrie, sammeln Sie sich und erzählen Sie mir dann, was hier passiert ist«, sagte Falconer mit sanfter Stimme. Ohne zu antworten, zeigte sie auf die Chorempore und nahm ein Taschentuch aus ihrer Tasche.

Beide Polizisten blickten in diese Richtung und machten sich auf den Weg zu den Emporen, um nachzusehen. Albert Burton sah friedlich aus, wo er saß, die einzige störende Note war der Winkel seines Kopfes. Es sah für beide so aus, als hätte jemand sein Genick gebrochen. Was für eine bizarre Sache, die in einer Dorfkirche passiert, dachte Falconer, und korrigierte sich dann selbst. Nach seiner Erfahrung in und um die Dörfer konnte und war alles passiert.

Als er zur Vikarin zurückging, die immer noch in einer Kirchenbank saß, fragte er: »Waren Sie es, die ihn so gefunden hat?«

»Nein, es war eines der jüngeren Chormitglieder, das versehentlich ihre neue Noten liegen gelassen hatte. Sie ist erst etwa sechzehn.«

»Wo ist sie jetzt?«

»Sie ist bei einer älteren Nachbarin. Sie sagte mir, dass ihre Mutter und ihr Stiefvater bis zur Sperrstunde in der Kneipe sein würden, da sie regelmäßige Trinker sind, und ich sagte ihr, ich würde in der Kneipe anrufen und den Wirt bitten, ihrer Mutter die Nachricht zu überbringen, dass sie die Nacht im Pfarrhaus verbringen würde - was ich auch sofort tat. Sie schien nicht allzu besorgt zu sein. Ich hoffe, ich habe nichts falsch gemacht.« Sie sah ihn flehend an und fragte sich, ob sie Chelsea in der Kirche hätte behalten sollen, aber das schien zu grausam mit Alberts schnell abkühlendem Körper, der immer noch anwesend war. Es war Mitte September, und die Abendtemperatur sank jetzt schnell.

»Wir hätten es selbst nicht besser machen können«, antwortete Falconer und tätschelte ihre Hand, als sie ihn unsicher ansah.

»Ich habe ihr gesagt, dass ich Sie wahrscheinlich mit zurückbringen würde, um eine Aussage aufzunehmen, also weiß sie, dass sie heute Abend befragt wird.«

»Braves Mädchen. Zumindest haben Sie sie von dem Schrecken weggebracht, den sie empfunden haben muss, als sie die Leiche fand. Warum sind Sie in die Kirche gekommen?«

»Ich konnte ihre Schreie vom Pfarrhaus aus hören. Es liegt nur auf der anderen Straßenseite, also bin ich rüber gerannt, um zu sehen, was um Himmels willen los war, und fand die arme Seele zwischen den beiden Chorgestühlen stehend, genau wie Munchs *Der Schrei*, mit dem Kopf in den Händen. Sie war hysterisch vor Schock, also dachte ich, eine Dosis von Marjorie Mundys sehr pragmatischer Lebenseinstellung wäre genau das, was sie brauchte - jemand Beruhigendes, der nicht zu Überreaktionen neigt.«

»Sie haben genau das Richtige getan. Wenn Sie mich einen Moment entschuldigen, während ich den Transport für Ihren verstorbenen Choristen und ein SOKO-Team anfordere, können Sie uns so viel erzählen, wie Sie wissen.« Damit ging Falconer zum hinteren Teil der Kirche, um seinen Anruf zu tätigen, während Rev. Florrie sich nach Carmichaels Familie erkundigte und erfreut war zu erfahren, dass es im nächsten Frühling zwei neue Zugänge geben würde.

Als er nach ein paar Minuten zu ihnen zurückkehrte, sagte er: »Ich nehme an, er war ein Chorsänger, nach dem Fundort zu urteilen. Habe ich Recht?«

»Er war Chorleiter. Er erzählte mir, als ich zu seinem Haus ging, dass er seit kurz nach dem Krieg hier lebte und seit seinem dreizehnten

Lebensjahr in Kirchenchören war, und er ist ... war zweiundneunzig.« Sie schluckte, als sie ihre Verwendung der Vergangenheitsform erkannte. »Ich kann immer noch nicht glauben, dass er tot ist.«

»Wo hat er gewohnt, Florrie?«

»Im Tulip Cottage in der Drovers Way. Er lebte ganz allein, der arme alte Mann, aber er schien überhaupt nicht niedergeschlagen.«

»Nun, das ist wirklich die richtige Einstellung, oder?«, erklärte Carmichael und zeigte plötzlich eine Reife, die über die von jemandem hinausging, der einen Kilt tragen würde, um eine Kirche zu besuchen. »Es bringt nichts, die ganze Zeit herumzulaufen und unglücklich zu sein. Das heißt nur, sein Leben zu verschwenden.«

»Gut gesagt, Sergeant«, stimmte Falconer zu und lächelte die Vikarin ermutigend an. »Kopf hoch, Hochwürden. Er war ein glücklicher Mann, dass er dieses Alter erreicht hat. Er hätte sein Leben im Krieg verlieren können, wie so viele andere.«

»Das stimmt, aber es ist so unfair, dass jemand einfach diesen Funken Leben und Vitalität ausgelöscht hat, den er hatte. Er liebte einfach seine Kirchenmusik und kannte das *English Hymnal* in- und auswendig. Es gab keine Nummer, die er nicht identifizieren konnte, samt alternativer Melodien.«

»Dann müssen wir einfach hoffen, dass er sich dem himmlischen Chor angeschlossen hat und jetzt mit ihnen singt, nicht wahr«, sagte Carmichael sanft. Er entpuppte sich als wirklich einfühlsamer Polizist, und Falconer erkannte seine passende Bemerkung mit einem Blick der Zustimmung an und machte sich eine geistige Notiz, ernsthaft mit ihm über seinen fehlerhaften Sinn dafür zu sprechen, was es angemessen war, an einem Tatort zu tragen - wieder einmal.

Nachdem sie den Tatort übergeben hatten, gingen sie zu Marjorie Mundys Häuschen und holten Chelsea ab. Sie brachten sie zurück ins Pfarrhaus, um ihre spärliche Aussage aufzunehmen, und ließen sie dann bei Pfarrerin Florrie, damit diese sie trösten und mit einem heißen Getränk ins Bett bringen konnte.

Nachdem sie das Pfarrhaus verlassen hatten, schlug Falconer vor, dass sie im Pub vorbeischauen sollten, um zumindest Chelseas Eltern darüber zu informieren, dass sie wohlauf war. Der »Plume of Feathers« war voller Leben und Lärm, da es Freitagabend war, und sie mussten sich durch die Menge drängen, um die Aufmerksamkeit des Wirtes zu erlangen.

Sie waren an Clive Davies vorbeigekommen, der draußen rauchte, also wussten sie, dass Gail hinter der Theke Dienst hatte. Als sie frei war vom Bedienen, kam sie zu ihnen und fragte, was sie ihnen bringen könne. »Oh, wir möchten nichts trinken«, erklärte Falconer und zeigte ihr seinen Dienstausweis. »Wir würden gerne mit Chelsea Winters Eltern sprechen, falls sie hier sind, was wir vermuten.«

»Da drüben am Kamin«, antwortete Gail. »Ist Chelsea etwas zugestoßen?«, fragte sie besorgt.

»Nichts. Wir müssen nur kurz mit ihnen sprechen.«

»Sie heißen Joel und Lisa Jell. Chelsea hat einen anderen Nachnamen, weil sie aus Lisas erster Ehe stammt«, informierte Gail sie und ersparte ihnen damit eine Minute oder so beim Gespräch mit den Eltern des Mädchens.

Falconer unterbrach, was wie die Anfänge eines Streits aussah. »Entschuldigen Sie, sind Sie Mr. und Mrs. Jell?«

»Was soll's?«, fragte Joel ziemlich aggressiv. Er hatte an diesem Abend schon einiges getrunken und spürte, dass ein Kampf oder zumindest ein Schreiduell bevorstand.

»Mrs. Jell, haben Sie eine Tochter namens Chelsea?«, fuhr der Inspektor fort.

»Oh mein Gott! Was ist mit unserer Chelsea passiert? Ist sie verletzt? Tot? Vergewaltigt?«

»Beruhigen Sie sich, Mrs. Jell. Ihr ist nichts passiert. Ich muss Ihnen nur etwas mitteilen.«

»Was hat sie angestellt? Wenn es um Jungs geht oder sie wieder geklaut hat, ziehe ich ihr das Fell über die Ohren.«

»Mrs. Jell, würden Sie bitte zuhören. Chelsea hat heute Abend etwas ziemlich Aufwühlendes miterlebt, und ich habe sie ins Pfarrhaus gebracht, damit sie dort bleiben kann, da sie etwas unter Schock steht.«

»Sie werden mir mein kleines Mädchen nicht wegnehmen. Ich bin eine gute Mutter. Ich muss nur manchmal aus dem Haus ...« Ihre Augen rollten als Beweis dafür, wie viel Alkohol sie zu sich genommen hatte.

»Niemand versucht, sie Ihnen wegzunehmen. Lassen Sie uns Sie und Ihren Mann nach Hause bringen, und wir werden Ihnen genau erklären, was passiert ist.«

»Aber es ist noch nicht Sperrstunde«, protestierte sie.

»Keine Sorge, Schatz«, knurrte ihr Mann, beugte sich vor und legte einen unsicheren Arm um sie. »Im Kühlschrank steht eine große Flasche Wein, wir werden also nicht verdursten.«

»Na dann ist ja alles in Ordnung«, stimmte sie zu und sah sofort fröhlicher aus.

Das Paar fuhr vom Pub zur Drovers Way in Carmichaels Auto, da Falconer nicht wollte, dass jemand in seinem Boxster erbrach, besonders da er darüber nachdachte, aufzurüsten. Der Geruch von Erbrochenem war die Hölle loszuwerden, und, wie er Carmichael erklärte, als Familienvater hatte er oft kranke oder angeschlagene Kinder in seinem Auto, sodass es keine so große Tragödie wäre, da er wahrscheinlich daran gewöhnt war.

Zurück im Häuschen ging Joel sofort in Richtung der winzigen Küche, um den Wein aus dem Kühlschrank zu holen, und Lisa warf sich der Länge nach auf das Sofa, nachdem sie eine halbe Flasche Wodka aus ihrer geräumigen Handtasche gezogen und einen kräftigen Schluck genommen hatte. »Also, was is' los mit unserer Chelsea?«, verlangte sie zu wissen, wobei ihre Sprache leicht lallend klang.

Carmichael nahm sein Notizbuch heraus und setzte sich auf die Armlehne eines Stuhls in dem winzigen Wohnzimmer, während

Falconer auf dem Stuhl selbst Platz nahm. »Es scheint, dass Ihre Tochter ihre neuen Noten nach der Chorprobe vergessen hat.«

»Flatterhafte kleine Kuh.«

Diese beiläufig beleidigende Bemerkung ignorierend, fuhr Falconer fort: »Als sie zur Kirche zurückkam, hatte sie das Pech, Mr. Albert Burton tot im Chorgestühl vorzufinden.«

»Was? Dieser alte Kirchenfuzzi von nebenan?«

»Wohnt er wirklich dort? Oder besser gesagt, wohnte er?«

»Ja. Ich hoffe, Sie wollen nicht andeuten, dass sein Tod irgendetwas mit unserer Chelsea zu tun hat. Sie würde doch keiner Fliege etwas zuleide tun!«

»Überhaupt nichts, Mrs. Jell, obwohl Mr. Burton ermordet wurde. Sie war so schockiert und aufgewühlt, dass die Pfarrerin sie für die Nacht mit ins Pfarrhaus genommen hat und darum bat, dass Sie informiert werden.«

»Die einmischende Schlampe. Will sie etwa andeuten, dass ich keine gute Mutter bin?«

»Nichts dergleichen. Sie dachte nur, dass Ihre Tochter vielleicht etwas Zeit braucht, um sich zu sammeln. Kennen Sie die Pfarrerin?«, fragte der Inspektor.

»Nicht als solche, obwohl wir gelegentlich sonntags in die Kirche gehen, nicht wahr, Joel?«

»Nicht so oft, und ich hatte gehört, dass es irgendeine neue Pfarrerin gibt«, murmelte ihr Mann aus den Tiefen seines Weinglases. »Sollte nicht erlaubt sein, wenn Sie mich fragen. Der Platz einer Frau ist in der Küche.«

»Aber Ihre Tochter ist Mitglied im Kirchenchor«, sagte Carmichael mit einem leicht fragenden Unterton in seiner Aussage.

»Alles, um anders zu sein als wir«, erwiderte Lisa Jell und kippte ihr volles Glas Wein hinunter. »Sie ist in diesem rebellischen Alter.«

Und macht es verkehrt herum, dachte Falconer, während das unsympathische Paar Wein ihre Kehlen hinuntergoss, als würden sie vor Durst sterben. Normalerweise trinken Teenager zu viel und experimentieren mit Drogen und Sex. Diese hier gerät aus der Bahn, indem sie in die Kirche geht, weil ihre primären Bezugspersonen sich so schlecht benehmen. Er würde sich nach diesen beiden erkundigen müssen.

Mrs. Jell hatte nun den Punkt der Unverständlichkeit erreicht, und Joel, der die letzten Tropfen Wein in sein eigenes Glas goss, fragte die beiden Detektive, ob sie Lisa nach oben helfen könnten, da sie, wenn er es versuchte, wahrscheinlich beide die Treppe hinunterfallen und sich das Genick brechen würden, und Falconer fragte sich, wie oft Chelsea diese Aufgabe wohl schon erledigt hatte. Kein Wunder, dass sie zur Kirche ging. Sie fühlte wahrscheinlich, dass sie alle Hilfe brauchte, die sie von oben bekommen konnte.

Falconer ging rückwärts die Treppe hinauf und hielt ihre Hände, während Carmichael hinter ihr herging, seine Hände an ihrer Taille, um sie zu stützen, falls sie das Gleichgewicht zu verlieren drohte, aber es war keine leichte Aufgabe. Sie war wie ein betrunkener Oktopus – alles Beine – und dazu noch vorlaut.

Schließlich bekamen sie sie auf ihr Bett gesetzt, wo sie zurückfiel und ohnmächtig wurde. Carmichael nahm ihre Beine, mit einem angewiderten Gesichtsausdruck, und hob sie aufs Bett, während Falconer ihr die Schuhe auszog. »Das scheint alles zu sein, was wir heute Abend tun können«, sagte der Inspektor, und sie ließen Joel Jell unten zurück, der den letzten Rest des Weins austrank und leise vor sich hin sang.

»Was für ein Paar. Arme Chelsea«, waren Carmichaels einzige Worte, bevor Falconer ihn zur Rede stellte.

»Was zum Teufel denkst du dir dabei, in Mädchenkleidung zu einem Tatort zu kommen?«, fragte er und bezog sich dabei auf Carmichaels unkonventionelles Tragen eines Kilts. »Als dein Vorgesetzter werde ich das Gespött des Dorfes sein, sobald das die Runde macht.«

»Aber sie sind jetzt absolut der letzte Schrei der Männermode, Sir«, erwiderte Carmichael zu seiner Verteidigung.

»Es ist mir egal, ob sie der letzte Schrei eines Tranchiermessers sind, ich werde nicht zulassen, dass einer meiner Beamten wie eine Frau gekleidet ist, es sei denn, er ist es biologisch. Hörst du mich? Es gibt absolut keinen Präzedenzfall für Männer in der Polizei, die Röcke tragen.«

»Nein, aber es gibt einen ziemlich guten historischen«, parierte der Sergeant.

»Und welcher soll das bitte sein?«

»Jesus trug ein Kleid.«

Das Ende dieses Gesprächs wurde aus Gründen des Anstands nie aufgezeichnet. Sie machten sich auf den Weg zurück zur Kirche, um zu sehen, was Doc Christmas von diesem jüngsten Mord hielt und wie das SOCO-Team bei der Beweisaufnahme vorankam. Der Doktor liebte einen guten Mord wirklich und genoss eine Obduktion so, wie Kinder einen Zoobesuch genossen: als eine echte Leckerei, die es zu savourieren galt.

Kapitel Vier

Samstagmorgen

Beide Detektive erschienen am nächsten Morgen zum Dienst, und Falconer rief den gerichtsmedizinischen Gutachter, Dr. Philip Christmas, gegen zehn Uhr an. Sie wussten, dass er einer Leiche nicht widerstehen konnte und selbst am Jüngsten Tag kommen würde, wenn er dachte, er könnte eine Obduktion durchführen. Und sie hatten Recht.

»Ich hatte noch keine Zeit für den Schnitt und die Naht, aber nach einer vorläufigen Untersuchung würde ich sagen, es ist ziemlich offensichtlich, dass er an einem Genickbruch gestorben ist. Es wäre keine allzu schwierige Aufgabe gewesen. In seinem Alter gäbe es einen gewissen Grad an Knochendegeneration, nach seiner Größe zu urteilen. Todeszeit irgendwann zwischen sieben und zehn gestern Abend. Ich gebe dir Bescheid, wenn ich fertig bin, bevor ich die Sache mit einem schriftlichen Bericht formalisiere, okay?«

»Vielen Dank, Philip«, sagte Falconer mit echter Wertschätzung und beendete das Gespräch. Er wandte sich sofort an Carmichael und fragte: »Wo ist Roberts heute Morgen? Ich dachte, er hätte Dienst.«

»Weiß nicht, Chef. Vielleicht hat er mit jemandem die Schicht getauscht«, antwortete der Sergeant, nicht besonders beunruhigt, da der Kriminalbeamte so oft wegen Krankheit oder Verletzung abwesend war. »Soll ich runter telefonieren und Bob Bryant fragen?«

»Bemüh dich nicht. Ich werde ihm eine Notiz hinterlassen, und wir werden uns zur Leichenhalle schleichen und die Hausschlüssel des alten Mannes abholen. Ich bezweifle, dass sie gestern Abend zur Wache gebracht wurden.

Wir könnten genauso gut zuerst einen Blick in sein Haus werfen, meinst du nicht?«

Bevor sie jedoch das Büro verlassen konnten, klingelte Falconers Telefon, und er nahm ab, um DC Chris Roberts am anderen Ende der

Leitung zu finden. »Wo zum Teufel bist du, Roberts?«, brüllte er. Sie waren nie besonders gut miteinander ausgekommen, da Roberts etwas arbeitsscheu war und meistens entweder mit hochgelegten Füßen auf seinem Schreibtisch die Zeitung las oder draußen auf dem Parkplatz heimlich rauchte, und wenn er keiner dieser beiden Aktivitäten nachging, war er wahrscheinlich krankgeschrieben.

»Ich bin zu Hause, Chef. Ich warte auf die Polizei«, antwortete er mit etwas angespannter Stimme.

»Alles, was du tun musstest, war hierher zu kommen, und hier gibt es jede Menge davon«, kam es recht sarkastisch zurück.

»Ich kann nicht, Chef.« Es folgte eine kurze Stille, dann fuhr Roberts fort: »Die Sache ist die, bei mir wurde eingebrochen, und es gab Vandalismus. Ich warte jetzt darauf, dass jemand kommt und nach Fingerabdrücken sucht und Fotos macht.«

Falconer seufzte resigniert und fragte, was passiert sei. »Ich weiß nicht, ob es gleichzeitig oder getrennt passiert ist, aber ich kam heute Morgen runter, um zu frühstücken, dann ging ich hoch, um zu duschen und mich anzuziehen. Ich hatte eine Katze aus dem Garten verscheucht, als ich zuerst runterkam, und muss vergessen haben, die Hintertür abzuschließen.

Als ich unter der Dusche stand, hörte ich, wie etwas umgeworfen wurde - du weißt ja, wie wenig man über das Geräusch des Wassers hören kann«, - besonders wenn man singt, dachte Roberts still. »Als ich rauskam und mir ein Handtuch umgewickelt hatte, hörte ich, wie die Haustür zugeschlagen wurde, und wer auch immer es war, war weg.«

»Du bist Polizist. Wie konntest du nur so dumm sein, unter die Dusche zu gehen und die Hintertür unverschlossen zu lassen? Hast du in der Ausbildung gar nichts gelernt?«

»Das ist eine sehr ruhige und anständige Gegend, aber ich denke, wer auch immer es war, wusste, was ich beruflich mache. Als ich schließlich einen Blick aus der Haustür werfen konnte, bemerkte ich, dass jemand Graffiti darauf gesprüht hatte. Da stand das Wort 'Schwein' und eine sehr grobe Umrisszeichnung des Tieres. Ob das in den Nachtstunden oder heute Morgen gemacht wurde, habe ich keine Ahnung.«

»Roberts, du bist eine Katastrophe, die nur darauf wartet zu passieren. Du bist kaum zurück, seit du Mumps hattest, und jetzt sitzt du zu Hause fest, nachdem du ausgeraubt wurdest.«

»Ich weiß, Chef, und ich hab's auch satt. Ich fange an zu denken, dass ich mich nicht hätte hierher zurückversetzen lassen sollen oder es zumindest nicht permanent hätte machen sollen.«

Dies rief nur eine Periode des Schweigens hervor, gefolgt von: »Komm rein, wenn du kannst. Wenn wir nicht hier sind, frag entweder Bob Bryant, ob etwas Neues reingekommen ist, oder ruf einen von uns auf unseren Handys an, okay?«

»Alles klar, Boss ... ich meine, Chef.«

Falconers Gesichtsausdruck war sauer vor Missbilligung, als sie das Büro verließen, Carmichael schwieg, da er zumindest den Kern der Tatsache verstanden hatte, dass sie DC Roberts in nächster Zeit nicht sehen würden.

»Kann ich im Auto bleiben, Chef?«, fragte Carmichael, als sie am Leichenschauhaus ankamen. Er hatte einen notorisch schwachen Magen und hatte während ihrer gemeinsamen Arbeitszeit schon oft gekotzt.

»Soll ich dir Chips und ein Softdrink holen?«

»Ach, Chef, mach dich nicht über mich lustig. Ich kann doch nichts dafür, oder?«

»Ich schätze nicht, du großer Softie.«

Als er den Obduktionsraum betrat, war Falconer überrascht, wie unmenschlich der alte Mann aussah. Es war so wenig von ihm übrig, dass er eher wie eine anatomische Figur aus Plastik aussah. Es schien schwer zu glauben, dass dieser Knochensack erst gestern noch herumlief und sogar an der Chorprobe teilgenommen hatte.

Doc Christmas wies ihn darauf hin, wo er die Schlüssel finden konnte, da er diesen Besuch vorausgesehen und sie auf seinem Schreibtisch hinterlassen hatte, und wandte sich wieder dem zu, was er gerade tat, seine Hände tief in der Körperhöhle des Verstorbenen, mit einem Ausdruck stiller beruflicher Zufriedenheit im Gesicht. Er liebte diesen Teil seiner Arbeit wirklich und war seit Beginn ihrer Partnerschaft in die Fälle von Falconer und Carmichael involviert.

Falconer hörte den Pathologen leise pfeifen, als er das Gebäude verließ und zum Auto ging, wo Carmichael wartete. »Hast du sie bekommen?«

»Kein Problem. Also lass uns losfahren und sehen, ob es in seinem Cottage irgendwelche Hinweise auf den Tod des alten Mannes gibt.«

Albert Burtons Haus war tatsächlich direkt neben dem der Jells, stellten sie bei ihrer Ankunft fest, und die Reihenhäuser waren sehr 'bijou'. Albert lebte wahrscheinlich hier, weil er allein war. Vielleicht lebten die Jells hier, weil sie ihr ganzes Geld für Alkohol ausgaben, denn es war allgemein bekannt, dass die Häuser gemietet und nicht Eigentum der Bewohner waren.

Das Innere von Bluebell Cottage war genau so, wie sie es von dem Zuhause eines sehr alten Mannes erwartet hätten, sehr vollgestopft, mit allem alt und fast abgenutzt. Das Einzige, was nicht ehrwürdig alt war, war ein Set von drei gebundenen Gesangbüchern auf dem Sideboard, die sich nach einem schnellen Blick ins Vorsatzblatt als innerhalb der letzten Jahre veröffentlicht herausstellten.

»Er mochte seine Kirchenlieder wohl sehr, nicht wahr, Chef?«, fragte Carmichael, während er Band eins durchblätterte. »Die müssen eine ganze Stange Geld gekostet haben.«

»Diese Bücher müssen ein kleines Vermögen gekostet haben, aber wenn man sich hier umsieht, was hatte der alte Mann sonst noch, wofür er es ausgeben konnte, außer für die einzige verbliebene Leidenschaft in seinem Leben? Da drüben steht ein Bücherregal«, sagte Falconer und zeigte auf die andere Seite des kleinen Raumes, »das ist vollgestopft mit verschiedenen Gesangbüchern, und ein anderes, auf der anderen Seite des Raumes, ist gefüllt mit Büchern über Hymnen und religiöse Chorwerke.«

»Und er wurde hier nicht angegriffen, und sein Haus wurde auch nicht eingebrochen, also konnte er nicht wegen etwas getötet worden sein, das er besaß«, meinte Carmichael, der immer noch das neue Buch in der Hand hielt. »Diese wurden vor ein paar Jahren veröffentlicht, aber es sieht nicht so aus, als wären sie je geöffnet worden.«

Falconer ging in die winzige Küche, schaute in den Mülleimer und unter die Reste von Alberts Tee vom Vorabend, aber es gab nichts von Interesse für sie. »Er hatte wahrscheinlich seit dem Druck dafür gespart. Ich bezweifle, dass er viel Rente hatte, und die Lebenshaltungskosten sind meines Wissens nicht gesunken. Ich denke, das war sein ziemlich neuer Genuss, und ich zweifle nicht daran, dass er den Großteil seiner Wochenenden damit verbrachte, durch seine Schätze zu blättern, auf der Suche nach etwas, das er zum Singen in der Kirche vorschlagen konnte ...« Falconers Stimme wurde schwächer und brach schließlich ab. Wenn Carmichael es für möglich gehalten hätte, hätte er vermutet, dass der Inspektor versuchte, sich vom Weinen abzuhalten.

Es war sicherlich ein ergreifender Gedanke, dass eine so alte Person, die sonst nichts im Leben hatte, ewig gespart hatte, um etwas zu kaufen, das ihre Leidenschaft nährte, und dann ihr Leben ausgelöscht wurde, bevor sie die Chance hatte, wirklich zu untersuchen, worauf sie so lange gewartet und schließlich gekauft hatte, und Carmichael spürte, wie seine eigenen Augen vor Rührung brannten.

»Komm schon«, drängte der Inspektor, der sich wieder gefasst hatte, »wir werden hier nichts finden. Wir lassen die Spurensicherung drüber gehen, und wir machen uns auf den Weg zu Rev. Florrie und fragen sie, mit wem wir ihrer Meinung nach zuerst sprechen sollten.«

Es war nicht weit zum Pfarrhaus, und Florrie war schon auf, hatte gefrühstückt und trug ihre geistliche Kleidung, bevor sie ausging. Als sich die Tür öffnete, begann eine blaugraue Katze, sich um Falconers Knöchel zu winden, und er bückte sich, um sie zu streicheln. »Neues Familienmitglied?«, fragte er.

»Geburtstagsgeschenk von meinen Eltern. Heißt Kelly Finn. Meine alte Katze ... nun, ich möchte nicht darüber reden, also sage ich nur, dass da dieses Auto war, und es hat nicht angehalten.«

»Das tut mir so leid. Ich werde die Sache nicht wieder erwähnen.«

»Kommt rein. Wie geht's dir, Davey?«, fragte sie. Am Vorabend war kaum Zeit für höflichen Smalltalk gewesen.

»Wir erwarten nächstes Jahr Zwillinge«, informierte er sie mit einem breiten, dümmlichen Grinsen im Gesicht.

»Glückwunsch. Ihr werdet ein beschäftigtes Paar sein«, antwortete sie. Er hatte es am Abend zuvor erwähnt, erinnerte sich aber wahrscheinlich nicht daran.

»Ich sehe, Sie tragen Ihre Arbeitskleidung. Stören wir Sie?«, fragte Falconer.

»Überhaupt nicht. Eine Miss Sutherland hat mich gebeten, heute Morgen vorbeizuschauen, aber ich muss erst um elf dort sein, also habe ich Zeit, euch beiden etwas zu trinken zu machen. Tee oder Kaffee?«

Falconer nahm am Küchentisch Platz und erklärte ihnen den Grund ihres Besuchs. »Ich kenne tatsächlich noch nicht so viele Leute, da ich erst am Donnerstag hergezogen bin«, antwortete sie, »aber wenn ich euch zu Marjorie Mundys Haus schicke, denke ich, sie ist der Herzschlag des Dorfes, oder zumindest die Spinne im Zentrum ihres Netzes. Sie kommt nicht viel raus, aber sie hält ihr Ohr am Boden - nicht wörtlich - und jeder scheint sie darüber zu informieren, was los ist.«

Während sie ihren Kaffee tranken, Carmichaels mit seinen üblichen sechs Löffeln Zucker, erzählte sie ihnen von denen, die sie in der Gemeinde kennengelernt hatte. Am Ende ihrer kleinen Rede fragte Carmichael: »Was ist ein Thuriferar? Und was ist ein Kreuzträger?«

Florrie lächelte ihn an und erklärte: »Der Thuriferar ist derjenige, der das Weihrauchfass schwingt. Halt! Ich weiß, du wirst mich fragen, was ein Weihrauchfass ist, und ich werde es dir sagen. Es ist ein metallener Weihrauchbehälter an Ketten. Der Weihrauch wird angezündet, bevor alle am Gottesdienst Beteiligten, wie der Pfarrer und der Chor, den Mittelgang hinunterschreiten. Der Thuriferar schwingt dann das Weihrauchfass und verteilt den Rauch, damit alle ihn riechen können.

»Der Kreuzträger ist viel einfacher zu erklären. An der Spitze der Prozession den Mittelgang hinunter geht ein Mann mit einem großen Messingkreuz auf einem langen Stab. Es ist natürlich das christliche Symbol, und er trägt es allen anderen voran. Am Ende des Gottesdienstes gehen dann alle hinaus, mit dem Kreuzträger an der Spitze, und in der gleichen Reihenfolge, in der sie hineingegangen sind.«

»Verstanden«, sagte Carmichael, nun zufrieden, dass er nicht durch Worte ausgeschlossen wurde, die er nicht verstand, da er ein »Low Church«-Besucher war, wenn er gelegentlich zu Gottesdiensten ging, und Falconer schenkte Florrie ein kleines Lächeln. Sie hatte es erklärt, ohne den Mann wegen seines mangelnden Wissens in Verlegenheit zu bringen, aber wer ging heutzutage überhaupt noch in die Kirche, geschweige denn in die Hochkirche?

»Geht und besucht Mrs. Mundy«, riet sie ihnen, »und denkt an das, was ich über Mr. und Mrs. Jell gesagt habe. Polly Garfield, die Person, die ich bei meinem ersten Besuch in der Kirche getroffen habe, ist eine sehr nette Frau, und ich denke, sie weiß auch, was hier so los ist. Marjorie wird euch ihre Adresse geben.«

Marjorie Mundy war an diesem Morgen immer noch mit Handarbeiten beschäftigt. Als sie Carmichael hineingebracht und ihm ein Glas Wasser gegeben hatten, und Marjorie erklärt hatte, dass es nur ein Paar alte Socken waren, in denen die Nadeln steckten (denn

die Detektive waren demselben busigen Anblick begegnet wie Rev.
Florrie), kam Falconer zur Sache.

»Wir möchten mit Ihnen über die guten Leute dieser Gemeinde
sprechen«, begann er. »Ich verstehe, dass Sie nicht viel raus kommen,
aber dass Sie jeden kennen. Normalerweise würde ich vom Pfarrer eine
Liste von Leuten bekommen, mit denen wir sprechen sollten. Aber
Rev. Feldman ist gerade erst hier angekommen, und sie hat uns
empfohlen, mit Ihnen zu sprechen.«

»Vernünftige Frau, scheint sie zu sein. Mal sehen - ist Ihr junger
Mann übrigens in Ordnung?«

»Er ist jetzt völlig in Ordnung, da er weiß, dass Sie kein
Bodypiercingfan sind«, antwortete der Inspektor, und Carmichael
zeigte den Anflug eines Lächelns.

»Sie könnten mit all den Leuten sprechen, die eine Position in
der Kirche innehaben - dem Thuriferar, dem Kreuzträger und der
Chorleiterin. Haben Sie die Jells kennengelernt: die Eltern des jungen
Mädchens, das die Leiche gefunden hat?«

»Leider ja.«

»Genug gesagt, Inspektor. Nun, ich denke, Sie sollten mit Silvia
und Silas Slater sprechen, denn er ist der Thuriferar - Vergers Cottage,
Pig Lane - tatsächlich gleich neben der Kirche, genau gegenüber von
hier. Gut, lassen Sie mich kurz überlegen, wie man diese Besuche am
logischsten gestaltet.«

Sie dachte einen Moment nach. »Ja, ich hab's. Wenn Sie mit Polly
Garfield sprechen wollen, die eine ziemlich neugierige Frau ist, sie
wohnt in Dryden's Passage in der Alten Bäckerei, dann Yvonne Pooley,
die Chorleiterin. Die nächsten drei bringen Sie zurück zur High Street,
da sie im Wheel Cottage wohnt. Als Nächstes sollte der Kreuzträger,
Ian Brown, in Mon Repos dran sein, dann diese säuerliche Zicke Elodie
Sutherland und ihre vertrocknete alte Stange von einer Mutter.«

»Wenn du dann in die Fallow Fold Road gehst, wohnen Willard
und Thea Scardifield in Clouds. Sie ist in der MU und im Chor, er

ist im Kirchenvorstand und springt als Organist ein, wenn sie einen brauchen. Zuletzt gibt es noch Gail und Clive Davies, die den örtlichen Pub führen. Die sind immer zu Hause. Das sollte fürs Erste reichen, aber zögere nicht zurückzukommen, wenn du weitere Informationen oder Namen brauchst.«

»Hast du das alles, Carmichael?«, fragte Falconer hoffnungsvoll.

»Gerade so, Chef.«

»Geht es Ihnen jetzt besser, junger Mann?«

»Ja, danke, Frau Mundy. Es waren nur all diese Nadeln. Ich konnte nicht glauben, dass jemand wie Sie sich so enthusiastisch dem Bodypiercen hingegeben hätte.«

»Tut mir leid, wenn ich Sie erschreckt habe. Ich denke gar nicht mehr darüber nach, wenn ich nähe. Ich habe das Ding vor etwa dreißig Jahren abgelegt, und es ist zur zweiten Natur geworden. Es hat dem Milchmann einmal wirklich den Magen umgedreht, als wir einen neuen hatten, aber normalerweise denke ich daran, sie rauszunehmen, wenn ich niemanden Bestimmtes erwarte.«

»Machen Sie sich keine Gedanken, Frau Mundy. Kriminalkommissar Carmichael hier geht's jetzt gut, nicht wahr, Sergeant?«

»Mir geht's gut, Chef; alles bestens, Frau Mundy. Wie gesagt, es war nur der Schock«, antwortete er ein wenig beschämt.

»Machen Sie sich keine Sorgen, junger Mann. Wenn Sie wieder herkommen müssen, sind Sie ja vorgewarnt, nicht wahr. In meinem Alter ist mein Gedächtnis nicht mehr das, was es mal war. Wenn Sie wie empfohlen zuerst zu Polly Garfield gehen, biegen Sie am Ende der Pig Lane rechts in die High Street ein, nehmen die erste links, und die Old Bakery ist das zweite Haus rechts. Viel Glück.«

»Vielen Dank, Frau Mundy. Sie waren sehr hilfsbereit«, sagte Falconer zum Abschied. »Und wenn wir Glück haben, sind alle zu Hause, da heute Samstag ist«, fuhr er zu Carmichael fort. »Und wenn sie einkaufen sind oder so, haben wir genug Leute, zu denen wir später zurückkommen können.«

»Und wenn du Lust auf einen Happen Mittagessen hast, könnten wir nach Castle Farthing zurückfahren?«

»Wir könnten auch einen Happen im The Fisherman's Flies essen, und ich könnte kurz rüber zu Kerry gehen.«

»Sei nicht albern. Sie wird sich verletzt fühlen, wenn ich nicht rübergehe«, erwiderte Falconer besorgt. »Schon gut, Sergeant; wir essen im Pub und gehen danach rüber, um eine Tasse Tee bei ihr zu trinken.«

»Ausgezeichnet.« Dieser Plan war für Carmichael völlig akzeptabel. Kerry würde sich keine Umstände machen müssen, da er den Tee zubereiten konnte, und sie würde sich nicht von ihrem Besuch im Dorf ausgeschlossen fühlen, da jemand sie bestimmt sehen und es ihr erzählen würde.

Kapitel Fünf

Immer noch Samstagmorgen

Das Vergers Cottage war nur wenige Schritte entfernt, und die Tür wurde von einer Frau mit grauem Lockenkopf geöffnet, die ein Kleid aus dem trug, was zumindest Carmichael als gutes altmodisches Crimplene erkannte, das ein Favorit seiner Großmutter gewesen war.

»Frau Slater«, begrüßte Falconer sie und fügte hinzu »Kriminalhauptkommissar Falconer und Kriminalkommissar Carmichael von der Kriminalpolizei Market Darley«, als sie ihre Dienstausweise vorzeigten.

»Sie müssen wegen des armen alten Albert hier sein. Was für eine schreckliche Sache das war. Wir können uns nicht vorstellen, wer einem so harmlosen alten Mann so etwas Schreckliches antun würde. Kommen Sie doch herein, trinken Sie eine Tasse Tee und lernen Sie Silas kennen, meinen Mann. Er ist der Thurifer, wissen Sie. Wir sind beide sehr in der Kirche engagiert und waren es schon immer.«

Sie führte sie in ein gemütlich eingerichtetes Wohnzimmer und verschwand in der Küche, wo sie hören konnten, wie sie mit einem Mann mit sehr tiefer Stimme sprach. Während sie darauf warteten, dass sie Tee zubereitete, kam der Besitzer der Stimme herein, um sie zu begrüßen, und er war überhaupt nicht so, wie er geklungen hatte, als er nur eine Stimme war.

Statt eines sehr großen, schlanken Mannes mit gebräunter Haut und einem strahlend weißen Lächeln trat ein kleiner, dicklicher Mann ein, dessen Haar absolut weiß und glatt zurückgekämmt war, offensichtlich mit einer Art Pomade oder Ähnlichem frisiert. Sie standen auf, um ihm die Hand zu schütteln, und er wies sie zurück in ihre Stühle. »Der Tee ist gleich fertig. Sylvia sagt, Sie sind wegen des alten Albert hier. Armer Kerl - hat nie jemandem etwas zuleide getan und hatte immer ein freundliches Wort übrig, wenn man ihm auf der Straße begegnete. Haben Sie schon eine Ahnung, wer dafür verantwortlich ist?«

»Es ist noch zu früh, Herr Slater«, erwiderte Falconer, woraufhin Frau Slater mit einem beladenen Tablett den Raum betrat.

»Nennen Sie uns Sylvia und Silas. Das tun alle anderen auch. Herr und Frau ist heutzutage so förmlich, finden Sie nicht?«

»Einverstanden. Okay, Sylvia, Silas, können Sie sich jemanden vorstellen, der Herrn Burton etwas antun wollte?«

»Niemand würde ihm wehtun wollen«, sagte Sylvia, während sie die Tassen herumreichte, gefolgt von der Zuckerdose.

»Er war in seinen Neunzigern. Was für Ärger könnte ein Mann in dem Alter schon machen?«, fragte Silas. »Und außerdem galt sein einziges Interesse der Kirchenmusik. Das ist wohl kaum ein Thema, über das man bis zum Tod streitet, oder?«

»Waren Sie beide am Freitagabend in der Kirche?«, fragte der Inspektor und beobachtete dabei Carmichael, der versuchte, eine Tasse auf einem Knie zu balancieren, während er auf dem anderen Notizen machte. Es war ziemlich amüsant.

»Nicht nötig«, dröhnte Silas mit seinem *basso profundo*. »Ich bin nur sonntags da, um den Weihrauch zu schwenken. Sylvia geht zu MU-Treffen, aber abgesehen von den Sonntagen ist das alles.«

»Haben Sie Kinder?« Das war keine unangemessene Frage, da Sylvia an Treffen der Müttervereinigung teilnahm, und der Hinweis steckte im Titel dieser Gruppe.

»Nun, eigentlich nicht. Wir haben viele Nichten und Neffen, aber Gott hat uns keine eigenen geschenkt.«

»Und trotzdem gehen Sie zu MU-Treffen?«

»Was? Oh, das. Diese Elodie Sutherland hat es für eine Weile geschafft, sich einzuschleichen, also habe ich gefragt, ob ich auch teilnehmen darf. Immerhin habe ich durch unsere erweiterte Familie etwas Kontakt zu Kindern, nicht wie diese verschrumpelte alte Jungfer.«

»Sylvia!«, rief ihr Mann aus. »War das wirklich nötig?«

»Tut mir leid, Silas, aber sie geht mir wirklich auf die Nerven. Jedenfalls hat sie nach einer Weile aufgehört, zu jedem Treffen zu kommen. Es war nichts Aufregendes genug für sie, um regelmäßig teilzunehmen, und sie taucht jetzt nur noch auf, wenn die Aktivität oder das Thema, das besprochen wird, für sie von besonderem Interesse ist.«

»Können Sie mir von anderen erzählen, die an diesem Abend dort gewesen sein könnten?«

Carmichaels Tasse geriet schließlich aus dem Gleichgewicht, und einige Minuten wurden damit verbracht, den Rest des Tees aufzuwischen und ihm einen Beistelltisch zu beschaffen, während seine Tasse nachgefüllt und ihm der Zucker erneut, wenn auch diesmal nur widerwillig, gereicht wurde. Nachdem er seine zweite Tasse gesüßt hatte, war die Schale fast leer. »Es tut mir so leid, Sylvia«, entschuldigte sich Carmichael. »Es war das, was Sie über diese Sutherland-Frau gesagt haben, das mich zum Lachen brachte, und weg war sie, wie ein Schlitten den Hügel hinunter.«

»Machen Sie sich keine Gedanken, Sergeant. Nun, wo waren wir? Ach ja, wer am Freitag in der Kirche gewesen sein könnte. Nun, Yvonne Pooley, ohne Zweifel. Sie ist Chorleiterin und Organistin; oh, und wenn sie nicht spielen könnte, wäre es Willard Scardifield, obwohl er und seine Frau Thea sowieso beide da gewesen wären, da sie beide im Chor singen.

Elodie Sutherland ist dabei, und Ian Brown, der Kreuzträger, er singt im Tenor mit, da Albert ein ... ein Bass war. Polly Garfield und ihre achtjährige Tochter, die bei den Brownies ist, kommen recht häufig, und es gibt noch einige andere etwas ältere Kinder, die teilnehmen - was Sie natürlich wegen Chelsea Winter wissen.«

»Wir wussten nichts von anderen Teenagern und älteren Kindern. Könnten Sie Sergeant Carmichael deren Namen und Adressen geben?«

»Ich werde mein Bestes tun, aber Sie wären besser beraten, Frau Pooley aufzusuchen. Sie hat ein Register mit allen Namen und Adressen, sogar von denen, die nur gelegentlich kommen.«

»Vielen Dank, Sylvia«, sagte Falconer, als Carmichael endlich mit dem Kritzeln in seinem Notizbuch fertig war und ihre Gastgeberin um eine dritte Tasse Tee angebettelt hatte, was tatsächlich ihre Zuckerdose leerte, sehr zu seiner und ihrer Verlegenheit - seiner, weil er alles aufgebraucht hatte, und ihrer, weil sie nicht damit gerechnet hatte, an diesem Nachmittag einen so süßen Besucher zu empfangen. Sie würde sich seine Angewohnheit, sechs Löffel zu nehmen, merken müssen, falls sie zurückkämen, um sie erneut zu befragen.

Silas begleitete sie zur Tür und den Gartenweg hinunter, wo sie ihre Schritte in Richtung der Old Bakery am Dryden's Passage lenkten, um mit Polly Garfield zu sprechen. Sie hatten beschlossen, zu allen Häusern auf ihrer Liste zu laufen, da Ford Hollow ein so winziges Dorf war. Es war ein schöner Tag ohne Anzeichen des nahenden Herbstes, und sie wollten den Sonnenschein genießen, solange sie noch konnten. Es war eine lange Zeit bis zum nächsten Frühling, also musste jedes späte gute Wetter geschätzt werden, wenn es auftrat.

Polly öffnete die Tür mit ihrem üblichen breiten Lächeln. Sie war jemand, dessen Glas immer halb, wenn nicht sogar dreiviertel voll war. Als sie ihre Dienstausweise sah, sagte sie mit fröhlicher und einladender Stimme: »Kommen Sie rein. Ich setze den Wasserkessel auf, und im Ofen sind gerade ein paar Marmeladentörtchen fertig geworden. Wenn Sie warten möchten, bis sie etwas abgekühlt sind, können Sie welche haben.«

Falconer versuchte, die Idee eines weiteren Getränks abzuwehren, aber als er den flehenden Blick auf Carmichaels Gesicht sah, gab er nach, und sie entschieden sich diesmal für Kaffee. Polly kam bald mit einem Tablett zurück und der Nachricht, dass sie die Marmeladentörtchen gerade zum Abkühlen herausgestellt hatte.

Mrs Garfield war Mitte vierzig und sehr glücklich zum zweiten Mal verheiratet. Sie hatte eine erwachsene Tochter aus ihrer ersten Ehe, die von zu Hause ausgezogen war, und ein achtjähriges Kind aus ihrer zweiten Ehe. Ihr Haus roch frisch und war blitzsauber. Ihr Mann war Manager einer örtlichen Gärtnerei.

»Sie haben Glück, dass Sie mich erwischt haben«, erzählte sie ihnen. »Ich bin Putzfrau und habe alle möglichen unregelmäßigen Arbeitszeiten. Tatsächlich wäre ich, wenn nicht wegen des Grundes, warum Sie hier sind, auch nicht da.« Sie blickte in ihre verwirrten Gesichter und erklärte: »Normalerweise erledige ich samstags einige Einkäufe für Mr Burton und gebe ihm dann im Haus einen Schubs und eine Politur. Es kommt mir seltsam vor, das heute nicht zu tun. Beim Chorproben gestern Abend schien alles in Ordnung mit ihm zu sein.«

»Ich fürchte, es war kein Unfall oder natürliche Ursachen, Polly, wenn Sie nichts dagegen haben, dass ich Sie so nenne. Ich fürchte, der alte Kerl wurde ermordet.«

»Oh mein Gott!«, quietschte die Frau. »Wer, in Gottes Namen, würde einen harmlosen alten Mann wie ihn umbringen? Sicher niemand von hier?«

»Das versuchen wir herauszufinden. Nun, waren Sie gestern Abend bei der Chorprobe? Nach dem, was Sie gesagt haben, nehme ich an, dass Sie dort waren.«

»Ja, das war ich, aber meine Tochter blieb zu Hause, weil sie ein bisschen Husten hatte, und ich wollte nicht, dass sie Mrs Pooley nervt. Die ist so leicht aufzubringen, wissen Sie.«

»Können Sie mir sagen, wer sonst noch da war?«, fragte Falconer und fragte sich, wie oft er diese Frage wohl noch stellen müsste. Er war froh, dass es kein Gesangsverein war, sonst würde es Tage dauern.

Nachdem sie alles von ihr erfahren hatten, was sie konnten, standen sie auf, um zu gehen, und wurden eingeladen, sich auf dem Weg hinaus ein oder zwei Marmeladentörtchen zu nehmen.

Zurück im Auto sagte Falconer: »Sie hatten Glück, dass sie etwas antiseptische Creme für diese Verbrennungen hatte und ein paar Pflaster. Du solltest in deinem Alter wissen, dass heiße Marmelade wie Pech klebt und höllisch brennt.«

»Jetzt weiß ich es, Sir«, erwiderte Carmichael etwas undeutlich, da er sich die Zunge verbrannt hatte und an einem nur leicht angesengten Finger lutschte.

»Wie du es geschafft hast, drei zu essen, während sie den Erste-Hilfe-Kasten holte, werde ich nie verstehen. Du musst eine Speiseröhre aus Asbest haben.«

Rev. Florrie schaffte es nicht, rechtzeitig loszukommen, aber das machte nichts, da die Person, die sie besuchen wollte, mit einem hungrigen Blick vor ihrer Haustür auftauchte. Als sie die Tür öffnete, sagte sie: »Hallo, Miss Sutherland. Kommen Sie herein. Was kann ich für Sie tun? Ich wollte Sie sowieso besuchen.«

»Ich weiß, aber ich würde es lieber früher als später klären, und unter vier Augen«, antwortete sie und blickte sich verstohlen um, ob jemand vom Treppenhaus oder Wohnzimmer aus lauschte.

»Worum geht es? Ist es wichtig?«

»Ja, sehr. Sehen Sie, Albert Burton war aufgrund seines Alters Chorsprecher. Diese Position sollte jetzt mir zustehen, da ich die Nächstälteste bin - nicht dass ich schrecklich alt wäre, nur dass so viele der Mitglieder so jung sind. Würden Sie mich bitte für diese Position ernennen, Frau Pfarrerin?«

»Ich sehe keinen Grund, warum Sie nicht übernehmen sollten. Muss das vom Kirchenvorstand oder der Chorleiterin bestätigt werden?«, fragte Florrie, ziemlich überrascht von der eher kaltherzigen Entschlossenheit der anderen Frau und noch unsicher, wie die Dinge in dieser Gemeinde gehandhabt wurden.

»Es liegt bei Ihnen, weil es normalerweise nach Dienstalter geht, und das bedeutet mich.« Die Frau sah vor Sorge fast wahnsinnig aus.

»Gut, Miss Sutherland, ich ernenne Sie hiermit zur Chorsprecherin.« Elodie Sutherland ergriff Florries Hand und begann, sie auf und ab zu pumpen. »Sie werden diese Entscheidung nicht bereuen, Frau Pfarrerin. Ich werde Sie nicht enttäuschen. Ich werde die beste Chorsprecherin sein, die die Kirche je hatte.«

Als sie endlich ging, lehnte sich Florrie fast erschöpft von der Gefühlstiefe der Frau an die Flurwand. Immerhin konnte sie sie von der Besuchsliste streichen, da ihre Mutter die Hauskommunion aufgegeben hatte. Was für ein leeres und steriles Leben sie führen musste, wenn ihr diese Ernennung so viel bedeutete.

Sie hatte kaum Atem geschöpft, als schon wieder jemand an der Tür klopfte und klingelte. Wie ungeduldig so viele dieser Menschen schienen, um ihre Aufmerksamkeit zu bekommen. Vielleicht war es symptomatisch dafür, dass sie lange keinen Gemeindepfarrer gehabt hatten. Vielleicht würde das sogar zu ihren Gunsten ausfallen, wenn es darum ging, eine weibliche Pfarrerin zu akzeptieren?

Als sie auf das, was wie ein dringender Ruf klang, antwortete, fand sie Rev. Monaghan auf der Türschwelle. Sie hatte ihn nur ein paar Mal kurz vor ihrer Ernennung zur Gemeinde getroffen und beobachtete ihn jetzt genau. Sein Talar hatte ein paar Essensflecken, seine Haare brauchten dringend einen Schnitt, und sein Bart sah schmutzig aus, mit Essensresten - sie nahm an, es war Essen -, die sich in seinem verfilzten Busch eingenistet hatten. »Kommen Sie herein«, lud sie ihn ein und wich dann zurück, als er an ihr in der Tür vorbeiging. Der Mann hatte ein chronisches Körpergeruchsproblem, das durch die großen runden Schweißflecken unter seinen Armen noch verstärkt wurde.

Er rauschte aromatisch an ihr vorbei und steuerte auf das Wohnzimmer zu. »Hier herein, wenn es Ihnen nichts ausmacht«, wies sie ihn an und führte ihn in die Küche. »Ich verbringe viel Zeit hier, und da ich Ihnen wahrscheinlich gleich Tee machen werde, können wir auch gleich hier sitzen.«

Mit einem Grunzen der Zustimmung folgte er ihr und nahm an dem Holztisch Platz. »Sie haben sicherlich eine Feuertaufe erlebt«, kommentierte er und grinste sie dümmlich an. »Muss sich für Sie wie alte Zeiten anfühlen, nach Ihrer letzten Gemeinde«, fügte er etwas undiplomatisch hinzu.

»Ich würde das lieber nicht besprechen, wenn es Ihnen nichts ausmacht«, erwiderte Florrie und blickte auf ihre Fußknöchel, als Kelly Finn begann, ihren eleganten Körper zwischen ihnen hindurchzuschlängeln. Was für ein schlechter Stil dieser Kommentar war. »Nehmen Sie Zucker?«

»Was sonst könnte mich so süß halten?«, antwortete er mit einem ziemlich unangenehmen Grinsen. Kelly Finn machte sich auf den Weg zu diesem Fremden, fauchte und schoss aus dem Raum, als stünde ihr Schwanz in Flammen. »Überspannt?«, fragte er, während er der flüchtenden Fellkugel nachsah.

»Normalerweise nicht«, sagte Florrie, die sich in der Gesellschaft des Mannes bereits unwohl zu fühlen begann. »Hier ist der Tee. Was kann ich für Sie tun?«, fragte sie und setzte sich.

»Oh, ich bin sicher, Sie könnten eine Menge für mich tun«, sagte er, und sie spürte eine Hand auf ihrem Knie.

»Ich möchte lieber, dass Sie das nicht tun«, sagte sie mit vor Schock schriller Stimme.

»Sie müssen nicht schüchtern sein«, grinste er sie über den Tisch hinweg an, und seine Hand begann, ihr Knie zu streicheln. Oh mein Gott, dachte sie. Er hat den schlimmsten Fall von Mundgeruch, den ich je erlebt habe. Ich muss etwas Drastisches tun, um dem ein Ende zu setzen.

Sie trat mit aller Kraft aus und erwischte ihn genau am Schritt seiner Hose. Sie stand fast so schnell auf wie er. »Ich denke, Sie sollten besser gehen, und wir treffen uns auf neutralerem Boden, wenn es Ihnen nichts ausmacht.«

»Ich habe eigentlich keine Zeit, zum Tee zu bleiben«, erwiderte er, seinen Körper leicht vor Schmerz gebeugt, den sie ihm zugefügt hatte.

»Ich wollte Sie nur in Ihrer neuen Gemeinde willkommen heißen.« Tatsächlich war sie sicher, dass er, wäre er allein gewesen, nach dem gerade erlittenen Angriff seine Kronjuwelen gestreichelt hätte. Nun, das geschah ihm recht. Wie konnte er es wagen anzunehmen, sie würde auf seine sehr begrenzten Reize hereinfallen. Und er hatte keineswegs die Absicht, sie in der Gemeinde willkommen zu heißen! Er wollte sich nur ihrem Körper vorstellen.

»Ich bin sicher, Sie finden selbst hinaus. Ich muss mich für einige Gemeindebesuche vorbereiten.«

Als er gegangen war, lockte sie sanft ihre geliebte Katze unter der Treppe hervor, wohin sie sich vor diesem grässlich duftenden Monster versteckt hatte. »Es ist alles in Ordnung, mein Liebling, der böse Mann ist jetzt weg, und du kannst sicher zu Mama kommen.« Sie müsste sich nach diesem räuberischen Geistlichen erkundigen.

Wheel Cottage hatte zwar seine Postadresse in der High Street, lag aber tatsächlich an der Ecke dieser und Dryden's Passage, sodass die beiden Detektive zwangsläufig am Haus der Chorleiterin vorbeigegangen waren, um Polly

Garfields Haus zu erreichen. Glücklicherweise war sie zu Hause und bot ihnen, wie es nur gastfreundlich war, eine Erfrischung an.

Falconer war schnell mit seiner höflichen Ablehnung. »Nein, vielen Dank, Mrs. Pooley. Wir sind von den anderen Interviews, die wir heute Morgen geführt haben, schon überschwemmt, und wenn wir nur noch eine halbe Tasse hätten, würden wir, glaube ich, beide überlaufen.«

»Ihr Sergeant scheint sich verletzt zu haben. Ist alles in Ordnung mit ihm?«

»Ihm geht es gut, danke der Nachfrage. Er ist nur in eine kleine Klemme geraten«, antwortete der Inspektor mit einem wissenden Lächeln. »Nun, wir möchten, dass Sie uns die Namen und Adressen aller Personen nennen, die am Freitagabend an der Chorprobe teilgenommen haben. Sie wissen, warum wir hier sind?«

»Das tue ich. So tragisch, obwohl er ein alter Pedant war, der immer versuchte, mir zu sagen, wie etwas gesungen werden sollte. Das werde ich sicher nicht vermissen, obwohl dem Chor seine Stimme fehlen wird.«

»Er war lästig?«, fragte Carmichael, der plötzlich Interesse zeigte, nun da er ein paar Momente hatte, in denen er keine Namen und Adressen aufschreiben musste.

»Nicht wirklich. Es war nur so, dass er so viele Jahrzehnte gesungen hatte, dass er seine eigenen Vorstellungen von früheren Chören hatte, wie die Dinge gemacht werden sollten. Er war nicht das, was man wirklich lästig nennen würde; eher wie eine leise Stimme, die bei manchen Gelegenheiten ihr Bestes tat, um mich zu untergraben.«

In diesem Moment stürmten zwei Kinder im Alter von etwa fünf und acht Jahren in den Raum, da es kein Schultag war, starrten die beiden Polizisten an und begannen hilflos zu kichern. »Jeffrey, Michelle, geht wieder nach draußen und spielt. Es ist sehr unhöflich zu unterbrechen, wenn ich Besuch habe.«

»Wir dachten, es wäre vielleicht dieser Pfarrer mit dem Bart gewesen, der dich zu Weihnachten so aufgeregt und dich für lange Zeit sehr wütend gemacht hat«, bot das ältere Kind, das Mädchen, an, und Falconer sah Mrs. Pooley vielsagend an, als sie sanft errötete.

»Reverend Monaghan«, erklärte sie. »Er ist der Leiter des Pastoralteams nicht nur für Ford Hollow, sondern auch für Carsfold, wo er lebt, Downland Haven und Coldwater Pryors.«

»Und er ist ein bisschen schwierig, nicht wahr?«

»Es ist eine Handvoll, hinter der er her ist«, erwiderte Mrs. Pooley, ihre Farbe vertiefte sich bei der Erinnerung. »Keine Frau unter neunzig ist vor ihm und seinen wandernden Händen sicher. Er ist eine absolute Bedrohung, aber der Bischof hält ihn für das Nonplusultra, wenn es darum geht, schwindende Gemeinden zu vergrößern, und will kein Wort gegen ihn hören. Ich denke, jetzt, wo wir eine Pfarrerin haben, könnte ich mit ihr über ihn sprechen und sehen, ob sie nicht die Frauen aller Gemeinden dazu bringen kann, eine Petition zu starten.«

Der junge Jeffrey betrat in diesem Moment nachdenklich den Raum. »Was ist los, Liebling?«, fragte sie.

»Sie sind doch nicht wegen der neuen Häuser gekommen, die du nicht willst, dass jemand baut, oder?«, erkundigte er sich mit kindlicher Unschuld.

»Nein, Schatz. Jetzt geh und spiel mit deiner Schwester, bis Mami fertig ist.«

»Welche Häuser?«, fragte Falconer, sein Interesse geweckt.

»Ich fürchte, das nimmt im Moment einen Großteil meiner Freizeit in Anspruch. Am Ende der Pig Lane gibt es einen alten Bauernhof, wo das Land wegen der Überschwemmungen vom Little Darle für Tiere oder den Anbau unbrauchbar wurde. Schließlich gab der Bauer auf und zog aus - ging in den Ruhestand.

»Irgendwie ist es ihm gelungen, jemanden zu finden, der ihm das Land abgenommen hat - eine Firma namens Landbank Ltd - und sie haben es in kleinen Parzellen an gierige Leute verkauft, die hoffen, ein Vermögen zu machen, wenn sie eine Nutzungsänderung zu Bauland statt Ackerland bekommen.«

»Nun, das sollte doch nicht so einfach sein, oder?«, fragte der Inspektor. »Eine Siedlung neuer Häuser hier wäre katastrophal. Ich meine, wo ist die Infrastruktur, um das zu unterstützen? Was ist mit der Furt? Was ist mit dem Little Darle?« Er hatte von Florrie von dem Plan gehört, aber er wollte es mit den eigenen Worten der Frau hören.

»Nichts ist unmöglich, wenn man Freunde an hohen Stellen hat und beweisen kann, dass das Land nicht mehr für die Landwirtschaft geeignet ist. Der Little Darle wird wahrscheinlich umgeleitet, und die Furt wird austrocknen, nur um bei starkem Winterregen wieder zu überfluten, so tief liegt sie. Es sind sicher Schmiergelder im Spiel. Ich versuche, so viel Interesse wie möglich für einen offiziellen Protest zu wecken, aber das ist sehr zeitaufwendig.«

»Hast du den Kirchengemeinderat einbezogen?« Er war jetzt definitiv interessiert. Er mochte es nicht, wenn kleine Leute überrollt wurden, nur weil sie nicht viel Geld hatten.

»Noch nicht«, antwortete sie, ihre Augen leuchteten auf.

»Was ist mit dem Gemeinderat?«

»Das könnte ich tun, oder?«

»Hast du mit deinem örtlichen Abgeordneten gesprochen?«

»Krumm wie ein Korkenzieher. Ich bin sicher, er steckt hinter der ganzen Sache.«

»Was ist mit den Kreis- oder Landräten?«

»Bei denen bin ich mir nicht so sicher. Es muss einen Maulwurf im Planungsausschuss geben, aber man weiß nie, wem man trauen kann und wem nicht.«

»Versuch es«, drängte Falconer sie. »Wenn du jedes Mal einer Person eine fiktive Information zuspielst, wirst du schnell herausfinden, wer nicht auf deiner Seite ist.«

»Du bist ja gerissen, was? Danke. Das werde ich tun«, erwiderte Frau Pooley und lächelte sie tatsächlich an.

»Danke für Ihre Liste der Chormitglieder. Wenn Ihnen noch etwas einfällt oder Sie sich an etwas erinnern, hier ist meine Karte«, sagte Falconer und reichte ihr eine. »Übrigens, warum mussten Sie am Freitag früher aus der Kirche gehen - ich glaube, Sie erwähnten das.«

»Ich erwartete einen wichtigen Anruf.«

»Von wem?«

»Von meiner Mutter. Sie sollte gestern die Ergebnisse ihres letzten Brustkrebstests bekommen. Sie wird seit Jahren immer wieder behandelt.«

»Und wie geht es ihr?«

»Sie ist krebsfrei, was großartig ist. Was nicht so gut ist, ist, dass sie mich erst um Viertel vor elf anrief, nachdem sie mit einigen Freunden feiern gegangen war. Seit ich von Alberts Tod gehört habe, mache ich mir schreckliche Sorgen, ob er noch am Leben wäre, wenn ich wie üblich geblieben wäre, um abzuschließen.«

»Wer sollte denn abschließen?«

»Ich! Später! Ich war so wütend auf meine Mutter, dass ich es völlig vergessen habe, und dann hörte ich am nächsten Morgen vom armen Mr. Burton und mir wurde klar, dass es einfach keine Rolle mehr spielte. Die Ereignisse hatten mich überrollt.«

»Bitte machen Sie sich nicht zu viele Sorgen deswegen. Wer auch immer das getan hat, hätte zweifellos einen Weg in die Kirche gefunden und genau das getan, was getan wurde, bevor Sie zurückgekommen wären«, beruhigte Falconer sie mit absoluter Aufrichtigkeit.

»Glauben Sie wirklich?«, fragte sie.

»Ja, das tue ich.«

»Und ich auch«, stimmte Carmichael ein.

»Vielen Dank, und wenn mir noch etwas einfällt, melde ich mich.«

»Nochmals vielen Dank für Ihre Zeit.«

Kapitel Sechs

Samstagnachmittag

Kaum hatten die beiden Vertreter von Recht und Ordnung die Hauptstraße erreicht, erblickten sie »The Plume of Feathers« und änderten sofort ihre hastig gefassten Pläne, zum Mittagessen nach Castle Farthing zurückzukehren. Es würde eine Menge Zeit sparen, und sie könnten diese erste Befragungsrunde heute leicht abschließen, wenn sie dort zu Mittag äßen. Sie könnten sogar mit dem Wirt und seiner Frau sprechen und zwei Fliegen mit einer Klappe schlagen, während sie aßen.

Beide waren hinter der Theke zu sehen, der Pub war für einen Samstagnachmittag gut besucht, die meisten zweifellos, um zu sehen, welchen Klatsch sie über den örtlichen Mord aufschnappen konnten. Das Paar hinter der Theke erkannte sofort, wer ihre neuesten Gäste waren, und stellte sich als Gail und Clive Davies vor.

Nachdem sie ihre Bestellung für ein Ploughman's Lunch und je eine Orangenlimonade aufgenommen hatte, verschwand sie im hinteren Teil des Pubs. Dies war ein perfekter Teil von Falconers und Carmichaels Partnerschaft - keiner von ihnen mochte Alkohol besonders, und da sie die gleiche Einstellung hatten, konnten sie ehrlich darüber sein, wenn sie unterwegs waren.

Als sie bedient wurden, nahmen sie auf Hockern an der Bar Platz, und Falconer fragte sie, was sie über die Ereignisse des vergangenen Freitagabends wüssten.

»Nicht viel«, antwortete Gail, »außer dem Anruf, der uns mitteilte, dass Chelsea die Nacht bei der Pfarrerin verbringen würde. Jeder im Dorf hätte dasselbe getan. Alle wissen, wo man Joel und Lisa an einem Freitagabend findet - oder an einem Samstag oder Sonntag - eigentlich sind sie an den meisten Abenden hier. Ich habe manchmal Mitleid mit dem Kind. Es kann nicht viel Spaß machen, mit einer Mutter und einem Stiefvater zu leben, die beide Alkoholiker sind. Wie sie je was zu essen bekommt oder ihre Wäsche gewaschen wird, ist mir ein Rätsel.«

»Arbeiten die Eltern?«

»Sie machen wohl Witze! Nicht wenn es Sozialhilfe gibt und jede Menge Schwarzarbeit. Mit so einem Leben kann man sich seine Arbeitszeiten aussuchen und muss nicht mit einem Kater früh irgendwo anders sein.«

»Sie arbeiten also schwarz, sagen Sie?«

»Das ist nur, was ich gehört habe«, antwortete Gail plötzlich vorsichtig, als ihr klar wurde, dass sie mit jemandem Offiziellen über zwei ihrer besten Kunden sprach. »Ich glaube, Joel mäht im Sommer ein paar Rasen und macht ein paar Gelegenheitsjobs für Leute, die es selbst nicht können - nichts Ernsthaftes.«

»Und Lisa?« Der Inspektor war entschlossen, so viele Informationen wie möglich zu bekommen, bevor seine Quelle völlig versiegte.

»Ein bisschen putzen hier und da, aber nichts Regelmäßiges. Ja, Ted, was kann ich dir bringen?« Mit dem letzten Satz bewegte sie sich die Theke hinunter, und Falconer fragte Carmichael, ob er wüsste, wo Clive sei.

»'s letzte Mal, als ich ihn sah ...«

»Okay, schluck erst mal runter, sonst verstehe ich kein Wort von dem, was du sagst.«

Der Sergeant schluckte kräftig und sagte dann: »Das letzte Mal, als ich ihn sah, ging er zum Rauchen nach draußen.«

»Woher wusstest du, dass es zum Rauchen war?«

»Wegen der Anzahl der Gäste, die ihn sahen und dann so taten, als würden sie an einer unsichtbaren Zigarette ziehen und Rauch ausblasen.«

»Fairer Punkt. Ah, da kommt er ja. Mr. Davies! Clive!«

Falconer rief dem Wirt zu und hob den Arm zum Winken; sehr untypisches Verhalten, aber es brachte Ergebnisse.

»Was kann ich für Sie tun, meine Herren?«, fragte Clive, als er wieder hinter die Theke schlüpfte.

»Für mich noch mal dasselbe«, sagte Carmichael bestimmt.

»Noch eine Orangenlimonade?«

»Und noch ein Ploughman's, wenn es Ihnen nichts ausmacht.«

»Meine Güte, Sie haben aber Hunger«, kommentierte Davies, worauf Falconer erwiderte: »Er hat immer Hunger. Isst wie ein Pferd, aber nimmt nie auch nur ein Gramm zu.«

»Er ist ein großer Kerl«, war Davies' Antwort, »und in der Küche gibt's genug zu essen. Gail, noch mal dasselbe für den Sergeant - einschließlich des Essens. So, was kann ich für Sie tun?«

»Wir sind nur hier, um alles zu bestätigen, was Sie über die Ereignisse vom Freitagabend wissen.«

»Nur, dass es einen Anruf gab, damit wir den Jells mitteilen, dass ihre Tochter im Pfarrhaus übernachten würde. Jeder hier hätte gewusst, wo man anrufen muss. Es gab keine Möglichkeit, dass sie an einem Freitagabend zu Hause gewesen wären.«

»Das hat Ihre Frau auch gesagt.«

»Kleines Dorf. Wir kennen alle die Gewohnheiten der anderen.«

»Also gibt es nichts anderes, was Sie uns sagen können?«

»Nur, dass es Joel und Lisa völlig egal war, wo Chelsea die Nacht verbrachte, solange sie ihnen und ihrem geliebten Alkohol nicht in die Quere kam. Armes Kind. Sie muss ein verdammt hartes Leben mit den beiden haben.«

»Das ist definitiv der Eindruck, den wir bekommen. Wir werden später vorbeischauen und ein Wörtchen mit ihnen reden, vielleicht können wir ihnen ja ein bisschen Angst vor Vernachlässigung einjagen.«

»Oh, da hat Sie die alte Schachtel aber reingelegt. Chelsea ist gerade 16 geworden. Sie glaubt, sie sei unangreifbar«, erwiderte Lisa, die sich gerade neben ihren Mann geschlichen hatte, um sicherzugehen, dass sie nichts verpasste.

»Es gibt alle möglichen Dinge, mit denen ich ihr drohen könnte, von denen sie noch nie gehört hat«, antwortete Falconer, sein Gesicht eine Maske der Missbilligung. »Komm schon, Carmichael, würg die letzte Silberzwiebel runter und lass uns aufbrechen.

Wir haben Leute zu befragen und Verbrechen aufzuklären. Komm schon, Vielfraß.«

»Jawohl, Sir«, stimmte der Sergeant zu, während er heftig auf seiner Essiggurke kaute und seine Augen in Reaktion auf einen so großen Bissen des würzigen Gemüses tränten.

Die Abzweigung in den Drovers Way war die erste rechts vom Pub, von der Fallow Fold Road aus, und Bluebell Cottage war das erste winzige Häuschen nach Alberts ehemaligem Zuhause. Carmichael klopfte an die Tür und fragte sich, wie eine Sechzehnjährige in so einer winzigen Behausung mit zwei alkoholkranken Erwachsenen existieren konnte. Es gab einfach nirgendwo in diesem Dorf einen Ort, an den Kinder gehen konnten, um ihren Eltern zu entkommen.

Chelsea öffnete die Tür, erkannte sie von der Nacht zuvor und sagte, sie müsse ihre Mutter und Joel erst wecken, da sie noch im Bett lägen. »Um diese Zeit?«, fragte der Inspektor verwundert. »Wir haben schon zu Mittag gegessen.«

»Es ist jedes Wochenende dasselbe«, bestätigte sie mit einem schweren Seufzer. »Setzt euch hin und ich bringe ein paar Tassen Kaffee und Paracetamol nach oben, um zu sehen, ob ich sie wieder ins Land der Lebenden zurückholen kann.« Es gab kein Wohnzimmer, in das man sie hätte führen können, da die Eingangstüren direkt in den einzigen Raum im Erdgeschoss neben der Küche führten.

Chelsea stieg kurz darauf die Treppe hinauf, die zwischen den beiden Räumen nach oben führte, und sie konnten Geräusche von Bewegungen und dann erhobene Stimmen von oben hören. Bald war sie wieder unten, ihr Gesicht leicht gerötet. »Sie kommen gleich runter«, sagte sie. »Kann ich Ihnen etwas anbieten?«

»Wir haben gerade im ›Plume of Feathers‹ zu Mittag gegessen, aber trotzdem vielen Dank, Chelsea«, wagte Carmichael und lächelte sie freundlich an. Er empfand so viel Mitleid für sie, wenn er an seinen eigenen glücklichen Haushalt dachte, und fragte sich, wie sie es schaffte, so weiterzuleben.

Von oben waren einige Worte zu hören, die durch die Zwischendecke glücklicherweise gedämpft wurden, dann ein schweres Poltern auf der Treppe. Schließlich erschienen zwei zerzauste Gestalten im Raum, die unappetitliche Bademäntel und Hausschuhe trugen. Ihre Haare waren stark durcheinander und standen in alle Richtungen ab, was nicht verwunderlich war, wenn man bedachte, dass die beiden Polizisten Mrs. Jell am Vorabend ins Bett hatten helfen müssen. Falconer erinnerte sich mit einem leichten Anflug von Abscheu an den Vorfall.

»Was zum Teufel wollt ihr zwei?«, fragte Joel aggressiv.

»Ihr wisst, dass wir gestern Abend bis fast zur Sperrstunde in der Kneipe waren, also was erwartet ihr von uns? Wir waren in keinem Zustand, einen Mord zu begehen«, behauptete seine Frau.

»Erinnert ihr euch daran, nach Hause gekommen zu sein?«

»Nicht genau, aber wir müssen es wohl getan haben, sonst wären wir ja nicht hier«, sagte sie sarkastisch.

»Es wurden schon viele Verbrechen – sogar Morde – unter Alkoholeinfluss begangen, ohne jegliche Erinnerung am nächsten Tag«, erklärte Falconer mit seiner autoritärsten Stimme. »Wie könnt ihr hundertprozentig sicher sein, dass ihr dem alten Mann nicht einfach den Hals umgedreht habt, nur um zu sehen, wie weit er sich drehen lässt?«

Carmichael sah den Inspektor überrascht an. Das war überhaupt nicht seine Art. »Und was noch wichtiger ist«, fuhr er fort, während der Sergeant zu überrascht war, um dazwischenzureden, »Chelsea mag zwar sechzehn sein, aber ich werde alles in meiner Macht Stehende tun, einschließlich der Einbeziehung des Jugendamts, um sicherzustellen, dass sie etwas besser behandelt wird als bisher. Ich werde dafür sorgen, dass sie regelmäßig vorbeischauen, und ich werde selbst vorbeikommen, ebenso wie mein Sergeant. Wenn ich keine Verbesserung in ihren Lebensverhältnissen sehe, werde ich einen Platz für sie in einem Jugendwohnheim finden lassen, damit sie zumindest nicht regelmäßig euer widerliches, betrunkenes Verhalten miterleben muss.«

»Das können Sie nicht machen!«, schrie Joel.

»*Sie* sind noch nicht einmal ihr Vater«, stellte Falconer fest.

»Nun, ich bin ihre Mutter, und Sie können sie mir nicht wegnehmen«, mischte sich Lisa ein.

»Ich denke, Sie wären überrascht, was wir alles tun können, wenn wir genug Staub aufwirbeln und für ausreichend Aufruhr sorgen. Wir könnten alle möglichen Veränderungen bewirken.« Carmichaels Mund stand bei dieser völlig unverhüllten Drohung buchstäblich offen.

»Ich werde auf jeden Fall einen der Freiwilligen von den Anonymen Alkoholikern zu Ihnen schicken«, schloss Falconer, »denn Sie brauchen offensichtlich Hilfe.«

Das ließ die Jells sprachlos zurück. Chelsea war die erste, die nach dem kleinen Ausbruch des Inspektors das Wort ergriff. »Mir geht es wirklich gut. Wenn es schlimmer wird, habe ich das Versprechen von der Mutter einer Freundin, dass ich dort bleiben kann.«

»Chelsea!«, rief ihre Mutter und brach prompt in Tränen aus.

»Ihr müsst euch ändern – beide – oder ich werde nicht mehr lange hier wohnen. Ich kann das nicht mehr ertragen.«

Lisa Jell streckte ihre Arme aus und Chelsea ging zu ihr hinüber. Bei diesem Signal verließen die beiden Detektive den Raum und schlossen die Tür hinter sich. »Sie glauben das doch nicht wirklich, Sir, oder?«, fragte Carmichael, »Das mit den Leuten, die Dinge im betrunkenen Zustand tun und sich nicht erinnern – sogar Mord.«

»Das ist die absolute Wahrheit. Es gibt weltweit viele Fälle, in denen Menschen im betrunkenen Zustand oder unter Drogeneinfluss

Morde begangen haben, an die sie sich am nächsten Tag überhaupt nicht erinnern können.«

»Das ist mir scheißegal, und wenn Sie etwas für unsere Chelsea tun wollen, versuchen Sie, sie von diesem verdammten Haufen Frömmler in der Kirche fernzuhalten. Die stecken ihr einen Haufen verrückter Ideen in den Kopf, die absolut lächerlich sind«, rief die Stimme von Lisa Jell durch ein Fenster, das sie gerade geöffnet hatte.

»Wie zum Beispiel?« Hier war Falconer neugierig.

»Sie hat Joel und mich fast ein Jahr lang damit genervt, dass sie die verdammte Orgel spielen lernen wollte. Haben Sie je von etwas so Lächerlichem gehört? Jedenfalls habe ich am Ende nachgegeben und bin zu dieser eingebildeten Kuh Yvonne Pooley gegangen. Sie wollte nicht nur einen lächerlich hohen Preis verlangen, sondern sagte auch, dass sie im Moment keine Zeit hätte und dass sie ein Trimester im Voraus bezahlt werden müsste. Ein Trimester!

»Und es gäbe keine Rückerstattung, wenn Chelsea krank wäre oder aus irgendeinem Grund eine Stunde verpassen würde. Haben Sie je von etwas so Gierigem gehört? Nun, das war's dann. Ich hatte meinen Teil getan, indem ich dorthin gegangen war und vor der hochwohllöblichen Frau Chorleiterin gekrochen hatte. Ich würde damit nichts mehr zu tun haben.«

»Ich habe gefragt, ob Sie mit Mr. Scardifield sprechen würden«, meldete sich Chelsea plötzlich zu Wort. »Er ist der stellvertretende Organist, also hätte er es vielleicht gemacht.«

»Ja, und Schweine könnten zum Mond fliegen. Frag du ihn, wenn du so verzweifelt darauf aus bist, dich noch mehr mit diesem scheinheiligen Haufen von Heuchlern einzulassen.«

Nach diesem Austausch brach Chelsea in Tränen aus und zog sich nach oben zurück, vermutlich in ihr Zimmer.

Carmichael schluckte schwer und fragte dann mit bemerkenswerter Einfachheit nach dem, was sie gerade erlebt hatten:

»Wer ist der Nächste, Sir?«

Kapitel Sieben

Immer noch Samstagnachmittag

»Wir haben noch drei zu erledigen«, informierte Falconer Carmichael. »Die Scardifields, Ian Brown und beide Sutherlands. Wir nehmen zuerst die Scardifields. Biege am Ende dieser Straße links ab, zurück zur High Street, dann links, und wir sollten Clouds auf der linken Seite finden.«

Das taten sie, und es war Willard, der ihnen die Tür öffnete. Nach kurzen Vorstellungen lud er sie ein und stellte sie seiner Frau Thea vor, einer winzigen Frau, die von der Statur ihres Mannes in den Schatten gestellt wurde. Er war gut einen Meter neunzig groß, sie kaum mehr als einen Meter fünfzig und zudem zierlich gebaut. Beide hatten graues Haar und waren offensichtlich im Ruhestand.

Nachdem sie in zwei sehr bequemen Ohrensesseln Platz genommen hatten, brachte Thea ihnen Tee, während Willard ihre Beziehung zur Kirche erklärte. »Wir sind beide im Chor. Thea ist auch in der Mütterunion, und ich bin im Gemeindekirchenrat. Ich bin auch stellvertretender Organist - wenn man mich lässt. Diese Mrs. Pooley ist unglaublich eifersüchtig auf ihre Position, wissen Sie. Ah, danke, wie schön«, schloss er, als seine Frau mit einem Tablett voller Teeutensilien, einschließlich einer glücklicherweise vollen Zuckerdose, wieder den Raum betrat.

»Ich habe dem Inspektor und dem Sergeant gerade von unserer Beziehung zur Kirche erzählt.« Die unerwartete Antwort seiner Frau war: »Pah!«

»Wie bitte?«, fragte er seine Frau.

»Es ist diese verdammte Mütterunion«, antwortete sie. »Es war schon grenzwertig, als wir Sylvia Slater zu den Treffen kommen ließen, aber jetzt - und ich habe keine Ahnung wie, da ich angeblich deren nominelles Oberhaupt bin - kommt diese schreckliche Sutherland-Frau auch noch dazu, und sie hatte nie etwas mit Kindern zu tun.

75

Zumindest hat Sylvia einen ganzen Haufen Nichten und Neffen, die jetzt selbst Kinder bekommen. Die Sutherland-Frau würde in Ohnmacht fallen, wenn man sie bitten würde, eine Windel zu wechseln oder ein Baby zu baden. Sie ist nicht einmal verheiratet, geschweige denn Mutter, und ich glaube auch nicht, dass sie Brüder oder Schwestern hat, also kann sie nicht einmal Tante sein.«

»Gütiger Himmel, Frau! Wo kommt das denn alles her? Warum hast du mir das nicht schon früher gesagt?«

»Es hatte keinen Sinn, aber jetzt haben wir eine neue Pfarrerin und sie ist eine Frau, also denke ich, ich werde sie mal besuchen, um zu sehen, wie sie über Nicht-Mütter denkt,

die an MU-Treffen teilnehmen.«

»Gütiger Himmel, ist das wirklich so wichtig?«

»Für mich ist es das, Willard. Für mich ist es das.«

»Herr und Frau Scardifield«, sagte Falconer, nachdem er laut seinen Hals geräuspert hatte, während Carmichael im anderen Sessel geräuschvoll Tee schlürfte. »Wir sind hierher gekommen, um Sie zu fragen, ob Sie eine Ahnung haben, was am Freitagabend passiert sein könnte, wann Sie die Kirche verlassen haben, wer noch da war und ob Sie jemanden draußen herumhängen sahen.«

»Entschuldigung, Inspektor. Soweit ich mich erinnere, sind wir gegen halb neun gegangen. Die Probe war länger als üblich, weil wir uns ein neues Stück angesehen haben ...«, bot Willard an.

»Und nicht jeder Chorsänger kann Noten lesen«, unterbrach Thea etwas verärgert. »Ich verstehe einfach nicht, warum diese Pooley-Frau ihnen keine Unterricht im Notenlesen gibt. Es würde die Dinge so viel einfacher machen, anstatt dass sie alles Neue auswendig lernen müssen. Was passieren wird, wenn die Stimmen der jüngeren Mädchen tiefer werden und sie den Sopranbereich nicht mehr erreichen können, habe ich keine Ahnung. Diese Sutherland-Frau sollte eigentlich erster Alt sein, aber sie will nicht, obwohl sie einigermaßen gut liest.«

»Thea, unsere Besucher sind Polizisten, keine Kummerkasten-Tanten. Meinst du, du könntest deine Beschwerden für dich behalten und dich auf das konzentrieren, wonach wir gefragt wurden?«, sagte Willard nachdrücklich. »Ich habe gesagt, wir sind gegen halb neun gegangen.«

Thea schien sich zu sammeln und stimmte ihm dann zu.

»Und wer war noch in der Kirche?«, wiederholte Falconer für den Fall, dass sie den Überblick über die von ihm erbetenen Informationen verloren hatten.

»Die Kinder waren alle von ihren Eltern abgeholt worden, die schon ziemlich lange gewartet hatten. Mrs. Pooley musste gehen, da sie, wie sie sagte, einen Anruf erwartete, glaube ich. Albert war natürlich da, und ich denke, es waren noch ein paar andere da, aber ich kann mich nicht erinnern, wer.«

Thea setzte die Erzählung fort. »Ich hatte einen Auflauf für uns nach der Probe in den Ofen geschoben, und wir sind eher schnell weg, weil ich langsam befürchtete, dass er austrocknen würde, da die Probe so überzogen hatte.«

»Und war er das?«, fragte Carmichael, der sich immer für alles interessierte, was mit Essen zu tun hatte.

»Nein, er war völlig in Ordnung. Ich war vernünftig genug gewesen, ihn bei sehr niedriger Hitze im Ofen zu lassen, und das Fleisch war außergewöhnlich zart«, informierte Thea den Sergeant mit einem Lächeln.

»Entschuldigen Sie, aber heißt das, dass Sie sich nicht erinnern, wer zurückblieb, als Sie nach Hause gingen?«, fragte Falconer, der sich ziemlich darüber ärgerte, wie sie immer wieder vom Thema abschweiften.

»Das stimmt, Inspektor«, bestätigte Willard.

»Und haben Sie jemanden bemerkt, der draußen herumhing oder auf dem Weg zur Kirche war?«

»Ich nicht, Inspektor«, antwortete Thea. »Du, Liebling?«

Willard runzelte die Stirn und sagte dann: »Nein. Niemand. Wenn wir nicht hätten loshetzen müssen, hätte ich die Gelegenheit für ein kurzes Orgelspiel genutzt. Ich bekomme sehr selten die Gelegenheit dazu, da Mrs. Pooley es so eifersüchtig bewacht und auf mysteriöse Weise nicht verfügbar ist mit dem Kirchenschlüssel, wenn ich Zeit habe.«

»Wissen Sie, ob Mr. Burton Feinde hatte oder ob jemand einen besonderen Groll gegen ihn hegte?«, Falconer gab nicht so leicht auf.

»Er war zu alt, um Feinde zu haben«, antwortete Willard etwas pompös. »Und ich denke, so ziemlich jeder hatte irgendeine Art von Groll gegen ihn. In seinem Alter muss er sich irgendwann einmal mit fast jedem anderen Bewohner von Ford Hollow überworfen haben.«

Damit war die Sache erledigt. »Falls einem von Ihnen etwas einfällt, das für unsere Ermittlungen relevant sein könnte, oder Sie sich an etwas vom Freitagabend erinnern, kontaktieren Sie uns bitte auf der Polizeiwache in Market Darley. Hier ist meine Karte«, sagte Falconer mit resignierter Stimme. Sie waren wieder nicht weitergekommen. Vielleicht würden sie anderswo mehr Glück haben.

»Ach übrigens, ab nächsten Samstag sind wir nicht da, da wir unsere Tochter in Frankreich für einen kurzen Späturlaub besuchen, falls Sie nochmal mit uns sprechen müssen. Wir sind aber nur ein paar Tage weg.«

Ian Brown, ihr nächster Interviewpartner, hatte sein Haus gleich hinter der rechten Abzweigung der Dairy House Road. »Da sind wir, Carmichael. Mon Repos. Mal sehen, wie ausgeruht er an diesem sonnigen Samstag ist.« Seine Stimmung hatte sich bei dem Gedanken an jemand Neues zum Befragen sofort aufgehellt. Er war sogar so aufmerksam, das s am Ende des Hausnamens nicht auszusprechen, was Carmichael verwirrte.

»Man spricht einen Konsonanten am Ende eines französischen Wortes nur aus, wenn ihm ein Vokal folgt, und selbst dann nur manchmal. Es ist ein bisschen ein Minenfeld, aber 'Mon Repos' hat nichts dahinter, also spricht man das s nicht aus -

Mon Rep*oh*.«

»Ich bin froh, dass ich in der Schule kein Französisch hatte«, erwiderte der Sergeant. »Uns wurde beigebracht, dass man einen Buchstaben ausspricht, wenn er da ist.« Falconer hatte seinen Mund halb geöffnet, entschied sich dann aber, ihn wieder zu schließen. Dies war weder die Zeit noch der Ort, um eine Diskussion über Aussprache zu beginnen, die mit Carmichael tagelang dauern und noch monatelang Nachwirkungen haben könnte.

Sie fanden Ian Brown beim Mähen seines Vorgartens. »Ich gebe ihm nur einen schnellen Schnitt, falls das Wetter umschlägt und ich keine Chance mehr habe, bis zum Frühling«, erklärte er, als er sie ins Haus führte. »Habe gehört, was dem alten Mr

Burton passiert ist. Schockierend, nicht wahr, und das in so einem kleinen Ort. Es ist fast unglaublich.«

»Ich dachte, Sie singen im Chor, Mr Brown«, sagte Falconer. Carmichael sagte nichts. Er war zu beschäftigt damit, seinen Bleistift in seiner Tasche zu spitzen. Kerry würde einen Anfall kriegen, aber da kaum noch jemand rauchte, konnte er schlecht nach einem Aschenbecher fragen.

»Das tue ich, aber ich konnte gestern Abend nicht zur Probe kommen, sehr zu meinem Bedauern«, antwortete er.

»Etwas Wichtigeres ist dazwischengekommen?«

»Man könnte es so sagen. Ich hatte einen meiner Köpfe.« Als er ihre verwirrten Gesichter sah, fuhr er fort: »Ich leide gelegentlich unter Migräne. Wenn ich nicht sofort etwas dagegen unternehme, verschwimmt meine Sicht und ich fange an, wie ein Springbrunnen zu erbrechen. Also habe ich ein paar von meinen Tabletten genommen, die Vorhänge im Schlafzimmer zugezogen und den Abend im Bett verbracht. Glücklicherweise dauern sie nicht tagelang an, wie bei manchen Leuten, und eine gute Nachtruhe lässt sie normalerweise verschwinden.«

»Bekommen Sie sie oft?«

»Nur etwa alle paar Monate, aber wenn ich nicht sofort etwas einnehme, bekomme ich große zackige Muster über dem Sichtfeld meines linken Auges, und dann kann ich nur noch einen Eimer holen und mich einschließen.«

»Sehr bedauerlich, Sir. Wir haben uns gefragt, was Sie uns über Mr Burton erzählen können. Kannten Sie ihn gut, da Sie mit ihm im Chor gesungen haben?«

»Nicht wirklich. Er war Bass und ich bin Tenor, also saßen wir etwas auseinander, um den männlichen Klang zu verteilen, mit Willard Scardifield zwischen uns. Er konnte sowohl Tenor als auch Bass singen, also wählte er einfach den Part, der ihm am besten gefiel, und sang den.«

»Und das Kreuzträger-Amt störte Sie nicht beim Singen im Chor?«

»Nicht wirklich. Wir zogen alle singend den Mittelgang hoch zu Beginn des Gottesdienstes und zogen alle singend den Mittelgang hinunter am Ende des Gottesdienstes, es sei denn, es gab Prozessionsmusik an der Orgel. Ich konnte nur kein Gesangbuch halten und das Kreuz tragen, also musste ich es entweder *tout de suite* lernen oder nur so tun als ob, wenn es etwas war, das ich nicht so gut kannte.«

»Wissen Sie, ob jemand kürzlich Streit mit Mr Burton hatte?«

»Es war in den letzten Jahren unmöglich, mit ihm zu streiten. Wenn man es versuchte, schwieg er einfach, lächelte und ging weg. Er hatte genug vom Schlechten in seinem Leben gehabt und wollte nicht mehr davon. Wussten Sie, dass seine Mutter starb, als er im Krieg kämpfte, und sein Vater kurz nachdem Albert geheiratet hatte? Seine Frau starb, als ihr Sohn zwölf war, und er musste ihn allein großziehen.

Dann, als er erwachsen war, zog sein Sohn nach London, und er sieht seinen Vater meines Wissens nur etwa zweimal im Jahr.«

»Und der Sohn hat nie geheiratet?«

»Nein. Also gab es keine Schwiegertochter, die sich um ihn kümmerte, und keine Enkel für Albert.«

Carmichael war von dieser Geschichte von Verlust und Einsamkeit zutiefst bewegt und verlor fast den Faden in seinen Notizen. »Er wurde sein ganzes Leben lang vom Pech verfolgt, oder?«, fragte Falconer und trat Carmichael diskret auf den Knöchel, um seine Konzentration auf die anstehende Aufgabe zurückzugewinnen.

»Mr Burton hätte das nicht so gesagt. Er meinte, er habe das Glück gehabt, eine so wunderbare Frau kennengelernt und geheiratet zu haben, und es sei ein Privileg gewesen, ihren Sohn großzuziehen. Er war auch so leidenschaftlich in Bezug auf seine Kirchenmusik, dass er manchmal in einer anderen Welt lebte: einer Welt voller himmlischer Harmonien und göttlicher Melodien. Ich denke, im Großen und Ganzen war er mit seinem Los zufrieden, obwohl viele Leute sich beschwert und gejammert hätten.«

»Was für ein tapferer Mann«, murmelte Carmichael.

»Albert war ein Pragmatiker und machte einfach das Beste aus dem, was das Leben ihm zuwarf. Er war so begeistert von seinen neuen Gesangbüchern, dass er sie vor etwa einem Monat in der Satteltasche seines Fahrrads zur Kirche brachte, damit der ganze Chor sie sich ansehen konnte. Er sagte Mrs Pooley, wenn sie jemals etwas daraus verwenden wolle, würde er sie ihr
leihen, damit sie für uns kopiert werden könnten.«

»Das war sehr großzügig von ihm«, sagte Falconer.

»Allerdings, und sie hat ihm das ins Gesicht zurückgeworfen, diese miesepetrige alte Schachtel. Sie sagte ihm, es sei illegal, kopierte Noten in einer Live-Aufführung zu verwenden, und dass sie so etwas nicht tun würde.«

»Wie hat er das aufgenommen?«

»Er zuckte nur mit den Schultern und sagte, das Angebot stünde, falls sie es annehmen wolle. Er war keiner, der sich beleidigt fühlte, obwohl ich das getan hätte, wenn es mir passiert wäre.«

»Vielen Dank, Mr Brown. Was Sie uns erzählt haben, war sehr hilfreich. Sollten Sie sich noch an etwas erinnern, zögern Sie bitte nicht, uns anzurufen. Hier ist meine Karte.«

»Armer alter Mann«, sagte Carmichael *sotto voce*, als sie gingen.

»Das Leben schien es wirklich auf ihn abgesehen zu haben, nicht wahr? Und jetzt zu den Sutherland-Damen. Ich frage mich, was wir dort herausfinden werden? Schau, gleich hier. Das Haus heißt Lizanben.

»Igitt!«

»Doppelt igitt!«, stimmte Carmichael zu.

Die Tochter des Hauses öffnete ihnen die Tür mit einem Gesichtsausdruck, der nur als selig beschrieben werden konnte. »Kommen Sie doch herein, meine Herren«, bat sie sie, nachdem sie ihre Dienstausweise vorgezeigt hatten. »Es ist heutzutage so wichtig, die Ausweise zu überprüfen, besonders für zwei schutzlose Damen, die allein leben, ohne einen Mann, der sie beschützt«, sagte sie mit überlegener Stimme, immer noch mit diesem heiligen, entrückten Ausdruck im Gesicht.

Im Inneren war das Haus ein perfektes Museum der Sechziger-Jahre-Moderne, perfekt erhalten, wenn auch hier und da ein wenig ausgefranst. In einem Sessel in Form eines Lippenpaares saß eine sehr alte Frau, faltig wie ein uralter Apfel, mit schneeweißem Haar. »Das ist meine Mutter«, stellte Elodie Sutherland vor. »Sie war früher in ihren Vorstellungen von Inneneinrichtung ganz vorne mit dabei«, sagte sie, ob als Erklärung oder Entschuldigung, da waren sich weder Falconer noch Carmichael sicher.

»Wie reizend«, krächzte die alte Hexe. »Zwei junge Männer kommen uns besuchen. Haben wir nicht Glück, Mädchen, Elodie?«

»Das sind Polizisten, Mami, sie kommen wegen dem, was ich dir über Albert erzählt habe.«

»Schade«, seufzte die alte Frau und schüttelte den Kopf. »Ich erinnere mich an ihn, als er ein junger Mann war, gerade aus dem Krieg zurückgekehrt, als er hier einzog. Er war recht gutaussehend.«

»Tatsächlich?«, fragte Falconer. »Wie war er so?«

»Immer fröhlich, daran erinnere ich mich; er hatte stets ein Lächeln im Gesicht, und er liebte seine Musik, schon damals«, antwortete sie mit einem verträumten Blick in den Augen.

»Wann haben Sie ihn zuletzt gesehen?«

»Vor etwa zehn Jahren«, antwortete sie, ohne eine Spur von Ironie in ihrer Stimme. »Ich komme nicht mehr so viel raus wie früher, und Albert vermutlich auch nicht.«

Das machte diesen Ermittlungsansatz zunichte. »Und Sie, Fräulein Sutherland? Sie waren am Freitag bei der Chorprobe, nicht wahr?« Er gab nicht so leicht auf. Seine beste Chance lag noch vor ihm.

»Ich war natürlich dort. Sie brauchen mich, wissen Sie, als jemanden, der gut Noten lesen kann. Ich sehe mich als eine Art Führung für die Jüngeren.« Sie legte sich wirklich ins Zeug. »Wussten Sie, dass ich zur neuen Chorführerin ernannt wurde? Ich fühle mich natürlich sehr geehrt, und ich werde meine Rolle sehr ernst nehmen, vielleicht sogar Notenlesekurse für die Jüngeren einrichten. Ich weiß, dass die arme, überarbeitete Frau Pooley dafür keine Zeit hat. Ich bin auch Lektorin, wissen Sie?«

»Das ist sehr großzügig von Ihnen, Fräulein Sutherland. Können Sie mir jetzt sagen, wann Sie an diesem Abend die Kirche verlassen haben?«

»Ich bin mir nicht sicher. Es endete etwas später als normal, und ich trage nie eine Uhr in der Kirche - es erscheint irgendwie gotteslästerlich, die Zeit im Auge zu behalten, wenn man im Haus Gottes ist.«

Oh, Himmel hilf, dachte Falconer. Sie ist wirklich heiliger als der Papst. Ich hoffe, wir können ein paar klare Antworten von ihr bekommen und hier rauskommen, sonst treibt sie mich noch dazu, die sehr ungentlemanlike Handlung zu begehen, ihr eine Ohrfeige zu geben und ihr zu sagen, sie soll sich zusammenreißen.

»Oh, ich weiß, es ist hauptsächlich eine Ernennung nach Dienstalter, aber selbst ohne das wäre ich die offensichtliche Wahl gewesen, nachdem Albert nicht mehr bei uns ist. So eine Tragödie.« Bei diesen Worten zog sie ein Taschentuch aus ihrer Strickjackentasche und tat so, als würde sie ihre Krokodilstränen wegwischen.

»Wo war Herr Burton, als Sie gingen?« Lass uns mal zur Sache kommen, dachte Falconer, und uns nicht in falscher Trauer verstricken.

»Ich kann mich nicht erinnern, wissen Sie. Ich war mehr besorgt darüber, dass Mami länger als normal allein gelassen wurde«, antwortete sie mit perfekter Logik.

»Ich war auch besorgt um sie. Sie hätte auf ihrem Heimweg vergewaltigt werden können«, warf Mami ein.

»Also, Sie sind sich nicht sicher, wann Sie gegangen sind, und Sie erinnern sich nicht, wo Herr Burton war, als Sie gingen?«, fragte Falconer sie, nur zur Klarstellung.

»Das stimmt. Aber ich wusste ja nicht, dass es wichtig sein würde, oder? Wie hätte ich ahnen können, dass der alte Mann ermordet werden würde? Gibt es noch etwas, da weder von uns Ihnen weiter helfen kann?«

»Nein. Wir werden Sie jetzt in Frieden lassen«, antwortete Falconer, etwas erleichtert, dass sie nicht dort festsaßen und einem Vortrag darüber zuhören mussten, wie fromm die jüngere Sutherland-Frau war. Obwohl er befürchtet hatte, dass sie dort stecken bleiben würden, waren sie etwas früher fertig als erwartet, und Carmichael, der dies ausnutzte, lud ihn zu sich nach Hause ein, um ein Glas Limonade zu trinken und den Geschmack all des Tees wegzuspülen.

»Na ja, ich schätze, wir waren nicht zum Mittagessen da, und ich habe Kerry schon eine Weile nicht gesehen. Ja, das wäre sehr nett. Und wenn wir schon von all dem Tee sprechen, ganz zu schweigen vom Kaffee, wie viele Löffel Zucker glaubst du, hast du heute verbraucht?«

»Irgendwo zwischen fünfzig und unendlich«, antwortete Carmichael mit einem schelmischen Grinsen.

»Warum du nicht zwanzig Zentner wiegst und watschelst, werde ich nie verstehen. Ich weiß, du bist ein großer Kerl,« - mit einem Meter sechsundneunzig war er das sicherlich - »aber wenn mein Auto Treibstoff so verbrauchen würde, wie dein Körper es zu brauchen scheint, könnte ich es mir nie leisten, irgendwo weiter als bis zur Grenze meines Gartens zu fahren.«

»Ich kann einfach nicht anders, Chef. Ich habe wirklich Mitleid mit Leuten, die Diät halten müssen.«

Und ich wette, sie lieben dich wirklich, dachte der Inspektor ein wenig säuerlich, da er sorgfältig auf sein Gewicht achten musste, um nicht zuzunehmen. Er benutzte nie Kilos, weil es alles leichter klingen ließ als in Pfund, und er wusste, dass das der Weg zur Hölle war.

Als Falconer Jasmine Cottage betrat, Carmichaels Heim in Castle Farthing, rief er, anstatt Kerry und die Kinder zu begrüßen, wie er es geplant hatte, als Ehrenonkel und tatsächlicher Patenonkel, ziemlich laut, was die Jüngste, Harriet, die noch nicht ein Jahr alt war, erschrecken und in Tränen ausbrechen ließ.

»Was zum Teufel macht diese animierte Cocktailwurst in deinem Haus, Carmichael? Ich dachte, sie wäre zum Tierheim gebracht worden, um ein neues Zuhause zu finden.« Der besagte Dackel hatte jemandem gehört, der in ihrem letzten Fall verwickelt war, und Falconer hatte gedacht, ihn nie wieder zu Gesicht zu bekommen.

»Sie haben ihn tatsächlich weitervermittelt, Sir – an mich.« Carmichael machte eine Pause und erklärte dann, fast wie eine Entschuldigung: »Ich konnte Dipsy Daxie nicht einfach in irgendein Zuhause gehen lassen, also bin ich hingegangen, habe ihn gerettet und hierher gebracht. Wir haben uns immer sehr gut verstanden, wenn wir uns vorher getroffen haben, und ich dachte, es würde ihm hier gefallen.«

»Mit deinen drei Kindern, zwei anderen Hunden und einer Frau, die Zwillinge erwartet? Ah, Kerry, guten Abend. Wie geht es dir? Meine Güte, du siehst blendend aus«, wechselte er das Thema, als Carmichaels bessere Hälfte aus der Küche kam, die schon so rund wie ein Apfel aussah, obwohl die Babys erst Anfang des nächsten Jahres fällig waren. »Sollte sie in diesem Stadium schon so groß sein?«, flüsterte der Inspektor seinem Sergeant zu, während Kerry sich um ihre aufgebrachte Tochter kümmerte.

»Das ist normal, wenn man schon mehrmals gedehnt wurde und dieses Mal zwei heranwachsen«, antwortete Carmichael, ebenfalls *sotto voce.*

»Ist ja gut, ist ja gut«, beruhigte Kerry Harriet. »Schau, es ist nur dein Onkel Harry, der zu Besuch gekommen ist.« Daraufhin hielt sie Harriet Falconer entgegen, damit er sie nehmen konnte, woraufhin die Kleine noch lauter weinte und sich in den Armen ihrer Mutter wand.

»Es ist lange her, dass sie mich gesehen hat«, sagte Falconer entschuldigend. »Vielleicht würde sie mich besser kennen, wenn ich öfter zu Besuch käme.« Auf keinen Fall würde er den gesamten Carmichael-Clan in seine makellose Wohnung einladen. Er saß inzwischen auf dem Sofa, mit einem Jungen zu jeder Seite, da Kerrys Söhne aus ihrer ersten Ehe, die Carmichael offiziell adoptiert hatte, ihn recht gern mochten.

»Wir sind nur kurz vorbeigekommen, um Hallo zu sagen und zu sehen, ob wir etwas Kühles zu trinken bekommen können«, erklärte Carmichael, falls sie sich fragen sollte, warum die beiden ins Haus zurückgekommen waren.

»Nimm du Harriet, ich hole euch beiden etwas. Es war heute für die Jahreszeit sehr warm, nicht wahr?«, rief sie über ihre Schulter, als sie zurück in die Küche ging. Sie kam eine Minute später mit zwei langen Gläsern zurück, die mit Apfelsaft und Eiswürfeln gefüllt waren.

Falconer trank. »Ah, das ist wunderbar. Vielen Dank, Kerry. Wir haben den ganzen Tag in Tee und Kaffee ertrunken, mit nichts als ein oder zwei Gläsern Sirup zum Mittagessen, um uns abzukühlen.«

Er blieb nicht lange, aber ihm wurde klar, dass seine Besuche geschätzt wurden, ob nun, weil er der Chef war oder einfach wegen seiner Persönlichkeit, hatte er keine Ahnung, aber es stärkte immer sein Ego, wenn sich die Leute – mit Ausnahme der kleinen Harriet dieses Mal – freuten, ihn zu sehen.

Kapitel Acht

Sonntagmorgen

Als Rev. Florrie den Mittelgang hinunterging, stellte sie fest, dass sie die Worte des Kirchenliedes nicht singen konnte, und alles vor ihr verschwamm durch einen Schleier von Tränen. Der Kopf des Kreuzträgers war verschwommen und nass, und der Rest der Kirche schien in ihren Tränen zu ertrinken. Sie versuchte, sich zusammenzureißen; schließlich hatte sie den Mann nicht wirklich gekannt, sie wusste nur, was man ihr erzählt hatte.

Dann sah sie, dass ein Blumenstrauß, der zur Dekoration der Kirche verwendet worden war, auf seinem üblichen Platz in den Chorstühlen platziert worden war, und die Tränen bahnten sich ihren Weg über ihre Wangen. Warum sie so emotional war, wusste sie nicht genau, da der Mann zweiundneunzig Jahre alt geworden war, aber sie vermutete, dass es daran lag, dass er keines natürlichen Todes gestorben war, und es auch Erinnerungen an die Ereignisse in ihrer vorherigen Gemeinde weckte.

Der Bischof hatte sie hierher versetzt, um neu anzufangen, und nun geschah alles wieder von vorn. Es war einfach nicht fair, und es war absolut beschissen für den alten Albert, der, wie es klang, nie einem anderen Lebewesen etwas zuleide getan hatte, abgesehen von seiner unglücklichen Angewohnheit, in Hintern zu kneifen (außer vielleicht im Krieg).

Die Prozession erreichte ihr Ziel und die verschiedenen Elemente teilten sich auf, um ihre Plätze für den Gottesdienst einzunehmen. Der Kreuzträger stellte sein Kreuz ab und setzte sich traditionsgemäß zu den Tenören, der Weihrauchträger stellte sich vor den Altar, die übrigen Chormitglieder in die rechten Chorstühle, und die Vikarin etwas vor allen anderen, sodass sie die Gemeinde ansprechen konnte.

Es gelang ihr, die Nummer des nächsten Liedes etwas verfrüht herauszubringen, und sie nutzte die Strophen, um sich zu sammeln,

88

damit sie sprechen konnte, ohne zusammenzubrechen. Schließlich begann sie ihre erste Ansprache in dieser neuen Kirche, die, wie sie zu ihrer Freude feststellte, nachdem sich ihr Blick geklärt hatte, ziemlich voll war.

Das konnte aus Respekt vor dem verstorbenen Hauptchoristen oder aus reiner Sensationslust geschehen sein, aber sie mochte denken, dass es aus Dankbarkeit darüber geschah, wieder eine neue Vollzeit-Vikarin zu haben, auch wenn es eine Frau war. Sie war nicht auf viel Missbilligung gestoßen, und dafür war sie dankbar. Sie hätten es ihr viel schwerer machen können: Möge es lange so bleiben.

Als sie ihre Fassung wiedererlangt hatte, bemerkte sie, dass bei jeder Erwähnung der Worte »Jesus Christus« viel Kopfnicken und Bekreuzigen zu sehen war, was sie darauf aufmerksam machte, dass es sich hier um eine sehr hochkirchliche Gemeinde handelte. Es war definitiv anglokatholisch, was genauso gut war, da sie daran gewöhnt war, und sie wollte keinen Fehltritt begehen, falls das hier nicht die Norm war.

Am Ende des Gottesdienstes wurde am Taufbecken im hinteren Teil der Kirche Kaffee serviert, und ziemlich viele Leute blieben gewöhnlich noch etwas zum Plaudern und Austauschen. Zufällig fand sie sich neben Polly Garfield wieder, und ihre Unterhaltung drehte sich natürlich um die Tragödie vom Freitag. »Schon ein Chormitglied verloren«, stellte Polly scherzhaft fest, schaute dann aber entsetzt drein, als sich Florries Augen wieder mit Tränen füllten.

»Ich meinte das nicht böse. Ich wollte nur Konversation machen. Tut mir leid«, erklärte sie.

»Schon gut. Ich bin's. Ich scheine vom Tod des alten Mannes sehr bewegt zu sein, aber es liegt zum Teil an dem, was vorher passiert ist, das zu meinem Gefühl beiträgt«, antwortete die Vikarin.

»Du bist von Shepford St Bernard herübergekommen, nicht wahr?«, fragte Polly, aber es war eine rhetorische Frage. Jeder wusste, dass sie das getan hatte, und kannte die Ereignisse, die dort stattgefunden hatten, als sie ihre Stelle angetreten hatte. »Hat dir jemand erzählt, dass er vor ein paar Jahren ausgeraubt wurde?«

»Nein. Was wurde gestohlen?« Florrie war entsetzt. Was konnte Albert besessen haben, das jemand stehlen wollte? Sie wusste, wo er wohnte, weil sie Chelsea am Samstagmorgen nach Hause begleitet hatte, und sie dachte nicht, dass er in seinem kleinen Cottage viel Wertvolles haben könnte.

»Seine Kriegsmedaillen«, informierte Polly sie.

»Wie verabscheuungswürdig. Wie können Menschen so herzlos und gierig sein?«

»Sie sind eingebrochen, als er auf seiner neunzigsten Geburtstagsfeier im Pub war«, schloss Polly.

Rev. Florrie, angewidert und schockiert, war vor Wut absolut sprachlos.

Sonntagabend

Die Vikarin hatte an diesem Morgen nicht selbst abschließen können, da sie nach Hause musste, um einen Besuch von nicht kirchengehenden Eltern wegen der Taufe ihrer Tochter zu empfangen. Würden sie überrascht sein, wenn sie ihnen sagte, dass sie Taufen nur im Rahmen eines regulären Sonntagsgottesdienstes durchführte, da das Kind offiziell in die Familie der Kirche aufgenommen würde?

Sie hatte jedoch Yvonne Pooley gebeten, sich um die Türen zu kümmern, da sie die neue Hymne üben wollte, die der Chor lernte, damit sie nicht über ihre Finger nachdenken musste und sich nur auf die Harmoniestimmen konzentrieren konnte. Florrie war sicher, dass sie es richtig machen würde, wie schon so oft zuvor, und heute Abend gab es hier keinen Abendgottesdienst.

Es war generell kein gut besuchter Gottesdienst, obwohl einer ihrer Lieblinge, aber er wurde abwechselnd in den Kirchen gehalten, die unter Rev. Monaghan fielen - was für ein Albtraum er war - und heute war Carsfold selbst an der Reihe, wo der unangenehme Herr lebte. Für den Fall, dass er sich entschließen sollte, danach eine Spritztour zu machen, beschloss sie jedoch, zur Kirche hinunterzugehen, um noch einmal gründlich herumzustöbern. Sie glaubte, unter der Spüle in der Sakristei etwas Interessantes gesehen zu haben, hatte aber vorher keine Zeit gehabt, genau nachzusehen.

Sie betrat die Kirche und schaltete dabei die Lichter ein, dann machte sie sich auf den Weg zum Altarraum, um von dort aus die Sakristei zu betreten. So weit kam sie jedoch nicht. Ihre Aufmerksamkeit wurde sofort auf die Gestalt gelenkt, die auf einem Holzstuhl an der Orgel saß. Der Anblick ließ ihr das Blut in den Adern gefrieren, und sie wandte den Blick ab, musste sich aber bald wieder umdrehen. Es lag in ihrer Verantwortung, wenn in ihrer Kirche etwas passiert war.

Yvonne Pooley saß noch immer an der Orgel, ihr Kopf hing nach hinten über die Stuhllehne. Langsam näherte sie sich der Gestalt und rief ihren Namen, in der Hoffnung gegen alle Wahrscheinlichkeit, dass Mrs. Pooley nur in einer sehr ungewöhnlichen Position eingenickt war. Auf ihren Gruß kam natürlich keine Antwort. Oh mein Gott, da ragte etwas aus ihrem Mund, und etwas war auf ihrer Nase. Was ging hier vor? dachte Rev. Florrie, als sie näher kam.

Als sie den Sitz erreichte, den die Organistin selbst für den Komfort ihres Rückens bereitgestellt hatte, sah sie, dass eine Wäscheklammer an ihrer Nase hing – eine der altmodischen hölzernen, registrierte ihr Gehirn – und dass zerknülltes Papier in ihrem Mund steckte. Wenige Fuß vom Sitz entfernt lag das, was sie unter dem Waschbecken in der Sakristei gesehen zu haben glaubte – eine alte Misericordia – und darauf war Blut.

Sie legte ihre Hand über ihren eigenen Mund, um nicht zu schreien, kramte in ihrer Handtasche und holte die Karte heraus, die man ihr gegeben hatte und auf der Falconers Handynummer für die Arbeit stand. Dies war der zweite Tod in ihrer Kirche, und sie war erst seit wenigen Tagen in der Gemeinde.

Der Inspektor hatte Bereitschaftsdienst, und so war sein Telefon eingeschaltet, als sie die Nummer wählte. Es dauerte fast eine Minute, bis er die inzwischen fast hysterische Pfarrerin beruhigt hatte. »Atme ein paarmal tief durch, Florrie, und fang dann von vorne an. Erzähl es mir langsam«, ermutigte er sie.

»Es liegt wieder eine Leiche in der Kirche«, erzählte sie ihm und dehnte jedes Wort, um nicht wieder die Kontrolle zu verlieren. »Ich bin hierher gekommen, da wir diese Woche kein Abendgebet haben, um mich noch einmal umzusehen: Ich dachte, ich hätte etwas in der Sakristei entdeckt, und ich hatte Recht.

»Unsere Chorleiterin und Organistin, Yvonne Pooley, ist nach dem Gottesdienst heute Morgen geblieben, um zu üben, nachdem alle gegangen waren, und ich habe sie einfach machen lassen, da sie einen Schlüssel hat. Und da saß sie, immer noch am Instrument, aber tot. Es war absolut schrecklich. Zu ihren Füßen liegt eine blutbefleckte Misericordia, an ihrer Nase ist eine hölzerne Wäscheklammer, und ihr Mund ist voller Papier – nichts davon habe ich übrigens berührt.«

»Braves Mädchen. Schließ die Türen ab und geh nach Hause, wenn du möchtest. Carmichael und ich werden so schnell wie möglich da sein.«

Da sie von Market Darley aus absolut nichts tun konnten, rief er Carmichael an und schlug vor, dass er ihn abholen sollte, damit sie gemeinsam ankämen. Castle Farthing lag auf dem Weg für den Inspektor, und es würde Benzin sparen, auch wenn es für das Polizeibudget war.

Die beiden waren in etwas mehr als zwanzig Minuten am Pfarrhaus, wobei Falconer ein wenig über dem Tempolimit gefahren war, mit der Ausrede, dass er, falls ein Polizeiauto auf dieser wenig befahrenen Strecke auftauchen sollte, behaupten könnte, er sei auf dem Weg zum Tatort und Zeit sei von entscheidender Bedeutung.

Er hupte, und Rev. Florrie schaute aus einem Fenster, erblickte das sehr markante Auto und kam aus der Haustür, um sich auf den

Weg zur Kirche zu machen. Kein Platz für eine dritte Person in einem Zweisitzer, besonders wenn einer von ihnen der riesenhafte Carmichael war.

Als er sein Auto abgeschlossen hatte, war Rev. Florrie bereits dabei, die Kirchentür aufzuschließen. Auch sie musste sich des Budgets bewusst gewesen sein, denn sie hatte das Licht ausgeschaltet, bevor sie nach Hause ging. Sie schaltete es wieder ein, zeigte nur in Richtung des Chorraums und setzte sich in die hinterste Bank nahe der Tür.

Die Szene war genau so, wie sie sie beschrieben hatte, und Falconer fragte sich laut, was Doc Christmas dazu sagen würde. Er hatte ihn alarmiert und ein Team angefordert, um den Tatort zu untersuchen, aber das würde noch eine Weile dauern. Doc Christmas würde wahrscheinlich als Nächster am Tatort sein, da er einen guten Mord zu lieben schien. Er führte seine Obduktionen jedenfalls mit grausigem Enthusiasmus durch.

»Wir müssen alles so lassen, bis es fotografiert und auf Fingerabdrücke untersucht wurde, aber wir können uns genauer ansehen, was in ihren Mund gestopft wurde, und es möglicherweise identifizieren.«

»Es ist Musik, Sir«, erklärte Carmichael, dessen Sehvermögen erstklassig war.

»Tatsächlich«, stimmte Falconer zu und beugte sich für einen genaueren Blick vor.

»Und es sieht aus, als wäre es aus diesem Buch gerissen worden, Sir«, sagte

Carmichael und deutete auf das Exemplar des *English Hymnal* der Organistin, das noch vorhanden, aber nun nicht mehr vollständig war. »Ich frage mich, wer so etwas Bizarres tun würde?«

»Jemand, der einen Punkt machen will, ist die einzige Antwort, die mir einfällt. Darin steckt irgendeine Art von Botschaft, sonst hätte derjenige, der es getan hat, nicht aufgeräumt?«

»Vielleicht kam jemand anderes ins Gebäude?«

»Möglich, aber wenn die Organistin die Schlüssel hatte, hätte der Mörder sie wahrscheinlich vom Körper genommen und wieder abgeschlossen, um keinen Verdacht zu erregen, dass hier etwas passiert ist. Es sieht für mich definitiv nach einer Botschaft aus, aber was zum Teufel soll sie bedeuten?«

»Keine Ahnung, Sir, aber vielleicht erfahren wir mehr, nachdem die Spurensicherung den Ort gründlich untersucht hat. Sie gehen davon aus, dass derjenige, der das getan hat, überhaupt wusste, dass sie die Schlüssel hatte.«

»Nun, es war wohl kaum ein vorbeikommender Wahnsinniger mit Mordgelüsten, oder?«

»Ich nehme an, nicht. Das wäre ziemlich lächerlich, nicht wahr?«

»Auf jeden Fall. Hoffen wir einfach, dass sie sie so zurückgelassen haben, weil sie plötzlich von dem, was sie getan hatten, angewidert waren und einfach nur fliehen wollten«, erwiderte Falconer.

»Mann oder Frau? Was denkst du jetzt, Sir?«

»Nun, der erste Mord wurde sicherlich mit einiger Übung und Kraft in den Armen und Händen ausgeführt, und auch der Schlag auf den Kopf mit der Misericordia hätte ein gewisses Maß an Kraft erfordert, also tippe ich vorerst auf einen Mann.«

»Ein Mann mit einer Wäscheklammer bei sich?«, fragte Carmichael.

»Jeder, der mit einer Wäscheklammer herumläuft, hat entweder mörderische Absichten oder ist ein bisschen weich in der Birne, und das gilt für beide Geschlechter, Sergeant. Okay, Florrie, lass uns deine Aussage aufnehmen, damit du zurück ins Pfarrhaus gehen und wahrscheinlich einen steifen Schlummertrunk zu dir nehmen und früh zu Bett gehen kannst.«

Kapitel Neun

Montag

Der Inspektor traf DC Roberts am Montagmorgen als Erstes und erinnerte sich daran, ihn zu fragen, was bei dem Einbruch in seinem Haus gestohlen wurde, das zuvor seiner Mutter gehört hatte, bevor sie früh verstorben war, kurz nachdem der Polizist von der Polizei in Manchester hierher versetzt worden war.

»Sie haben nicht viel mitgenommen. Ich hörte, wie sie etwas vom Kaminsims stießen, und ich war blitzschnell aus der Dusche. Sie haben die Kaminuhr und ein Paar silberne Kerzenleuchter mitgenommen. Wahrscheinlich lag auch etwas Bargeld herum: Das ist egal, wenn man allein lebt, aber ich kann mich nicht wirklich erinnern.« Typisch Roberts, dachte Falconer.

»Haben sie entschieden, ob die Graffiti zur gleichen Zeit oder in der Nacht zuvor angebracht wurden?«, fragte er den jungen Beamten.

»Sie denken, weil die Farbe noch nass war, als ich sie entdeckte« - das hatte er während seines Anrufs im Büro nicht erwähnt - »dass es gemacht wurde, bevor er die Hintertür ausprobierte.«

Da Falconer wusste, dass der DC erwähnt hatte, eine Versetzung zurück an seinen früheren Dienstort zu erwägen, stellte er ihn diesbezüglich nicht zur Rede, sondern fragte lediglich, ob er weiter über eine Rückkehr zu seiner vorherigen Dienststelle nachgedacht habe. »Ich habe es irgendwie auf Eis gelegt. Wenn ich lange genug aus dem Krankenhaus oder von der Krankenliste wegbleiben kann, kann ich herausfinden, wie ich zur Arbeit hier stehe.«

»Sie hatten in dieser Hinsicht bisher nicht viel Glück, oder?«

»Absolut nicht, aber ich lasse die Idee einfach mal im Hinterkopf. Was soll ich heute machen? Ich habe mich über alles, was passiert ist, auf den neuesten Stand gebracht, einschließlich der üblen Sache von gestern Abend.«

»Holen Sie PC Green und machen Sie sich auf den Weg nach Ford Hollow. Führen Sie eine Haustürbefragung durch, sowohl zum Freitagabend als auch zu jeder Zeit nach dem Sonntagsgottesdienst bis nach Einbruch der Dunkelheit. Es ist kein großer Ort, also können Sie beide das recht einfach schaffen.«

»Ja, Ch... Sir«, antwortete Roberts, der immer noch Schwierigkeiten hatte, die verhasste Anrede »Chef« nicht zu benutzen, wenn er den DI ansprach.

»Los, verschwinden Sie, oder ich lasse Carmichael über Ihr Lunchpaket herfallen.«

Roberts verschwand.

Am Dienstag hatten sie die ersten forensischen Berichte und das Ergebnis der Obduktion. Yvonne Pooley war tatsächlich getötet worden, indem sie mit dem weggeworfenen Misericord bewusstlos geschlagen wurde, dann wurde ihre Nase durch das Anbringen der Wäscheklammer blockiert, während die Blätter des Gesangbuchs, die in ihren Mund gestopft wurden, sie effektiv erstickt hatten. Doc Christmas glaubte nicht, dass sie erstickt war. Todeszeitpunkt: irgendwann zwischen elf und drei.

Es gab natürlich eine Fülle von Fingerabdrücken, die mit denen abgeglichen werden mussten, die das Misericord, die Klammer und das Gesangbuch unschuldig und ohne mörderische Absicht angefasst haben könnten. Keine weiteren Hinweise waren ans Licht gekommen.

DC Roberts hatte seinen kleinen Aufenthalt in Ford Hollow inzwischen beendet, und PC Merv Green war wieder auf seiner üblichen Streife. Der einzige Weg vorwärts war jedoch nach Falconers Meinung, die Fingerabdrücke von allen zu nehmen, die Zugang zu diesen drei Gegenständen gehabt haben könnten. Es war wahrscheinlich nicht das ganze Dorf, aber es wäre eine gute Möglichkeit, den DC beschäftigt zu halten, und mit einem strengeren Auge auf ihn in Form des erfahrenen und kompromisslosen PC.

»Muss ich das wirklich, Sir?«, jammerte Roberts, als der Inspektor ihm die Neuigkeiten überbrachte.

»Natürlich müssen Sie das. Sie wissen, dass Ermittlungsarbeit langweilig und sich wiederholend ist, aber es ist der einzige Weg, um zur Lösung eines Falles zu kommen. Sie haben meine Erlaubnis, zum Mittagessen in The Plume of Feathers zu gehen.«

»Das wird ein Riesenspaß mit einem Uniformierten im Schlepptau, nicht wahr? Ich werde mein Lunchpaket im Auto essen. Es ist nicht nur billiger, sondern auch bei weitem weniger feindselig, schätze ich.«

»Gehen Sie, Roberts. Es ist eine schmutzige Arbeit, aber jemand muss sie machen.«

Roberts und Green fuhren in einem Streifenwagen los. Der DC war sicher, dass die Leute im Dorf den Anblick von ihnen satt hatten, Green heimlich erfreut darüber, dass Falconer diesen Weg gefunden hatte, den jungen Drückeberger bei der Arbeit zu halten und ihn nicht ständig für eine schnelle Zigarette und das Lesen der Zeitung verschwinden zu lassen.

Mittwoch war der Tag, an dem sich der Mütterverein traf, und sie trafen sich normalerweise im Pfarrhaus, wie auch der Gemeindekircherat. Aus irgendeinem Grund (!) gab es keine Kirche oder Dorfhalle, die sie nutzen konnten, also musste sich Rev. Florrie auf eine weitere Welle von Gemeindemitgliedern vorbereiten, die Tee oder Kaffee und Kekse wollten.

Am Tag zuvor war sie zum Treffen der Brownies gegangen und hatte sich der Leiterin und den Mädchen vorgestellt. Sie schienen eine nette Gruppe zu sein, und ihr wurde klar, dass sie wahrscheinlich einige Mitglieder des Müttervereins kennen würde, da sie bereits einige Besuche gemacht, Besuche empfangen und einen Gottesdienst geleitet hatte, also sollte es keine zu große Prüfung sein. Sie musste nicht für das eigentliche Treffen bleiben und konnte sich einfach um die Sitzplätze und Erfrischungen kümmern.

Das Treffen sollte um halb acht beginnen, und um Viertel nach sieben klingelte es an der Tür. In der Annahme, es sei jemand, der früh ankam, riss sie die Tür auf, nur um Rev. Monaghan grinsend auf der Türschwelle vorzufinden. »Was wollen Sie?«, fragte sie barsch und drückte die Tür fast zu, während sie die Sicherheitskette anlegte. Sie hatte seit ihrer Ankunft hier genug durchgemacht und wollte sich nicht wieder auf der falschen Seite seiner wandernden Hände wiederfinden.

»Ich wollte Ihnen nur sagen, wie leid es mir tut, von Mrs. Pooley zu hören, und Ihnen mitteilen, dass ich wirklich mit Ihnen fühle nach allem, was in der kurzen Zeit, seit Sie hier sind, passiert ist.«

Sie meinen, Sie wollen die Gelegenheit nutzen, mich wieder zu befummeln, dachte Florrie und spähte durch den winzigen Spalt zwischen Tür und Rahmen.

»Warum haben Sie die Sicherheitskette vorgelegt?«, fragte er, aber bevor sie eine plausible Antwort fabrizieren konnte, ertönte Sylvia Slaters Stimme, als sie sich der Pfarrhaustür näherte.

»Erwarten Sie uns, Frau Pfarrerin?«, fragte sie und spähte über Rev. Monaghans Schulter.

»Natürlich erwarte ich Sie, Sylvia. Rev. Monaghan wollte gerade gehen. Nicht wahr?«, befahl sie mehr oder weniger.

»Das wollte ich. Ich bin nur vorbeigekommen, um mein Beileid auszusprechen«, log er schmierig.

»Haben Sie Mr. Pooley und die Kinder schon besucht?«, fragte ihn die Pfarrerin.

»Nein«, antwortete er.

»Nun, darf ich vorschlagen, dass sie jetzt eher Ihre Unterstützung brauchen und nicht ich? Sie haben eine Ehefrau und Mutter verloren. Ich habe eine Organistin verloren, und ich habe eine Ersatzorganistin.« Der Ärger machte sie deutlich direkter als gewöhnlich, und sie hörte, wie Sylvia scharf die Luft einzog, schockiert über das, was eine sehr gefühllose Bemerkung zu sein schien.

Als sie Monaghan endlich losgeworden war, bat sie Sylvia Slater herein und erklärte ihr, warum sie so heftig reagiert hatte. »Ich dachte schon, du hättest Probleme, als ich die Kette sah. Wir nennen ihn den alten Glocken- und Weihrauchfan, weil er uns zur Hochkirche gemacht hat, und er stinkt normalerweise zum Himmel. Und wenn er dich anhaucht, fühlst du dich, als würdest du gleich ohnmächtig werden. Ist dir aufgefallen, dass er beim Reden immer zu nah steht und in deinen persönlichen Raum eindringt?«

»Weißt du, du hast Recht, Sylvia. Ich habe mich in seiner Nähe immer unwohl gefühlt, obwohl ich ihn nicht oft getroffen habe. Er kommt einem richtig ins Gesicht, oder?«

»Das tut er. Und er ist ein schrecklicher Schürzenjäger. Hatte massenhaft Affären, und seine Frau wollte ihn verlassen, aber der Bischof wollte sie nicht unterstützen, und jetzt hat er sie wieder geschwängert. Das wird ihr fünftes Kind sein, und die anderen sind schon so erwachsen, dass sie dachte, sie hätte wirklich eine Chance, von ihm wegzukommen, aber das hat diesen Plan zunichte gemacht, es sei denn, sie beschließt, es alleine durchzuziehen, aber ich sehe nicht, wie sie das überleben sollte.«

»Das ist eine Schande. Was hat sich der Bischof nur dabei gedacht, sich auf seine Seite zu stellen, wenn sein Verhalten so unangemessen war?«

»Männer halten zusammen wie Pech und Schwefel. Männer des Klerus halten zusammen wie Sekundenkleber. Das kannst du mir glauben«, erklärte Sylvia bitter.

»Ich bin so froh, dass du früh gekommen bist. Komm rein, und wir warten gemeinsam auf die anderen.«

Es dauerte nur fünf Minuten, bis die anderen Mitglieder eintrafen, und bald saßen über ein Dutzend Frauen auf Stühlen verschiedener Jahrgänge und Designs im Wohnzimmer und warteten darauf, dass die Rednerin ihren Vortrag und ihre Demonstration begann, die sich heute

Abend damit beschäftigte, wie man künstliche Blumen aus einer alten Strumpfhose herstellt und Nelken aus Seidenpapier formt.

Als Rev. Florrie erfuhr, was sie machen würden, beschloss sie, ihren Schminktischhocker herunterzuholen und mitzumachen. Es klang ganz lustig, und es wäre etwas, das ihr ermöglichen würde, kleine Dekorationen für Kirchenbasare herzustellen.

Glücklicherweise hatte sie viele kleine Tische, die sich die Leute teilen konnten, um ihre Materialien darauf zu legen, und alle waren gebeten worden, eine Schere und eine alte Strumpfhose oder Strümpfe mitzubringen.

Die Rednerin stellte den Draht zur Verfügung, den sie für diese erste Aufgabe brauchen würden, und ging den Prozess der Herstellung jedes Blütenblattes akribisch durch, damit auch die weniger Fingerfertigten den Dreh rausbekamen. Während ihre Schülerinnen mit der Aufgabe kämpften, fertigte sie bei ihren häufigen erneuten Demonstrationen genug Blütenblätter an, um mindestens drei Blumen zu machen.

Dann war es Zeit, sie mit einer gerollten und geschnittenen Papiermitte zusammenzufügen und einen Draht für den Stiel einzufügen. Auch hier arbeitete sie langsam, wohl wissend, dass Menschen auf unterschiedliche Weise lernen. Einige mussten gesagt bekommen, was zu tun war. Andere brauchten eine Zeichnung oder ein Diagramm oder ein Handout, das sie mitgebracht hatte, und einige mussten es physisch gezeigt bekommen.

Es war offensichtlich, dass sie diese Demonstrationen schon für viele Gruppen in der Vergangenheit gemacht hatte, da sie eine ausgezeichnete und geduldige Lehrerin war, und Florrie wurde klar, dass sie nun in Zukunft mit selbstgemachten Meisterwerken für ihre Verkäufe überschüttet werden würde und ihre Winterabende wieder frei waren. Als jeder etwas produziert hatte, das zumindest vage einer Blume ähnelte, erzählte die Rednerin ihnen vom vorherigen Färben der Strumpfhosen, um verschiedene Farben zu erhalten, und schlug verschiedene Dinge vor, die für die Mitte der Blume verwendet werden konnten. Zum Abschluss gab sie jedem ein Stück Guttapercha, um einen fertig aussehenden grünen Stiel herzustellen, woraufhin Florrie in die Küche ging, um die Erfrischungen zu organisieren, nachdem sie die Bestellungen von allen aufgenommen hatte.

Sie setzte drei Wasserkocher auf, da sie sich der Durstigkeit der Gemeindemitglieder wohl bewusst war, und plünderte ihren Geschirrschrank nach ausreichend Tassen, Bechern und Untertassen, um den verschiedenen Geschmäckern der Leute gerecht zu werden. Sie hatte für den Abend drei Packungen Kekse gekauft, auch hier um den Mitgliedern eine Auswahl zu bieten, und jeder würde vierzig Pence in eine Untertasse neben den Tabletts legen, um ihre Kosten zu decken.

Da sie die Türen offen gelassen hatte, konnte sie ihre Unterhaltung mithören, jetzt wo sie nicht im Raum bei ihnen war.

In ihrer Anwesenheit neigten sie dazu, sich von ihrer besten Seite zu zeigen, aber wenn sie außer Sichtweite war, war sie auch aus dem Sinn, und das Summen der Gespräche wurde bald lauter und das Thema wandte sich den jüngsten Morden in der Kirche zu.

Es war Sylvia Slaters Stimme, die selbstbewusst und scheinbar kenntnisreich erklärte, dass Yvonne Pooley von jemandem von Landbank Ltd. getötet worden war, um zu verhindern, dass sie deren Hoffnungen zunichtemachte, eine Baugenehmigung für das Land zu erhalten, das sie von dem alten Bauern gekauft hatten.

Andere waren anderer Meinung. Polly Garfield war sich sicher, dass es ein Mitglied des Planungsausschusses war, das »geschmiert« worden war und es entweder selbst getan hatte oder jemanden angeheuert hatte, um es für ihn zu tun. »Hat jemand mit ihrem Mann gesprochen, um zu sehen, ob sie jemals Drohungen per Post oder Computer erhalten hat?« Dies kam in Elodie Sutherlands gepflegtem Tonfall, und sie fügte hinzu: »Jede Post hätte natürlich anonym sein müssen, es sei denn, sie waren sich hundertprozentig sicher, dass sie ihre Spuren ausreichend verwischt hatten.«

»Was ist dann mit dem alten Albert?«, fragte Thea Scardifield.
»Es kann nicht Landbank Ltd. oder ein Mitglied des
Planungsausschusses gewesen sein, die ihn erledigt haben. Er hatte
doch nichts mit dem Protest zu tun, oder?«

»Das stimmt, aber ich glaube, es war irgendein alter deutscher
Soldat, den Albert während des Krieges gefangen genommen hatte.
Viele von ihnen blieben nach dem Krieg hier, und das könnte einer
sein, der Albert erledigen wollte, bevor er selbst den Löffel abgibt.«
Polly Garfield hatte wieder die Hauptrolle übernommen, nur um von
Elodie Sutherland abgelöst zu werden.

»Meine Mutter sagte, dass Albert kaum mehr als ein Junge war, als
er sich verpflichtete..«

»Was hat das mit dem Preis von Eiern zu tun?«, fragte Marjorie
Mundy, die bis jetzt still geblieben war, aber nun ihre bissige Seite
entfesselte. »Ich glaube, es war Theas Mann Willard, weil er die
Position des Organisten wollte. Er ist schließlich der Stellvertreter, wo
diese keuchende, altersschwache Bestie betroffen ist.«

»Wie können Sie so etwas überhaupt vorschlagen?«, fragte Thea
Scardifield, plötzlich voller Wut. »Willard würde keiner Fliege etwas
zuleide tun, und ich weise diesen Vorschlag entschieden zurück.«

Rev. Florrie, die gehört hatte, wie sich das Gespräch entwickelte,
erschien mit ihrem beladenen Tablett in der Türöffnung, stellte es ab
und ging zurück in die Küche, um das andere zu holen, bevor sie
schließlich die Kekse und die Zuckerdose holte. Ihr Erscheinen hatte
die Situation erheblich beruhigt, und sie hatte sich alles notiert, was
gesagt worden war, und freute sich nun auf die Herstellung von
Papiernelken.

Die Vorführung war wieder einmal fesselnd und machte viel Spaß.
Die Sprecherin zeigte ihnen, wie man das Papier rollt und mit einem
Draht befestigt, der dann zum Stängel wird, dann mehrere Schnitte
hineinmacht und es fast flach aufplustert, bis es einem Objekt ähnelt,
das schon jetzt nicht unähnlich einer Nelke war.

Der nächste Schritt bestand darin, ein kleines Stück Papier um die Befestigungsstelle zu wickeln, um die Form zu erhalten, aus der sich die Knospe öffnet, und den Draht mit einem weiteren Stück Guttapercha zu umwickeln.

»Wenn Sie möchten«, sagte sie, holte eine kleine Tablettenflasche aus ihrer Handtasche und nahm ihre Untertasse unter ihrer Tasse weg, bevor sie eine rötliche Flüssigkeit hineingoss, »können Sie einfach die Spitzen Ihrer Blume in etwas wie rote Tinte tauchen, und Sie erhalten den Effekt einer sehr feinen Bänderung, die realistischer aussieht. Wer das machen möchte, kann gerne nach vorne kommen und seine Werke in meine Untertasse tauchen.«

Alle Frauen stellten sich wie gut erzogene Schulkinder an, um dies zu tun, sogar Florrie reihte sich am Ende der Schlange ein, und damit war das Treffen beendet. Thea Willard, die die Redner für jedes monatliche Treffen organisierte, erhob ihre Stimme über den Lärm von Bechern, Tassen und Untertassen, die zurück auf die Tabletts geladen wurden, und den Klang von Stühlen, die an ihren ursprünglichen Platz zurückgebracht wurden, um anzukündigen, dass sie für nächsten Monat jemanden eingeladen hatte, der ihnen zeigen würde, wie man eigene Weihnachtsknaller herstellt, damit sie genügend Zeit hätten, vor der Festzeit »loszulegen« und sie vielleicht als saisonale Geschenke verteilen könnten.

Während sie einen schweren alten Holzstuhl zurück ins Esszimmer trug, überlegte Florrie, dass sie auch an diesem Treffen teilnehmen würde, und dachte, dass sie die MU-Treffen, die sie ursprünglich für etwas langweilig und nicht nach ihrem Geschmack gehalten hatte, sehr genießen würde. Als sie wieder in die Halle kam, schlich sich Polly Garfield an sie heran und meinte, sie würde sich nicht wundern, wenn Thea selbst die Position der Chorleiterin anstreben würde. Auf diese Weise hätten sie und Willard die gesamte Kirchenmusik unter sich aufgeteilt.

»Sei nicht so eine Tratschtante, Polly. Ich bin sicher, das ist nur ein Gerücht von jemandem, der neidisch auf ihre musikalischen Fähigkeiten ist.«

»Glauben Sie das wirklich, Frau Pfarrerin?«

»Ich bin mir sicher«, antwortete Florrie, aber als alle gegangen waren und sie allein zurückblieb, war sie sich nicht mehr so sicher. Es gab so viele bösartig gestreute Gerüchte und so viel offensichtlich unwahren Klatsch, aber an dem, was die Frauen heute Abend angedeutet hatten, könnte durchaus etwas dran sein, und so spät es auch war, beschloss sie, Inspektor Falconer anzurufen und ihm von den Ideen zu erzählen, die heute Abend geäußert worden waren.

Kapitel Zehn

Donnerstag

Falconer stürmte regelrecht ins Büro am Morgen nach seinem Telefonat mit Pfarrerin Florrie. Die bisherige Arbeit im Büro hatte sich darauf konzentriert, die Aussagen der Dorfbewohner zu sichten, aber ihre Informationen hatten neue Ideen angeregt. Dorfbewohner behielten ihre innersten Gedanken meist für sich, wenn sie von Außenstehenden befragt wurden, und die Ideen, die sie ihm gegeben hatte, hatten viele neue Theorien angeregt, die er alle mit Carmichael besprechen wollte, der ein paar Minuten später als gewöhnlich eintraf.

»Tut mir leid, Chef«, rief eine Stimme von der Tür. »Hatte ein bisschen Ärger im Bad.«

»Was meinst du damit?«, fragte Falconer und drehte sich so weit um, dass seine Augen alles erklärten. Sein Sergeant war plötzlich skandinavisch blond. »Was zum Teufel ist passiert?«

»Ein Moment der Unachtsamkeit«, sagte er, ließ sich in einen Stuhl fallen und fuhr sich mit der Hand durch sein neu erblondetes Haar. »Kerry rief mich runter, als ich gerade aus der Dusche kam, und ich griff nach dem, was ich für meine Haargeltube hielt. Ich trug es auf, ohne in den Spiegel zu schauen, weil ich es eilig hatte, kämmte es durch und rannte die Treppe runter.

Kerry war völlig aufgelöst, weil sie rausgegangen war, um die Hühner zu füttern, und eines tot vorgefunden hatte. Als ich ankam, stürzte sie weinend ins Haus und bat mich, es zu entsorgen, dann ging sie nach oben, um sich richtig auszuheulen. Als sie wieder runterkam, sagte sie nur: ›Was zum Teufel hast du gemacht, Davey?‹, und ich sah sie an, ohne zu ahnen, was sie meinte.

Sie sagte mir, ich solle in den Spiegel schauen und dann so schnell wie möglich wieder unter die Dusche gehen. Ich hatte versehentlich ihre Haarfarbe erwischt«, erklärte er reumütig. »Sie meinte, wenn ich es nicht bis an die Grenzen des Möglichen pflegen würde, würde es wie eine Pusteblume aufgehen und sich kräuseln, und ich hatte wirklich keine Lust auf einen blonden Afro.« Nur Carmichael konnte so einen Fehler machen, dachte der Inspektor und fragte ihn, was er dagegen tun könne.

»Nicht viel, was ich tun konnte. Kerry meinte, ich hätte im Grunde drei Möglichkeiten. Ich könnte versuchen, es so durchzustehen, was schwierig sein könnte. Zweitens könnte ich mir den Kopf rasieren lassen, und drittens könnte ich es etwas wachsen lassen und dann kurz schneiden lassen, sodass ich das habe, was man ›blonde Spitzen‹ nennt.«

»Und welche Option bevorzugst du?«, fragte Falconer, nun interessiert daran, die Denkweise seines Sergeants zu ergründen.

»Bin mir nicht sicher, Chef«, kam die Antwort. »Ich werde im Laufe des Tages darüber nachdenken.«

»Nun, grüble nicht zu viel darüber nach. Ich habe einige Informationen von Pfarrerin Florrie bekommen, die uns mindestens eine gute Spur geliefert haben, vielleicht sogar zwei. Die dritte war zu lächerlich, um sie in Betracht zu ziehen – aber das war das, was du heute Morgen gemacht hast, auch, also müssen wir wohl auch dem nachgehen. Die Arbeit wird dich von deinem Aussehen ablenken.«

»Machen Sie sich nicht über mich lustig, Chef. Bob Bryant hat mir einen Wolfspfiff hinterhergeschickt, als ich reinkam, und Merv Green hat mir eine Kusshand zugeworfen und mich Blondie genannt«, flehte der Sergeant mit niedergeschlagenem Gesichtsausdruck.

»Warte nur, bis du in die Kantine kommst, dann geht der Spaß erst richtig los. Du solltest dir besser ein dickes Fell zulegen, bevor wir dorthin gehen.«

»Hören Sie auf, Chef«, jammerte Carmichael, sein Gesicht fiel noch weiter. »Ich würde den Ort eine Weile meiden, aber ich brauche mein Essen.«

»Das brauchst du sicher.«

»Also, was sind das für Spuren, die Sie bekommen haben, und wann haben Sie sie bekommen?«

»Pfarrerin Florrie hat gestern Abend ihr erstes Treffen der Müttergruppe abgehalten, und diese Hennen haben ganz schön gegackert, als sie in die Küche ging, um ihnen ein heißes Getränk zu machen. Die absurdeste ist, dass ein alter deutscher Soldat aus dem Krieg, der von Albert gefangen genommen wurde, hinter ihm her ist, bevor er stirbt. Ich weiß, es klingt lächerlich, aber es könnte ein Sohn oder Enkel sein, der beschlossen hat, es dem alten Mann heimzuzahlen. Wenn sein Verwandter eine schlimme Zeit hatte oder sogar gestorben ist, könnte er gedacht haben, es gäbe Gründe für Rache.«

»Das ist ein ziemlicher Schuss ins Blaue, Chef«, sagte Carmichael und sah erstaunt aus, dass so etwas vorgeschlagen werden konnte.

»Ich weiß, aber wir können Burtons Kriegsakte überprüfen und auch nachsehen, ob jemand von einem Deutschen weiß, der die Gegend besucht hat. Das ist das Mindeste, was wir tun können, obwohl ich es für sehr unwahrscheinlich halte.

Die zweite Theorie, die ich dir weitergeben werde, ist, dass die Scardifields Yvonne Pooley beseitigt haben, weil Willard zum Organisten ernannt werden wollte und Thea die Leitung des Chors übernehmen wollte. Ich weiß, es klingt ein bisschen ungeheuerlich, aber Mord wurde schon aus geringeren Gründen begangen, und wenn du dich erinnerst, sagten sie, sie würden wegfahren, also fuhren sie vielleicht zu ihrer Tochter oder wohin auch immer sie gegangen sind, um die Dinge etwas abkühlen zu lassen und zu sehen, ob sie damit durchgekommen sind.

Wir müssen auch ein gutes Gespräch mit Herrn Pooley führen, um zu sehen, ob seine Frau jemals anonyme Drohungen erhalten hat. Sie könnten per Post zugestellt, durch die Tür geschoben oder per E-Mail gesendet worden sein. Der Computer, den sie benutzt hat, wird uns über elektronische Drohungen Auskunft geben, aber alles in

Papierform könnte zerstört worden sein, aber ich wette, sie hätte es ihrem Mann erzählt.

Und das hängt sehr eng mit dem dritten Vorschlag zusammen: dass jemand von Landbank Ltd, der Firma, die das Land verkauft hat, das sie von der aufgegebenen Farm gekauft haben, sie beseitigt haben könnte, um ihren Protest zu stoppen, der ihre Pläne, die Entwicklung in Gang zu bringen, zunichtemachen könnte. Vielleicht werden sie schon von Investoren bedrängt, die eine Vorstellung davon haben wollen, wann sie eine Rendite für ihr Geld sehen werden.«

»Das klingt jetzt wie eine ziemlich vernünftige Theorie, Chef.«

»Und es wurde vorgeschlagen, dass es jemand vom örtlichen Planungsausschuss gewesen sein könnte, der bestochen wurde, um es bis zur Genehmigung durchzubringen. Yvonne Pooley muss ein ziemlicher Störfaktor gewesen sein.«

»Morgen, Chef, Carmichael«, rief Roberts' Stimme von der Tür. »Ich habe alles in Ford Hollow erledigt. Was soll ich heute machen? Haben Sie was Spannendes?«

»Ah, genau der Richtige«, erklärte Falconer mit einem wolfsähnlichen Grinsen. »Ich möchte, dass du die Namen, Adressen und Telefonnummern aller Mitglieder des örtlichen Planungsausschusses besorgst, und dasselbe für alle in leitender Position in der Planungsabteilung selbst. Und übrigens, du bist zu spät – schon wieder.«

Roberts' fröhlicher Gesichtsausdruck schmolz dahin, und er blickte den Inspektor finster an. »Meine Güte, vielen Dank auch, Chef. Von einer Wüste in die nächste. Das werde ich wirklich genießen.«

»Natürlich wirst du das. Das ist echte Polizeiarbeit. Keine Autoverfolgungsjagden und keine Waffen, nur gute, solide investigative Fußarbeit. Und beschwer dich nicht. Du kannst wahrscheinlich viel davon entweder am Telefon oder im Internet erledigen. Das kann keine schlechte Option sein, oder? Auf deinem Hintern sitzen, weit weg von all den Bösen. Übrigens, ich hoffe, du hast seit deinem Eindringling fleißig abgeschlossen.«

»Ha ha, Chef, sehr witzig, glaube ich nicht. Ja, das habe ich, und jetzt sollte ich besser mit meiner staubtrockenen Arbeit anfangen.«

»Was soll ich tun?«, fragte Carmichael.

»Ich möchte, dass du beim Handelsregister eine Kopie der Eintragung von Landbank Ltd, alle Berichte, die sie gemacht haben, und eine Liste der Direktoren überprüfst.«

»Und was wirst du tun?«, fragte Roberts sarkastisch.

»Ich werde warten, bis Carmichael mir einige Namen gibt, dann werden er und ich ein paar Anrufe tätigen, um Termine mit einigen Mitarbeitern dieser bestimmten Firma zu vereinbaren.«

»Wir werden wahrscheinlich weg sein, wenn du fertig bist, also wäre ich dir dankbar, wenn du deine Fallnotizen für mich aufschreiben könntest, damit ich sie bei meiner Rückkehr abzeichnen kann.«

»Das war's. Ich lasse mich definitiv zurück nach Manchester versetzen.«

»Wie du meinst«, erwiderte Falconer mit dem leisesten Anflug eines Spotts. Würde er seinen DC vermissen, oder wäre er mit einem Ersatz besser dran? Im Moment wusste er es wirklich nicht.

Um zehn Uhr hatte Falconer Termine mit dem Geschäftsführer und den drei aufgeführten Direktoren der Firma vereinbart, und sie ließen Roberts bei seinen langweiligen Aufgaben zurück. Carmichael war begeistert, dass sie aus dem Büro kamen, weil er sich nicht der Kantine zur Mittagszeit stellen musste.

Falconer war irgendwie überredet worden, in Carmichaels Auto zur Landbank Ltd zu fahren. Wie er so dumm sein konnte, wusste er nicht, aber er hätte kaum überrascht sein können, als es etwa eine Meile, bevor sie überhaupt Castle Farthing erreicht hatten, liegenblieb. Die Firma hatte ihren eingetragenen Sitz in Carsfold.

»Verdammt toll. Ich dachte, du hättest mir vor ein paar Wochen gesagt, dass es den TÜV bestanden hat und nur optisch wie ein Wrack aussieht.«

»Es gab ein paar Dinge, die in naher Zukunft auftauchen würden, aber nichts, womit er mich hätte rauswerfen können, als er es zertifiziert hat.«

»Ist er ein notorischer Lügner, oder war das untypisch für ihn?«, schnaubte Falconer.

»Er muss sich nur im Timing verrechnet haben, Sir. Er ist ein sehr ehrlicher Mann«, antwortete Carmichael, verletzt durch diese Verleumdung des Rufs des Mannes. »Ich gehe seit Jahren zu ihm.«

»Wenn er diesem alten Schrotthaufen schon so lange den TÜV gibt, muss er ein echter Gauner sein. Ich hätte schon vor Jahren darauf bestanden, ihn verschrotten zu lassen.«

»Es ist nichts falsch an ihr, Sir. Außer natürlich der Tatsache, dass sie liegengeblieben ist. Sie ist nur ein bisschen hässlich, und ich kann mir keine neue Lackierung leisten.«

»*Sie*«, erwiderte Falconer und betonte das Pronomen, das er seinen Sergeant noch nie zuvor hatte benutzen hören, »wäre nicht mal den Preis der Farbe wert, geschweige denn die Arbeit. Tatsächlich bezweifle ich, dass du, wenn du *sie* verkaufen würdest, den Preis für ein Fish and Chips bekommen würdest. Also, was machen wir jetzt?«

»Ich werde die Werkstatt anrufen, Sir«, sagte sein Sergeant mit sehr schmollender Stimme. Sein Gesicht wurde noch grimmiger, als er seinen Anruf beendet hatte. »Er kann sie nicht vor zwei Uhr abholen. Er sagte, ich soll sie abschließen und stehen lassen. Was machen wir jetzt?«

»Wir werden zu dir laufen und früh mit Kerry zu Mittag essen, wenn du nicht denkst, dass es sie stören würde, dann lassen wir uns einen Dienstwagen bringen, damit wir weiterfahren können.«

»Großartig!« Das heiterte Carmichael sicherlich auf und brachte das Lächeln zurück auf sein Gesicht. »Ich schließe sie nur ab, und dann gehen wir los. Gott sei Dank regnet es nicht.«

Es war sonnig, aber als sie all ihre Sachen zusammengepackt hatten und Carmichael die Zentralverriegelung zum Funktionieren überredet hatte - ein bisschen wie russisches Roulette -, hatten dunkle Wolken dieses Zeichen eines Altweibersommers verdeckt, und dicke Tropfen begannen auf sie zu fallen. »Hattest du keinen Regenschirm da drin?«, fragte Falconer.

»Tut mir leid, Sir. Ich habe ihn letzte Woche benutzt, um ins Büro zu kommen, als wir einen Schauer hatten, und ich habe ihn dort am Kleiderständer gelassen.«

»Verdammt toll. Du könntest wenigstens Kerry anrufen und ihr Bescheid geben, dass wir kommen.«

»Es ist nicht meine Schuld, dass es regnet, Sir.«

»Doch, ist es.«

Als Carmichael die Nummer wählte, war das Signal, das außerhalb der Dörfer immer wackelig war und manchmal auch in ihnen, verschwunden, und sie begannen, sich ohne jeglichen Schutz in Richtung Castle Farthing zu schleppen.

Zwei Dinge fielen Rev. Florrie am Morgen auf. Erstens, als sie die Liste betrachtete, die für sie erstellt worden war, war die Erkenntnis, dass es einen Line-Dance-Abend des Teamministeriums in Carsfold geben würde, an dem sie voraussichtlich teilnehmen sollte. Das andere war, dass morgen Abend wieder Chorprobe war und sie keine Chorleiterin hatte.

Das erforderte eine Tasse echten Kaffee, anstelle des entkoffeinierten, den sie normalerweise zu Hause trank. Nach längerem Nachdenken beschloss sie, Elodie Sutherland anzurufen. Obwohl die Scardifields erst am Samstag wegfuhren, wollte sie Thea nicht bitten, die Probe zu übernehmen, da dies die Befürchtungen einiger Mitglieder der Mütterunion bestätigen würde, dass dies wirklich ein Plan des Paares war, die Kirchenmusik in einem Mafia-ähnlichen Coup zu übernehmen. Es würde ein Gerücht im Keim ersticken, und sie hoffte, nicht nur für den Moment. Aus merkwürdigeren Gründen waren in der Vergangenheit so oft Morde begangen worden, dass sie nur hoffte, das Richtige zu tun.

Elodie war natürlich entzückt, ihr behilflich zu sein. Obwohl sie versuchte, so zu klingen, als würde sie der Pfarrerin einen Gefallen tun, war es offensichtlich die Pfarrerin, die den Tag der Frau gemacht hatte. Gut, das war erledigt. Jetzt musste sie über den Abend nachdenken.

Sie rief sofort Marjorie Mundy an, um zu sehen, ob sie hingehen würde, und war insgeheim erfreut, als die alte Frau ja sagte. Sie war nicht gerade von der gewünschten Größe oder Fitness für das Line Dancing, aber sie ging zu so vielen Gemeindeveranstaltungen wie möglich, nur um zu beobachten. Es bereitete ihr viel unschuldiges Vergnügen. »In diesem Fall, könnte ich bei Ihnen sitzen? Ich möchte nicht wieder von dem schrecklichen Rev. Monaghan in die Ecke gedrängt werden. Er macht mir wirklich Angst.«

»Ihnen und jeder anderen Frau, die noch nicht im Grab liegt, in all seinen Gemeinden. Er ist eine absolute Plage, und ich wünschte, der Bischof würde ihn versetzen, aber aus irgendeinem Grund scheinen die beiden große Kumpel zu sein. Sie wissen über seine Frau Bescheid, oder?«

Sie verbrachten die nächsten zehn Minuten damit, den Namen des ehrwürdigen Sünders zu beschmutzen und seiner armen Frau zu bemitleiden. »Allerdings erwarte ich, dass dort eines Tages etwas sehr Überraschendes passieren wird«, sagte Marjorie.

»Sie glauben doch nicht, dass sie ihn umbringen wird, oder?«

»Merken Sie sich meine Worte. Sie wird uns alle überraschen.«

Als Falconer und Carmichael im Jasmine Cottage ankamen, waren sie bis auf die Haut durchnässt. Kerry öffnete die Tür und sah noch rundlicher aus als vor ein paar Tagen, falls das überhaupt möglich war, und scheuchte sie schnell hinein.

»Geh nach oben und zieh dich um, Davey, während ich für Inspector Falconer etwas Sauberes von dir finde, damit ich beide Sätze Kleidung in den Trockner stecken kann.«

Falconer bekam fast einen Anfall bei dem Gedanken an seine Hose in den Klauen eines Trockners und fragte sie, ob sie ihr Bügeleisen anschließen könnte, und er würde sie trocken bügeln. Aber nicht, bevor er etwas hatte, um seine Verlegenheit zu bedecken, womit sie vermutete, er meinte seine Beine und Unterhose. Er war kaum die Art von Person, die ohne Unterwäsche herumläuft.

Falconer stand in der Küche und tropfte, während er darauf wartete, dass Kerry mit Wechselkleidung zurückkam. Sie war die Erste des Paares, die wieder auftauchte, und reichte ihm ein T-Shirt und eine Jogginghose. Er dankte ihr und ging selbst nach oben ins Bad, um sich dort diskret umzuziehen.

Als er die Sachen angezogen hatte, blickte er an sich herunter und seufzte. Das war unvermeidlich. Der Ganzkörperspiegel im Flur bestätigte, was er bereits vermutet hatte. Er sah aus, als wäre er in der Wäsche eingelaufen. Das T-Shirt hing ihm von den Schultern und reichte ihm bis zur Mitte der Arme, während der Körper des Shirts fast bis zu seinen Knien reichte. Und musste es unbedingt schwarz-gelb gestreift sein? Er sah aus wie eine riesige Biene, fühlte sich aber eher wie eine wütende Wespe, die auf ein Opfer wartete, das sie stechen konnte.

Die Jogginghose sammelte sich ebenfalls um seine Füße über den elastischen Knöchelbündchen, und als er hörte, wie sich der Türgriff von Carmichaels Schlafzimmer drehte, war er bereit für ihn, seinen Stachel zum Zustechen erhoben.

Was er sah, ließ ihm die Worte im Hals gefrieren. Während die Jogginghose, die man ihm geliehen hatte, grau war, trug Carmichael eine in schockierendem Türkis. Sogar sein T-Shirt übertraf das, welches Falconer trug, da es in einem grellen Pinkton gehalten war, mit lila Besatz am Hals, an den Schultern und am unteren Saum.

»Ich hoffe, du trägst das nur, bis deine anderen Klamotten trocken sind?«, fragte er mit etwas zu hoher Stimme und fragte sich, was wohl die Direktoren und der Geschäftsführer einer Firma von einem Zivilpolizisten in solch auffälliger Kleidung halten würden.

»Falls Kerry sie rechtzeitig trocken bekommt. Wenn nicht, habe ich wirklich keine anderen erwachsenen Klamotten, die nicht entweder in der Wäsche oder in der Reinigung sind.«

»Na, ich hoffe zu Gott, dass sie sie rechtzeitig zum Anziehen fertig bekommt. Ich habe keine Lust, dich in diesem Aufzug durch den Firmensitz zu schleppen.«

»Was ist denn falsch daran, Chef? Es ist noch nicht ganz Herbst, und ich fand es fröhlich.«

»Dich mag es aufheitern, aber mich erfüllt es mit Grauen. Komm, lass uns nach unten gehen. Ich habe Kerry gesagt, sie könne mein Hemd im Trockner vortrocknen, bevor sie es bügelt, aber meine Hose und Krawatte muss ich selbst trockenbügeln. Die kann ich nicht in dieses Folterinstrument für Kleidung stecken.«

Als sie wieder nach unten kamen, war das Rumpeln der besagten Maschine zu hören, und auf dem Tisch standen zwei Teller mit Sandwiches sowie zwei Tassen Tee. Als sie sich setzten, fragte Kerry: »Was haltet ihr von Daveys Haaren? Ist er nicht ein Trottel?«

»Das würde ich auch sagen, Kerry, aber ich finde, sein Outfit passt ganz gut dazu. Es ist nur schade, dass ich mich mit ihm so angezogen nicht in der Öffentlichkeit blicken lassen kann, und ich kann ihn kaum dazu bringen, auch noch einen Hut zu tragen. Zweifellos würde er mit einem knallgrünen ankommen.«

»Ich könnte eine Baseballkappe tragen, Chef.«

Mit der Erinnerung daran, wie Carmichael früher aussah, als er regelmäßig solch ein Kopfbedeckungsstück trug, erwiderte Falconer: »Oh nein, das könntest du nicht. Ich verbiete es dir absolut.«

»Dann vielleicht ein Kopftuch?«

»Carmichael, bitte mach mich nicht wütend. Du magst mich nicht, wenn ich wütend bin.«

»Oh!« Die Augen des Sergeants leuchteten auf. »Schauen Sie auch *Der unglaubliche Hulk*, Chef?«

»Ganz sicher nicht. Das war nur eine Redewendung. Jetzt halt den Mund und iss deine Sandwiches.«

»Chef?«

»Ja, Carmichael?«, fragte der Inspektor mit einem Sandwich auf halbem Weg zu seinem Mund.

»Wie soll ich meinen Mund halten *und* meine Sandwiches essen? Ich könnte sie nicht reinbekommen, wenn mein Mund geschlossen wäre.«

»Du weißt verdammt gut, was ich meine, Schlauberger.«

Carmichael grinste über den leichten Sieg, der ausnahmsweise mal seiner war, und machte sich mit Begeisterung über das Essen her.

Nachdem sie gegessen hatten, machte Kerry ihnen beiden noch eine Tasse Tee, während sie dasaßen und darauf warteten, dass ein Auto von der Polizeistation in Market Darley geliefert wurde.

Ihre Kleidung war noch nicht ganz trocken, und Falconer, der mit dem Bügeln begonnen hatte, sobald ihre Gastgeberin die Teller weggeräumt hatte, machte eine kurze Pause zum Trinken. Innerhalb weniger Minuten hatte er einen Chihuahua und einen winzigen Yorkshire Terrier erworben, je einen auf jedem seiner Oberschenkel. Warum taten sie das? Sie wussten, dass er Hunde nicht mochte, und doch beharrten sie darauf, ihn für besondere Aufmerksamkeit auszuwählen. Etwas verspätet watschelte Dipsy Daxie, der Neuzugang, herbei, setzte sich zu seinen Füßen und begann, an seinen Schnürsenkeln zu kauen. Jetzt hatte er die volle Besetzung – oder etwa nicht?

In dem Moment, als er seine drei pelzigen Fans anstarrte und froh war, dass es Carmichaels Kleidung war, die er trug, klopfte es an der Tür, und Kerry öffnete einem Paar – und noch einem Tier. Es gab ein tiefes

Wuff, und Falconers Blut gefror. Oh nein, das konnte nicht sein! Das konnte doch sicher nicht sein, oder? Es durfte nicht wieder Mulligan sein, dachte der Inspektor, und er hoffte, dass sie nicht hereinkommen würden.

»Dann sehen wir uns am Sonntagabend«, hörten sie Kerry sagen, und herein trottete – wie ein Pferd – die enorme Masse, die Mulligan, die Deutsche Dogge, war, einer von Falconers eifrigsten Hundefans, der einmal, gegen Falconers Willen, ein Bett mit ihm geteilt hatte.

Wenn Hunde schnurren könnten, hätte Mulligan ein Geräusch wie ein Zug gemacht. Als er seinen Lieblingsmenschen witterte, stieß er ein großes Freudengeheul aus und warf sich auf Falconers Schoß. Die kleineren Hunde sprangen gerade noch rechtzeitig weg, bevor sie zerquetscht wurden.

»Ist das nicht schön, Chef? Er erinnert sich immer noch an Sie. Ich habe vergessen zu erwähnen, dass er für ein langes Wochenende kommt.«

Es kam keine Antwort. Mulligan war so groß, dass für ihn auf einem Schoß kein Platz war, und seine plötzliche Ankunft auf Falconers Schoß hatte ihn zur Seite gekippt. Die einzige Lösung bestand darin, zu versuchen, sich von unten hochzuziehen, damit es zumindest so aussah, als würde er dort sitzen. Aber er brauchte Hilfe.

»Zieht mich nicht einfach raus«, rief er, so laut er konnte. »Holt dieses Monster von mir runter. Er quetscht mich platt.«

Als das Auto endlich geliefert wurde, war Mulligan in den Garten verbannt worden, wo er jämmerlich winselte und darum bettelte, zu seinem besten Freund Falconer zurückkehren zu dürfen. Falconer hatte es geschafft, alles trockenzubügeln, aber Carmichaels Kleidung hatte den Bemühungen des Wäschetrockners widerstanden, und erst als draußen auf der Straße eine Hupe ertönte, bemerkte Kerry, dass sie die Maschine auf niedrige Stufe eingestellt gelassen hatte.

»Kein Wunder, dass Sie Ihr Hemd bügeln mussten, um es vollständig zu trocknen«, sagte sie zu Falconer, der darauf bestanden hatte, es selbst zu machen. Er bügelte seine Hemden wie ein Soldat und konnte es nicht ertragen, wenn jemand anderes »es vermasselte«, wie er es nannte. »Ich hatte die Einstellung seit der letzten Wäsche nicht geändert, die für Feinwäsche war«, schloss Kerry zur Erklärung.

»Also heißt das wohl, dass ich Ka-Ka den Clown hier als Begleitung für heute Nachmittag habe.«

»Sieht ganz danach aus, Chef«, bestätigte Carmichael. Er hatte tatsächlich etwas Dezenteres, das er hätte anziehen können, aber er genoss es insgeheim, den Boss zu necken, und schwieg daher darüber. »Gehen Sie nach draußen, um sich von Mulligan zu verabschieden?«

»Nicht um alles in der Welt!«, erwiderte Falconer und zuckte bei dem Gedanken körperlich zusammen.

Kapitel Elf

Donnerstagnachmittag

Als sie auf dem Parkplatz der angegebenen Adresse von Landbank Ltd ankamen, sahen sie sich einem riesigen Bürogebäude gegenüber. Während sie darauf zugingen, fühlten sie sich ziemlich eingeschüchtert, bis die Blicke und Pfiffe von anderen Besuchern oder Mitarbeitern begannen und Carmichaels Gesicht für ein oder zwei Minuten mit seiner Kleidung um die Wette rötete.

Am Eingang angekommen, konnten sie sehen, dass das Gebäude von einer Vielzahl von Firmen belegt war, alle wahrscheinlich recht klein. Landbank Ltd befand sich laut Angabe im sechsten und obersten Stockwerk. Der Aufzug war natürlich außer Betrieb.

»Bist du Zippy, Bungle, George oder Geoffrey?«, fragte Falconer, nur um mit einem sehr verwirrten Gesicht konfrontiert zu werden. »Komm schon, *Rainbow*«, erklärte er, und das Gesicht des Sergeants hellte sich auf, als er endlich die Anspielung auf eine alte Kindersendung erkannte.

»Ich denke, ich werde Geoffrey sein«, antwortete er. »Er trug immer bunte Kleidung.«

»Wenn ich die Wahl hätte, wärst du Zippy«, murmelte Falconer mit einem boshaften Grinsen.

Nach vier Stockwerken war der alte Rainbow-Backen frisch wie eine Maiblume, aber Falconer war außer Atem und musste eine Pause einlegen. »Wann ist Ihre nächste offizielle ärztliche Untersuchung, Sir?«, fragte Carmichael mit echtem Interesse und ohne einen Hauch von Bosheit.

»In zwei Wochen«, antwortete Falconer, sich am Geländer festhaltend und keuchend. »Ich glaube, ich sollte mich so bald wie möglich ins Fitnessstudio begeben.«

»Das wäre vielleicht keine schlechte Idee, Sir. Ich meine, ich kann mir vorstellen, dass Roberts außer Puste gerät, weil er raucht und sich nie bewegt, wenn er nicht muss, aber ich hätte gedacht, Sie wären fitter.«

»Das dachte ich auch, Sergeant. Das dachte ich auch. Komm, so kommen wir nicht weiter.«

»Ich glaube, Sie meinen 'so bekommen wir das Baby nicht gebadet', Sir.«

»Ich meine genau das, was ich gesagt habe, Carmichael. Jetzt lass uns den Rest dieser verdammten Treppen hochgehen und mit unserem ersten Interview beginnen, wenn ich wieder zu Atem gekommen bin.«

Auf dem Treppenabsatz ganz oben stand eine Reihe von Stühlen, und Falconer ließ sich dankbar in einen sinken. »Wir haben noch fünf Minuten, also können wir warten, bis ich ein wenig weniger außer Atem bin«, sagte er. Allerdings sollte es nicht dazu kommen, und seine Stimme muss in das eine Büro gedrungen sein, in das er sie am wenigsten gewollt hätte; das des Geschäftsführers.

Eine Gestalt stürzte aus der Tür, warf einen Blick auf sie und sagte: »Polizei. Ich bin bereit für Sie. Kommen Sie herein. Ich bin übrigens Cardew Trevelyan. Titel wie auf dem Schild an der Tür.«

Carmichael stand auf, in seiner vollen Größe und mit dem kompletten Farbschema zur Schau gestellt, Trevelyan trat einen Schritt zurück und fasste sich erst wieder, als sie ihm beide ihre Dienstausweise gezeigt hatten.

Falconer zog sich auf die Füße und folgte Carmichael ins Büro. Als alle drei Platz genommen hatten, entschuldigte sich Falconer kurz für die Kleidung seines Kollegen und fuhr dann fort: »Der Grund, warum wir hier sind« - puh puh - »ist, um mit Ihnen über« - huch puch - »Mrs Yvonne Pooley zu sprechen.« Die Anstrengung hatte ihn offensichtlich erschöpft, und Carmichael holte sein Notizbuch heraus und übernahm.

»Wir haben verstanden, dass sie eine Petition gegen die Erschließung von Ford Hollow aufsetzte und dass sie sehr lautstark in ihren Protesten war.«

Trevelyans Gesichtszüge hatten sich bei der Erwähnung des Namens der Frau zu einem wütenden kleinen Ball zusammengezogen, und seine Antwort war regelrecht explosiv. »Verdammtes Weib! Weiß sie, wie viele Arbeitsplätze, wie viele Existenzen bei einer solchen Erschließung auf dem Spiel stehen? Und der Druck auf den Wohnungsmarkt wird immer stärker. Land, das landwirtschaftlich tot ist, sollte leicht in Bauland umgewidmet werden können.«

»Haben Sie keine Angst, dass die Häuser, die Sie bauen, überschwemmt werden?«, fragte Falconer, der sich jetzt fast erholt hatte.

»Warum sollten sie, wenn sie den Bach umleiten, der durch das Grundstück fließt? Und außerdem werden wir sie nicht bauen, sondern nur die Baugenehmigung einholen und das Land an einen Bauträger verkaufen.«

»Dann hätte das Dorf keine Furt mehr«, warf Carmichael ein.

»Richtig.«

»Wie könnte es dann noch Ford Hollow heißen? Das ergibt keinen Sinn«, fuhr der Sergeant fort.

»Das ist nicht meine Sorge. Es interessiert mich nicht im Geringsten, wie sie den Ort nennen - sie können ihn meinetwegen Wolkenkuckucksheim nennen - solange ich eine Rendite für meine Investoren bekomme und die Sache durch die Planung bringen und in den Bau gehen kann.«

»Aber endet Ihr finanzielles Interesse nicht, nachdem Sie die winzigen Parzellen verkauft haben?«

»Ganz und gar nicht. Wir garantieren nicht nur, dass wir Hüter des Landes bleiben, bis es verkauft wird, sondern wir haben auch bestimmte Parzellen für uns selbst zurückbehalten, so dass wir, wenn die Baugenehmigung erteilt ist und es von einem Bauträger gekauft wird, einen neuen Kapitalzufluss erhalten, um zukünftige Landkäufe zu finanzieren.

»Und war Mrs Pooley ein kleiner Störfaktor dabei?«

»Sie ist eine enorme Plage«, antwortete er, ohne zunächst die Vergangenheitsform zu bemerken, »ständig schreibt sie an ihren Abgeordneten, den Gemeinderat, uns, stellt Petitionen zusammen und macht Lobbyarbeit bei Umweltgruppen.« Jetzt fiel der Groschen. »Sie sagten 'war'.«

»Leider wurde Mrs Pooley letzten Sonntag ermordet. Das ist der Grund, warum wir Sie und Ihre Kollegen heute besuchen. Wir haben Termine mit den drei im Handelsregister eingetragenen Direktoren. Können Sie mir sagen, wie viele weitere Mitarbeiter Sie haben?«

»Keine.«

»Es sind nur Sie vier?«

»Das ist alles, was wir brauchen. Einer der Direktoren ist Gutachter, um verfügbare Grundstücke aufzuspüren, einer ist Architekt, um zu berechnen, wie viele Häuser wir für die Baugenehmigung einplanen würden. Der andere kümmert sich um den Verkauf.«

»Und was machen Sie?«

»Ich mache hauptsächlich die Buchhaltung. Wenn wir mehr Personal hätten, würden wir nie Gewinn machen. Wir arbeiten als sehr schlanke, effiziente Maschine.«

»Und geht diese Effizienz so weit, jeden zu ermorden, der Ihnen Ärger macht?«

»Absolut nicht. Wir hätten wahrscheinlich versucht, sie zu bestechen.«

»Was ist mit Ihren Kollegen? Wissen Sie, was sie rund um die Uhr tun?«

»Nein, aber sie würden niemals zu Mord greifen«, sagte Trevelyan, immer noch schockiert von der bloßen Andeutung, dass Yvonne Pooleys Tod irgendetwas mit seiner Firma zu tun haben könnte.

»Wir werden uns unsere eigene Meinung bilden, da ich Termine mit ihnen allen vereinbart habe. Danke für Ihre Hilfe.« Falconer erhob sich, und er und Carmichael verließen den Raum auf der Suche nach den Büros der anderen Direktoren.

Das nächste Büro war mit dem Namen Sheridan Grimble beschildert, und Falconer klopfte an, während er versuchte, Carmichael mit seinem Körper zu verdecken, und war irritiert, als der Sergeant sich neben ihn stellte. Als der Bewohner des Büros die Tür öffnete, folgte ein Moment der Stille, der ewig zu dauern schien.

Die Nase des Mannes war so enorm und missgestaltet, dass es aussah, als besäße er keine Sockenschublade und hätte sie stattdessen dort hineingestopft. Um sein seltsames Aussehen zu vervollständigen, trug er eine Hornbrille und einen sehr dicken Schnurrbart, der direkt über seiner Oberlippe wucherte. Sowohl Grimble als auch Carmichael brachen die peinliche Stille, indem sie gleichzeitig in Gelächter ausbrachen. Hastig versuchten sie, ihr Lachen zu unterdrücken – Carmichael über die riesige »Schnüss« und ihre Begleiterscheinungen, Grimble über Carmichaels »Zivilkleidung« – wobei Falconer derjenige war, der am meisten verlegen war und bis sie alle im Büro saßen, knallrot blieb.

In dem Bewusstsein, worüber der Sergeant sich amüsierte, fuhr er sich immer wieder an seine missgestaltete Riechkolben, während er ihre Dienstausweise inspizierte, was Falconer vor Scham am ganzen Körper kribbeln ließ angesichts Carmichaels unangebrachter Heiterkeit. Carmichael war unfähig, sich wegen seiner Kleidung zu schämen, und saß einfach da und starrte fasziniert auf die Größe des Gesichtsorgans vor ihm.

Der Inspektor kam gleich zur Sache. »Was wissen Sie über Yvonne Pooley aus dem Dorf Ford Hollow?« Carmichael war zu sehr damit beschäftigt, den Inhalt des Büros zu betrachten, zu dem auch ein riesiges Zeichenbrett mit darauf ausgebreiteten Plänen gehörte. Hier war offensichtlich der Architekt des Unternehmens.

Grimble antwortete etwas zögerlich. »Nichts«, wagte er schließlich zu sagen, und ein leichter Anflug von Besorgnis huschte über seine Gesichtszüge, wobei er einen ziemlichen Umweg über seine Nase machen musste.

»Nichts, Herr Grimble? Aber sie macht Landbank Ltd doch in letzter Zeit das Leben ziemlich schwer, oder?«

»Ich kenne den Namen«, gab er widerwillig zu.

»Sie haben sie nie persönlich getroffen?«, fragte Falconer. Es dauerte eine Weile, bis eine Verneinung angeboten wurde, und Grimble vermied den Blick des Inspektors, als er sie aussprach. »Sind Sie sich da absolut sicher? War sie jemals hier?«

»Kein Kommentar«, intonierte Grimble monoton.

»Weigern Sie sich, meine Frage zu beantworten?«

»Kein Kommentar.«

Sie verließen Grimbles Büro kurz darauf, da sie

nichts weiter als »Kein Kommentar« aus ihm herausbekommen konnten.

Draußen erklärte Falconer: »An diesem Mann ist etwas faul. Er hat definitiv etwas zu verbergen. Wir müssen ihn vielleicht zur Befragung mitnehmen, und zweifellos wird er nach seinem Anwalt schreien wie ein Kind nach seinem Kindermädchen.«

Carmichael wusste nichts von Kindermädchen und verband das Wort stattdessen mit Großmüttern. Er nickte unschuldig zustimmend und fügte dann hinzu: »Aber du musst zugeben, er sieht Groucho Marx verdammt ähnlich. Ich wette, die Nase und der Schnurrbart sind an der Brille befestigt, und er nimmt das ganze Ding nachts ab und legt es auf den Nachttisch, bis er es am nächsten Morgen wieder braucht.« Es war ein charmanter Fantasieflug und für den Sergeant recht einfallsreich.

»Er hatte einen aufgemalten Schnurrbart«, erwiderte der Inspektor. »Wer, Grimble? War das wirklich so?«

»Nein, Groucho Marx, du Dummkopf.«

»Oh. Also ist Grimbles echt?«

»Natürlich ist er das. Wie könnte er falsch sein?«

»Heutzutage gibt es sehr überzeugende falsche Schnurrbärte. Schau dir mal die Poirot-Sendungen an«, riet der Sergeant, der gerne auf diese andere Realität einging.

»Das werde ich ganz sicher nicht tun, Carmichael. Warum um alles in der Welt sollte der Mann einen falschen Schnurrbart tragen?«

»Zur Tarnung?«

»Ach, werd erwachsen.«

Das nächste Büro hatte zwei Schilder an der Tür und wurde von Xavier Smallwood, dem Vermesser des Unternehmens, und Sigmund Aylesford, der für den Verkauf und die Verhandlungen für neues Land zuständig war, besetzt. Nachdem Dienstausweise gezeigt, Vorstellungen durchgeführt und alle vier Platz genommen hatten, sagte Falconer, der eine Faszination für wissenschaftliche Instrumente hatte: »Herr Smallwood, dürfte ich einen Blick auf Ihr Theodoliten werfen?«

Carmichael zischte: »Sir! Was glauben Sie, was Sie da tun?« und war dann verwirrt, als der Direktor aufstand, zum hinteren Teil des Büros ging und eine Kiste aus dem Stauraum unter der Fensterbank holte. Als der Mann den Deckel anhob, beugte sich der Sergeant vor und lehnte sich dann wieder zurück, wobei er aussah, als hätte man ihm überhaupt nicht das gezeigt, was er dachte, wonach Falconer gefragt hatte. Also das war ein ... ein Theo... so ein Ding. Er hatte gedacht, er hätte das Wort »Theodildo« gehört, und das wäre etwas ganz anderes gewesen.

Beide Männer gaben zu, zu wissen, wer Yvonne Pooley war, und Smallwood gestand sogar, sie getroffen zu haben, obwohl er sagte, dies sei zufällig geschehen, als er das Land kurz vor dem Abschluss des Kaufs vermessen hatte. Mit der Entschlossenheit, alle Computer des Unternehmens zu beschlagnahmen, um nach vergifteten E-Mails zu suchen, rief Falconer Carmichael zu sich, und sie ließen die beiden ihre Arbeit fortsetzen.

Wieder auf dem Flur fragte Falconer leise: »Was hat es mit diesen ausgefallenen Namen auf sich: Cardew, Sheridan, Xavier und Sigmund? Liegt es nur daran, dass die Eltern jüngerer Menschen es vorziehen, ihrem Kind einen etwas anderen Namen zu geben?«

»Nun, meine Mutter hat das sicherlich getan«, antwortete Carmichael schwermütig. »Erinnern Sie sich, ich habe Brüder namens Romeo, Hamlet, Mercutio und Harry – Gott schütze Harry und all der Quatsch – und Schwestern namens Julia und Imogen.«

»Wie könnte ich deine Brüder vergessen? Sie haben mich auf deiner Hochzeit mit Kerry total abgefüllt, und bei der Taufe hatten sie es alle auf mich abgesehen. Und natürlich bist du Ralph Orsino.«

»Reiben Sie nicht noch Salz in die Wunde, Sir.«

»Deine Mutter hatte sicher eine Leidenschaft für Shakespeare, oder?«, grinste Falconer. »Jetzt sollten diese Treppen beim Runtersteigen nicht ganz so anstrengend sein.« Er hoffte es. Nach drei Stockwerken musste er wieder eine Pause einlegen und keuchte wie ein dampfendes Pferd. »Ich scheine wirklich nicht auf dem Höhepunkt meiner körperlichen Fitness zu sein«, schnaufte er.

»Du klingst eher wie eine alte Frau, die vierzig Zigaretten am Tag raucht«, kommentierte Carmichael, der die letzten beiden Stockwerke hinunterraste.

»Das ist nicht sehr nett«, erwiderte Falconer keuchend und mit einem finsteren Blick, während er dem Sergeant folgte, allerdings in einem viel langsameren Tempo.

Zu Falconers Schadenfreude erntete Carmichael jedoch auf dem Rückweg zum Auto eine ganze Reihe von Pfiffen, anzüglichen Bemerkungen und Blicken und war froh, als er sich außer Sichtweite im Wagen verstecken konnte, damit sie nach Market Darley zurückkehren konnten.

Als sie zur Polizeiwache zurückkamen, sagte Falconer, da ihnen in den Büros von Landbank Limited keinerlei Erfrischung angeboten worden war: »Komm, lass uns Kaffee und ein Brötchen holen. Ich denke, wir haben es uns verdient.«

»Oh nein! Heiliger Strohsack!«

»Was ist denn los, Carmichael?«

»Ich wollte doch vorbeischauen und meine Klamotten anziehen, die Kerry getrocknet hat. Was werden sie bloß in der Kantine sagen?«

»Ach, nichts, womit du nicht fertig wirst. Komm schon, lass uns den anderen Gästen den Tag verschönern.«

Während Carmichael voller Bangen auf seine bevorstehende Prüfung in der Kantine wartete, behauptete Roberts, mit den Fallnotizen fertig zu sein, abgesehen von denen, die sie über ihre heutigen Interviews noch hinzufügen mussten. »Ich hole mir einen Kaffee«, sagte der DC, stand langsam auf und streckte sich, als suche er nach Mitgefühl für all die Stunden, die er heute über einem Computer gebeugt verbracht hatte. Es blieb aus, und nachdem er den Raum verlassen hatte, warf Falconer einen Blick auf das, was er aufgezeichnet hatte. Er hatte Carmichaels neu skandinavisch anmutende Haare und seine auffällig bunte Aufmachung keines Blickes gewürdigt.

Nach ein paar Minuten stützte der Inspektor sein Kinn auf die Handflächen und rief Carmichael zu sich. »Schau dir das an!«, sagte er und zeigte auf den Computerbildschirm. »Und das hier - und das da!« Seufzend winkte er Carmichael weg und sagte: »Ich werde die Notizen wohl selbst durchgehen müssen. Die Grammatik ist furchtbar, die Zeichensetzung absolut miserabel, und was die Rechtschreibung angeht ... Sieh nur! Er hat die Autokorrektur ausgeschaltet. Das wird ewig dauern - ja, da geht es schon los. Ich habe sie jetzt eingeschaltet, und fast alles ist in irgendeiner Farbe unterstrichen. Es sieht fast aus wie ein Regenbogen.«

»Also, ich gehe auf keinen Fall allein in diese Kantine«, erklärte Carmichael entschieden.

»Du hättest mit Roberts gehen können.«

»Auf keinen Fall. Was für ein Schutz wäre *er* schon? Zumindest können *Sie* die Leute anstarren, und dann benehmen sie sich meistens besser.«

»Dann schlage ich vor, du schreibst die heutigen Notizen, während ich diesen Haufen Unsinn in Ordnung bringe, und wir gehen zusammen.« Durch diese Ermutigung holte Carmichael sein Notizbuch heraus und setzte sich vor sein Terminal.

»Aber denk daran, dass ich nicht dein Kindermädchen bin«, war Falconers abschließender Kommentar, der Carmichael ratlos zurückließ, warum der Inspektor dachte, er könnte ihn für seine Großmutter halten.

In Ford Hollow schob Rev. Florrie endlich den ganzen Klatsch vom gestrigen MU-Treffen beiseite und rief die Scardifields an. Sie brauchte sie, Willard zum Orgelspielen, während Thea die Chorprobe leitete. Sie wusste, dass sie am Sonntag nicht da sein würden, aber damit würde sie sich als separates Problem befassen. Ihre einzige andere Wahl wäre Elodie Sutherland gewesen, und sie wusste, dass sie die Selbstgefälligkeit dieser Frau nicht ertragen könnte, wenn sie vor den anderen Chormitgliedern stünde und sich wahrscheinlich wie eine ältere weibliche Tyrannin aufführen würde.

Willard nahm für sie beide recht fröhlich an und wurde fast übermütig. »Solange das nicht bedeutet, dass wir umgebracht werden«, scherzte er und ließ Florrie wegen seines schlechten Geschmacks zusammenzucken. »Übrigens, Sie wissen doch, dass wir am Sonntag nicht zum Gottesdienst da sein werden, oder? Wir fahren nach Frankreich, um unsere Tochter zu besuchen. Und außerdem werde ich nicht extra zurückkommen, um beim Gottesdienst zu spielen. Bis morgen Abend dann«, zwitscherte er und legte auf. Seiner Meinung nach gab es am Ende eines Anrufs keine Höflichkeiten zu beachten.

Florrie konnte nichts weiter tun. Was konnte noch passieren? Wenn der Kreuzträger von seiner Stange fiele, müsste sie das Kreuz eben selbst tragen. Du meine Güte, ich muss mich schnell fertig machen, dachte Florrie. Heute Abend ist dieses verdammte Line Dancing in Carsfold, und ich soll dabei sein. Ich hoffe, dieser klerikale Krake behält seine Hände bei sich, sonst kann ich für nichts garantieren.

Die St. Ignatius Kirche in Carsfold hatte ihre eigene große Halle, da sie sich in einer Kleinstadt und nicht in einem winzigen Dorf befand, und sie machte sich voller Bangen in ihrem Auto auf den Weg, in der Hoffnung, sich an Marjorie und ihre Kumpane hängen und sich von dem alten Grabscher selbst fernhalten zu können.

Sie kam nur wenige Minuten bevor Rev. Monaghan mit seinen Anweisungen begann an, und es hatte sich bereits eine kurze Reihe gebildet. Alle anderen hatten sich um die Punschbowle versammelt und nahmen so viel wie möglich von ihrem All-inclusive-Ticket mit.

»Kommt schon, Leute«, rief der alte Weihrauchschwinger. »Lasst uns eine ordentliche Reihe bilden, damit wir anfangen können. Kommt schon, ihr alle. Ich dachte, ihr wärt hergekommen, um Line Dance zu lernen?«

Mehrere andere verlängerten die Reihe, und Florrie konnte sich auf einen freien Stuhl setzen, wo Mrs. Mundy Hof hielt. »Schön, dass Sie es geschafft haben«, keuchte die alte Frau mit einem Lächeln.

»Fast hätte ich es nicht geschafft«, erwiderte Florrie. »Ich habe mich erst in letzter Minute daran erinnert und musste wie der Teufel hetzen, um herzukommen. Fängt er gerade erst an?«

»Er kommt gerade erst in Fahrt. Er wird noch zwei Stunden oder länger weitermachen, warten Sie's nur ab. Er scheint nie heiser oder außer Atem zu werden. Muss einen Sauerstofftank in seinem Bart versteckt haben: Platz wäre jedenfalls genug dafür.«

Um einige Tische herum standen harte Holzstühle, die meisten Sitzgelegenheiten waren an den Wänden aufgereiht worden, um den Tänzern mehr Platz zu geben. »Schau sie dir an«, sagte Marjorie. »In ihren Twinsets und Perlenketten und mit identischen Dauerwellen sehen sie aus, als wären sie entweder ausgestopft oder kürzlich exhumiert worden. Was gibt's bei dir heute Abend zum Essen?«

»Seelachs«, antwortete die Pfarrerin wahrheitsgemäß.

»Ich weiß, es war eine neugierige Frage, aber ich hatte nicht erwartet, so eine Antwort zu bekommen«, erwiderte Frau Mundy und lächelte dann angesichts Florries bestürztem Gesicht.

»Nein, so meinte ich das nicht. Der Fisch, weißt du, Pollack, nicht ... was du dachtest, dass ich gesagt hätte.«

»Ich wusste, was du meintest. Ich hab dich nur aufgezogen, aber, pass auf, die können sehr grätig sein.«

Das Summen der Gespräche ging unter dem Rufen von Pfarrer Monaghan weiter, bis es plötzlich Halbzeit war und er alle gehen ließ, als eine weitere volle Punschschüssel auf einem Servierwagen hereingerollt wurde. »Da!«, rief er, ohne darauf zu warten, während dieser natürlichen Pause ignoriert zu werden. »Ich hab euch doch gesagt, dass ihr nichts verpassen würdet, wenn ihr bei der Reihe mitmacht.«

Nachdem die Schüssel bis zum letzten Tropfen des Allinklusive geleert war, versuchte Monaghan, die Aufstellung und den Tanz wieder in Gang zu bringen. Diesmal entdeckte er Pfarrerin Florrie und zerrte sie buchstäblich mit einer seiner schweißnassen Hände zum Mitmachen. »Ich werde von der Mitte aus ansagen, und wir werden den Tanz, den wir in der ersten Hälfte gemacht haben, noch einmal durchgehen. Hier, neben mir, Pfarrerin Feldman. Sie haben die ganze Übung verpasst, die wir schon hatten, also werden Sie etwas Anleitung brauchen.«

Florrie tat widerwillig, was ihr gesagt wurde, da es keinen Ausweg zu geben schien. Doch als sie spürte, wie seine Hand nach unten griff, als sie alle mit dem Rücken zu ihren linken Partnern standen, und ihre linke Pobacke streichelte, hatte sie genug. Bevor sie etwas sagen oder tun konnte, wurden sie aufgefordert, sich umzudrehen, und sie stand mit dem Gesicht zu seinem Rücken und wurde plötzlich von einer giftigen Gaswolke eingehüllt, die nur von Pfarrer Monaghan stammen konnte.

Bevor sie wieder zu Atem kommen konnte, drehten sich alle wieder um hundertachtzig Grad, und nun legte er eine Hand auf jede ihrer Pobacken. Ohne zu zögern, brach sie aus der Reihe aus, drehte sich zu Pfarrer Monaghan um und verpasste ihm eine schallende Ohrfeige.

»Sie können Ihre dreckigen, wandernden Hände gefälligst bei sich behalten, was mich betrifft«, sagte sie, »Und was Ihr Blähungsproblem angeht, ich kenne einen sehr guten Tierarzt, der Ihnen Kohle-Kekse verschreiben wird. Ich gehe jetzt nach Hause, und ich werde keine anderen Veranstaltungen mehr besuchen, bei denen Sie dabei sein könnten.«

Mit hochrotem Gesicht wandte sie sich von der Reihe ab, nur um von dem spontanen Applaus, der ihre Rebellion begrüßte, verblüfft zu sein. »Gut gesagt, Pfarrerin«, rief eine Stimme.

»Sie haben es für uns alle Frauen gesagt«, rief eine andere, und sie verließ den Tanzbereich als Heldin.

»Die Zeiten haben sich geändert, und wir werden das einfach nicht mehr hinnehmen. Wie gefällt Ihnen das, Pfarrer Monaghan?«

Selbst die Männer wagten es nicht, ihn zu unterstützen, wohl wissend, dass sie von ihren Frauen die Hölle zu hören bekämen, wenn sie nach Hause kämen, falls sie es wagten, etwas so Chauvinistisches zu tun. Pfarrer Monaghan verließ den Saal schmachvoll, während die Zurückgebliebenen mit dem ersten Satz von Bewegungen weitertanzten, die er ihnen beigebracht hatte, und der ganze Saal erklärte sich zur Partyzone.

Kapitel Zwölf

Freitag

Am Freitagmorgen wurde Rev. Florrie von einer sehr hochnäsig klingenden Elodie zum Sutherland-Haushalt gerufen, die ausnahmsweise darauf bestand, Miss Sutherland genannt zu werden, und die möglicherweise ein Flüstern aus der Dorfgerüchteküche vernommen hatte.

Mit großer Beklemmung klopfte die Vikarin an die Tür von Lizanben, die von Elodie geöffnet wurde, die derzeit einem Eisberg glich, der den armseligen Eindruck der Vikarin von der *Titanic* mühelos versenken konnte. Blitzschnell denkend sagte sie: »Ich bin so froh, dass du mich gebeten hast vorbeizukommen« - besser gesagt, befohlen - »denn ich wollte sowieso heute vorbeikommen, um dich um einen Gefallen für Sonntag zu bitten.«

»Was ist mit Sonntag?«, fragte Elodie, immer noch an der Tür stehend, in einem Ton, der eisig genug war, um kleine Vögel zu fällen.

»Ich habe mich gefragt, ob du die Orgel spielen könntest. Ich dachte, ich hätte gehört, dass du einige Unterrichtsstunden hattest, aber ich wusste nicht, ob du dich damit vor der ganzen Gemeinde wohlfühlen würdest.«

»Oh, komm doch rein, Vikarin. Was mache ich denn, dich hier auf der Türschwelle stehen zu lassen, als wärst du ein gewöhnlicher Handwerker? Ich setze gleich den Kessel auf, dann können wir das weiter besprechen.«

Du meine Güte! Der Eisberg war zu geradezu tropischen Gewässern geschmolzen. Sie war bei der Erwähnung des Orgelspiels sicherlich aufgetaut, und es schien, als hätte sie irgendwie von Willards Orgelspiel und Theas Chorleitung bei ihrer Probe erfahren.

»Wir haben jetzt niemanden sonst, auf den wir uns verlassen können«, flehte sie, ihre Finger hinter dem Rücken gekreuzt, um die falsche Aufrichtigkeit zu negieren, die sie verströmte. »Tatsächlich frage ich mich, ob du nicht, wenn Willard aus Frankreich zurück ist, die Leitung des Chores übernehmen könntest und, wenn möglich, auch für ihn an der Orgel einspringen könntest? Ich habe in der Gemeinde noch niemanden mit solch umfassenden Musikkenntnissen getroffen.« - noch nicht, dachte sie, aber ich werde es, egal wie weit ich suchen und wie sehr ich mich bemühen muss.

»Ich bringe gleich das Tablett herein. Der Tee müsste jetzt gezogen haben, aber ich würde mich freuen. Vielleicht könnten wir die Musik besprechen, die während der Kommunion und vor und nach dem Gottesdienst gespielt werden soll.« Es gab immer Orgelmusik, wenn die Gemeinde eintraf und sich für den Beginn des Gottesdienstes niederließ, und danach, wenn sie ihre Gesangbücher zurückgaben und entschieden, ob sie für ein heißes Getränk und einen Plausch bleiben oder direkt nach Hause gehen sollten.

Als sie mit einem Tablett mit allen Erfrischungsutensilien hereinkam, die im feinsten Knochenporzellan serviert werden sollten, sank Rev. Florries Herz, und sie wusste, es würde einige Zeit dauern, bis sie sich verabschieden könnte.

»Und wir müssen die Musik für Alberts und der armen Yvonnes Beerdigungen planen. Hast du mit den Angehörigen über Lieder gesprochen, die sie sich wünschen? Ich weiß, der Chor singt normalerweise nicht bei Beerdigungen, aber ich denke, bei diesen beiden Anlässen sollten sie es tun, angesichts dessen, wessen Beerdigungen es sind.«

»Marjorie Mundy hat mir die Telefonnummer von Mr. Burtons Sohn gegeben, sodass ich mit ihm sprechen konnte, und ich habe vereinbart, Mr. Pooley später heute zu besuchen.«

»Alles klar. Ich brauche jetzt eine Liste der Lieder für Sonntag, wenn ich üben soll, und einen Schlüssel für die Tür, damit ich mich selbst reinlassen und hinterher abschließen kann; Lieder für die Beerdigung und jegliche Begleitmusik dafür so bald wie möglich, und Lieder für nächste Woche ...«

»Ich bitte dich nur, dieses Wochenende zu übernehmen. Wir wissen nicht, wann die Polizei Alberts und Yvonnes Leichen zur Bestattung freigeben wird. Und die Scardifields werden bis zum nächsten Sonntag zurück sein. Ich habe zufällig die Liederliste für die Chorprobe und Sonntag dabei.«

»Vielen Dank, Vikarin«, intonierte Miss Sutherland mit viel kälterer Stimme, hielt ihre Hand nach dem zerknitterten Zettel aus, den Florrie aus ihrer Tasche gezogen hatte, und nahm ihn, als wäre er radioaktiv. »Und ein Ersatzschlüssel, wenn du so freundlich wärst?«

Rev. Florrie kramte in ihren übervollen Taschen und schaffte es, die Notfallkirchenschlüssel hervorzuholen, wobei sie Bonbons und Taschentücher verstreute. »Ich überlasse es dir, deine Sachen zusammenzusammeln und dich selbst hinauszulassen, wenn es dir nichts ausmacht. Ich glaube, ich höre Mummy von oben rufen.« Elodie Sutherland verließ den Raum und schloss die Tür mit einer Endgültigkeit, die darauf hindeutete, dass die Audienz zu einem gesegneten und unerwarteten Ende gekommen war. Florrie krabbelte auf dem Boden herum, um die aus ihren Taschen entkommenen Überreste aufzusammeln, und verließ das Haus mit einem erleichterten Seufzer.

Ihr nächster Besuch galt dem Wheel Cottage, um mit David, Yvonnes Witwer, zu sprechen. Das Haus blickte sie mit leeren Augen an, und von innen kam kein Laut, obwohl sie nicht viel Lärm erwartet hatte. David öffnete die Tür, sein Gesicht immer noch eine Maske der Trauer und des Unglaubens. Er musste Sonderurlaub genommen haben.

»Kommen Sie rein«, sagte er. »Die Kinder sind für eine Weile zu ihren Großeltern gegangen. Ich brauche die Zeit, um damit klarzukommen, ohne mich auch noch mit ihrer Trauer auseinandersetzen zu müssen.«

»Danke, Mr. Pooley. Ich wollte nur einige von Yvonnes Lieblingsliedern besprechen; es macht nichts, wenn sie nicht für

Beerdigungen geeignet sind. Ich möchte versuchen, etwas von ihrer Liebe zur Musik einzufangen, wenn wir uns von ihr verabschieden.«

»Möchten Sie etwas zu trinken?«

»Nein danke. Ich hatte gerade eine Tasse sehr feinen Tee bei den Sutherlands.« Ihr Versuch einer launigen Bemerkung ließ ihn kalt, und er antwortete auf ihre frühere Frage mit: »Wie wäre es mit ‚Kämpfe den guten Kampf' für den Anfang?«

»Entschuldigung? Gibt es etwas, das Sie mir sagen möchten - natürlich in völliger Vertraulichkeit?«

»Nein. Ehrlich. Nun, nur dass wir uns momentan nicht sehr gut verstanden haben. Unsere Ehe war nicht so sonnig.«

»Wenn Sie jemals jemanden zum Reden brauchen, nicht unbedingt über etwas Vertrauliches, wissen Sie, dass meine Tür immer für Sie offen steht. Sie gehören zu meiner Herde, und ich möchte nicht, dass Sie still vor sich hin leiden.«

»Das ist sehr freundlich von Ihnen, Vikarin.«

»Nennen Sie mich ruhig Florrie.«

»Und ich bin David. Um auf die Lieder zurückzukommen, sie mochte immer sehr ‚Der Tag, den du gegeben hast, Herr, ist zu Ende' und das Lied, das zur Melodie von ‚Finlandia' passt, obwohl ich mich nicht an die erste Zeile erinnern kann. Wo ist der alte Albert, wenn man ihn braucht, hm?«

»Wenn ich es nicht finden kann, wette ich, es steht in einem seiner fabelhaften modernen Gesangbücher. Er hatte einen Satz von dreien in seinem Haus, wissen Sie.«

»‚Bleib still, meine Seele'. So fängt es an. Ich hab's gerade wieder erinnert. Das sollte Ihnen ein bisschen helfen. Abgesehen von diesen beiden ist es mir eigentlich egal, was Sie machen. Nichts wird sie weniger tot machen, oder?«

»Nein, David. Nur Zeit und Glaube werden uns zum Trost führen. Vergessen Sie nicht, was ich darüber gesagt habe, dass ich da bin, wenn Sie jemanden zum Reden brauchen.«

»Das werde ich nicht, Florrie.«

Als sie ging, kamen Falconer und Carmichael gerade den vorderen Gartenweg herauf. »Hallo, ihr beiden«, rief sie. »Geht behutsam mit Mr. Pooley um. Er hat in letzter Zeit viel durchgemacht.«

Genauso wie er, Falconer, aber er hatte nicht die Absicht, Mr. Pooley gleich zu Beginn des Morgens alles über seine erste Begegnung mit Baldy Davey zu erzählen! Er hatte wie üblich an seinem Schreibtisch gesessen, als Carmichael hereinkam und dem Inspektor wahrscheinlich sechs Monate seiner Lebenserwartung raubte.

»Um Himmels willen, was hast du jetzt schon wieder angestellt, Carmichael? Gestern war schlimm genug, aber das hier ist noch schlimmer«, sagte er mit entsetzter und leicht erhobener Stimme.

»Nun, Sie wissen doch, dass ich drei Möglichkeiten hatte, Sir?« Carmichael klang nicht einmal ansatzweise reumütig über den Schock, den er seinem Chef gerade versetzt hatte. »Ich habe mit Kerry darüber gesprochen, und wir waren uns einig, dass dies die beste Wahl war. Ich habe eine Baseballmütze in der Tasche, wenn Ihnen das lieber wäre.«

Der Kopf des Mannes zeigte keine Spur von Haaren. Er war so kahl rasiert wie eine Billardkugel, und eine so radikale Veränderung kann die Art und Weise, wie man jemanden wahrnimmt, drastisch verändern.

»Carmichael, du siehst eher aus wie jemand, nach dem wir suchen: wie einer der Diebe und nicht wie ein Diebfänger. Wie sollen die Leute sich dir öffnen, wenn du wie ein Wrestler oder ein ausgemachter Schläger aussiehst?«

»Ich dachte nicht, dass es so schlimm aussieht.«

»Dann solltest du deine Augen überprüfen lassen.«

»Es wird bald nachwachsen, und ich habe auf dem Weg hierher ein paar Schwarze-Johannisbeer-Lutscher gekauft, damit ich einen auf Kojak machen kann.«

»Ich glaube kaum, dass jemand, der nicht alte Wiederholungen uralter amerikanischer Polizeiserien verschlingt, überhaupt versteht, was ein Kojak ist, selbst wenn du es ihnen erklärst. Und wenn du auch nur einmal ›Who loves ya, baby?‹ sagst, werde ich dir alle Lutscher, die ich bei dir finde, dorthin stecken, wo definitiv die Sonne nicht scheint. Verstanden?«

»Verstanden, Sir. Also kann ich definitiv die Baseballmütze tragen?«

»Ich nehme an, ja, sonst fragen sich alle, woher ich den Schläger habe.«

»Und *Sie* haben sich daran erinnert, auf wen ich anspielte, nicht wahr? Schauen Sie es wieder?«

»Nein, tue ich nicht, Sergeant.«

»Sie werden ihn sanft behandeln, nicht wahr, Sir?«, murmelte Carmichael.

Natürlich würde er behutsam mit dem Witwer umgehen, wenn er nicht im Geringsten wie ein Verdächtiger aussah. Falconer nickte, als wüsste er nicht, wie man das macht. So sah ein Großteil seiner Arbeit aus; mit Menschen umgehen, die auf die eine oder andere Weise schlechte Nachrichten erhalten hatten. »Guten Tag, Mr. Pooley«, begrüßte der Inspektor den Hausbesitzer und zeigte seinen Dienstausweis. Carmichael tat es ihm gleich, und Falconer fuhr fort: »Wir würden gerne noch ein Wort mit Ihnen wechseln, wenn das in Ordnung ist?«

»Kein Problem«, antwortete der frisch verwitwete Mann monoton. »Hab sonst nichts zu tun.« Er winkte der Pfarrerin kurz zu, Carmichael erwiderte den Gruß mit einer weitaus überschwänglicheren Geste, und die drei gingen hinein, um sich im Wintergarten zu setzen.

Durch das Sonnenlicht, das durch das Glas fiel, war es dort sehr warm, und David fragte Carmichael, ob er nicht seine Mütze abnehmen wolle. »Nein, danke, Sir. Mir geht's prima so.« Er log, wollte aber nicht in noch größere Schwierigkeiten geraten, als er ohnehin schon hatte. Gott sei Dank war er nicht mit Falconer verheiratet. Gott sei Dank war das niemand sonst auch, dachte er, als sich Schweißperlen auf seiner Stirn und Oberlippe zu bilden begannen.

»Ich nehme an, dieser Besuch dreht sich um Yvonnes Mörder?«, fragte Mr. Pooley und versuchte dabei, jede Spur von Emotion aus seiner Stimme zu verbannen.

»Ja«, antwortete Falconer, während Carmichael begann, Schweißtropfen auf sein Notizbuch fallen zu lassen. Zum Glück schrieb er mit Bleistift. »Aber es geht um einen bestimmten Aspekt ihres Lebens. Wir wissen, wie sie starb, aber ich möchte gerne ihre Beziehung zu Landbank Ltd. untersuchen.«

»Soweit ich weiß, hatte sie keine.«

»Sagt Ihnen der Name Sheridan Grimble etwas?«

»Nein«, antwortete Mr. Pooley und fragte sich, woher das unterdrückte Gelächter kam, als Carmichael sein Taschentuch in den Mund stopfte. Er hatte sich an die Nase, die Brille und den Schnurrbart des Mannes erinnert, die wie eine Scherzartikel-Verkleidung aussahen.

»Und wie steht's mit Cardew Trevelyan?«

»Nein, nichts.« Pooleys Gesicht blieb ausdruckslos, während der Sergeant endlich die Kontrolle über sich zurückgewann.

»Sigmund Aylesford?«

»Nein. Warum fragen Sie mich nach all diesen Männern, Inspektor?«

»Alles zu seiner Zeit, Mr. Pooley. Xavier Smallwood?«

Gewitterwolken zogen über Davids Stirn, und er knurrte, obwohl seine Antwort die gleiche blieb. »Nein«, leugnete er, aber diesmal klang es schärfer.

»Sind Sie sich bei dem letzten absolut sicher?«

»Ja! Wer zum Teufel sind die alle überhaupt?«, brüllte er fast, hochrot im Gesicht.

»Beruhigen Sie sich, Mr. Pooley. Das sind die einzigen vier Mitarbeiter von Landbank Ltd. Halten Sie es für wahrscheinlich, dass Ihre Frau einen von ihnen kannte?«

»NEIN!«, brüllte er. »Sie kannte niemanden von dieser verdammten Firma.«

Falconer ließ das Thema vorerst ruhen, räusperte sich und sagte so ruhig wie möglich: »Ich fürchte, wir müssen ihren Computer mitnehmen.«

»Warum? Nein! Das können Sie nicht machen.« Pooley war jetzt aufgestanden, bereit für einen Konflikt.

»Carmichael«, sagte Falconer selbstsicher, und der große Sergeant erhob sich und stellte sich vor Mr. Pooley, während Falconer ins Wohnzimmer ging und zwei Computer vor sich sah, einen geöffnet und einen geschlossen.

Der, der benutzt wurde, war auf der Seite eines Bestatters geöffnet, zweifellos um Preise zu vergleichen. Selbst der Tod muss heutzutage nicht zu teuer sein, was entscheidend ist, wenn man eine Hypothek und zwei Kinder hat. Sie hatten bereits überprüft, dass es keine Lebensversicherung für die Organistin gab.

Er nahm den »schlafenden« Laptop, ging zur Tür hinaus und rief Carmichael hinterher, als würde er einen Hund rufen - was er auch gut hätte sein können - einen großen, der die Sicherheit seines Herrchens bewachte.

Auf dem Rückweg zur Polizeistation, um den Computer an die technischen Freaks zu übergeben, sagte Falconer: »Er war selbst ein ziemlich großer Mann. Was hat ihn dazu gebracht, sich zu beruhigen und

mich am Ende den Laptop mitnehmen zu lassen?«

»Ich habe meine Mütze abgenommen, Sir, und ihn sozusagen angegrinst.«

»Das würde bei jedem wirken, Carmichael. Ich weiß nicht, warum die Armee dich nicht einsetzt, um den Feind zu verscheuchen.«

»*Sir!*«

»Tut mir leid, ich wollte dich nicht beleidigen. Es ist nur so, dass du mit deinem rasierten Kopf ein bisschen furchteinflößend aussiehst -

und wenn du ihn so angegrinst hast, nun, ich wäre an seiner Stelle auch zurückgewichen.«

An der Theke der Kantine blickte die Frau, die normalerweise dafür sorgte, dass »ihr Davey« gut versorgt war, von den Essensbehältern auf, in denen sie gerade gerührt hatte, und schrie. Die Köchin kam aus der Küche und schrie ebenfalls. Am Ende hielten sie sich gegenseitig fest und brüllten einfach weiter.

Falconer hob beschwichtigend die Hand und rief über den Lärm hinweg: »Das ist nur DS Carmichael. Er hatte einen kleinen Unfall mit seinen Haaren.«

Die Bedienung fasste sich als Erste wieder und sagte nachdrücklich: »Einen kleinen Unfall? Das hatte er gestern. Er muss einen ziemlich großen Unfall gehabt haben, denn jetzt ist kein einziger Haarfollikel mehr zu sehen. Wer hat dir das angetan, Davey-Schatz? Sag's mir, und ich werde denen ordentlich die Meinung geigen. Du auch, oder?«, fragte sie und wandte sich an die Köchin, die zustimmend nickte.

»Beruhigt euch, meine Damen, und ich bin sicher, der DC wird es erklären.« Sie warteten mit verschränkten Armen. Das musste besser gut sein. Davey Carmichael war ihr Liebling, und wer auch immer dafür verantwortlich war, würde sich vor ihnen verantworten müssen.

»Es ist alles meine Schuld, meine Damen. Ihr habt gestern gesehen, dass ich ein bisschen Ärger mit der Farbe hatte?«, sagte Carmichael, dem klar wurde, dass er diese Erklärung wahrscheinlich noch oft würde wiederholen müssen.

»Nun, ich habe mit meiner Frau darüber gesprochen, und wir haben beschlossen, dass es für mich drei Möglichkeiten gab. Ich konnte entweder durchhalten, wozu ich mich nicht in der Lage fühlte; ich konnte warten, bis es ein bisschen gewachsen war und blonde Spitzen haben, was meiner Meinung nach jetzt aus der Mode gekommen ist, oder ich konnte es ganz loswerden. Wir haben gestern Abend darüber geredet, und ich habe sie gebeten, mir beim Abrasieren zu helfen. Es wird schnell genug nachwachsen, und ich habe eine Baseballkappe dabei für den Fall, dass die Jungs reinkommen.«

Zu spät! »Oh, ist das eine Bowlingkugel, die ich da sehe?«, rief die Stimme von PC Merv Green.

»Nein, ich glaube, das ist ein Fußball«, antwortete DC Roberts, der den Anblick heute Morgen verpasst hatte, da er wieder einmal zu spät gekommen und abgelenkt gewesen war.

»Lasst ihn in Ruhe«, brüllte eine Stimme hinter der Theke. Es war die der Köchin, und die Bedienung kam tatsächlich hinter der Theke hervor, um ihnen ordentlich die Leviten zu lesen.

»Wenn ihr diesen armen Kerl nach allem, was er durchgemacht hat, aufzieht, werde ich davon erfahren und keinem von euch je wieder etwas servieren. Und ich werde euer Leben zur Hölle machen wegen Mobbing. Wollt ihr hungern oder dursten? Wenn nicht, dann denkt mal drüber nach. Ihr werdet es mit uns beiden zu tun bekommen, und wir hören

alles, was in dieser Dienststelle vor sich geht.«

Das brachte sie zum Schweigen, aber Falconer und Carmichael beschlossen trotzdem, ihren Kaffee und die Plunderstückchen mit ins Büro zu nehmen.

»Und gebt das an alle anderen weiter, besonders an diesen Bob Bryant unten am Empfang. Ich will nicht hören, dass dieser Junge jedes Mal gehänselt wird, wenn er die Dienststelle betritt oder verlässt.« Die Stimme der Bedienung verfolgte sie den ganzen Flur entlang.

»Das klingt, als wärst du versorgt, bis du weniger follikulär herausgefordert bist, Carmichael«, sagte Falconer grinsend zu seinem Sergeant.

»Sie werden vielleicht keine Worte benutzen, aber sie werden schon einen anderen Weg finden, mich aufzuziehen«, erwiderte der Sergeant.

»Dann geh und sag es ... wie heißen sie nochmal?«

»Josie ist die Bedienung und Vi die Köchin, Sir.«

»Lass es sie wissen, und sie werden jeden, der sich über dich lustig macht, wie die Höllenhunde verfolgen, und die werden nie wieder in dieser Kantine essen.«

»Sehr wilder Westen.«

»In unserem Fall sehr wilder *Süd*westen.«

Als Rev. Florrie zur Chorprobe kam, bot sich ihr ein trauriger Anblick. Vorher war eine ganze Reihe von Kindern da gewesen, und jetzt gab es nur noch eine verstreute Gruppe von Frauen in den linken Chorstühlen. »Wo sind all die Kinder?«, fragte sie verdutzt. Sie hatte keine entschuldigenden Anrufe erhalten.

»Ihre Eltern haben sich zusammengetan und beschlossen, dass sie es nicht für sicher halten, ihre Kleinen an einem Ort zu lassen, an dem es kürzlich zwei Morde gab. Ich habe vor etwa zwei Stunden einen Anruf bekommen«, erklärte Elodie Sutherland, in Florries Meinung etwas selbstgefällig.

»Nun, warum hast du mich nicht angerufen und es mir gesagt?«

»Es hätte keinen Unterschied gemacht, und Sie hätten es früh genug herausgefunden«, kam die überlegene Antwort. Mist, dachte Florrie und ergab sich in die Tatsache, dass der Chor stark dezimiert sein würde, bis der oder die Täter gefasst wären.

Ian Brown war der einzige auf der Männerseite, denn Willard saß an der Orgel und ging die Hymnen in seiner unnachahmlichen Art durch, als der Vikar erkannte, dass Mr. Scardifield nicht gerade der beste Vom-Blatt-Spieler der Welt war; tatsächlich war er wahrscheinlich nicht einmal der beste Vom-Blatt-Spieler in der Kirche in diesem Moment. Aber er konnte die Pedale bedienen, und das konnte sonst niemand, außer der angehenden Organistin, der herrischen Elodie.

Wie typisch für sie, eine Hymne mit vier Kreuzen und eine mit vier Bs ausgewählt zu haben. Daraus ließ sich eine Lehre ziehen. Wenn Willard spielte, müsste sie sich weniger darum kümmern, welche Hymnen für den jeweiligen Sonntag angemessen waren, und etwas mehr darüber nachdenken, in welchen Tonarten die Begleitungen standen. Für die Sänger war es nicht so wichtig, da die meisten von ihnen nur den Text lasen, aber Willard musste zumindest zu fünfzig Prozent genau sein, damit sie alle notwendigen Strophen durchstehen konnten.

Sie klatschte in die Hände, um Aufmerksamkeit zu erregen, und blickte mit schwerem Herzen auf ihre dezimierten Truppen. Das würde überhaupt nicht gehen, es sei denn, die Verbliebenen könnten ein wirklich engelsgleiches und, was noch wichtiger war, lautes Geräusch machen, um die Gemeinde zu führen.

»Also gut, wir fangen an, Willard, mit Nummer 517, »Ye Holy Angels Bright«, das war mein Lieblingslied, als ich ein Kind war. Kennt es jeder?« Die Köpfe nickten. »Los geht's, Willard, meine Damen, Köpfe hoch und lächeln.« Zumindest stand dieses Lied in C-Dur, wie sie erleichtert feststellte - keine Kreuze oder Bs, die unvorsichtige Finger oder Daumen stolpern lassen konnten.

Ein lahmes Muhen begleitete die schreckliche Begleitung, und für einen Moment dachte Rev. Florrie, dass sich vielleicht Victor Borge eingeschlichen und Willards Platz an der Orgel eingenommen hatte. Keine solche Glück. Zumindest konnte Mr. Borge spielen, wenn er wollte.

Sie klatschte erneut in die Hände, diesmal mit etwas weniger Zuversicht, und schlug vor, sie sollten »O For a Thousand Tongues to Sing« versuchen, aber mit einer Melodie aus einem anderen Buch. Das stellte ein Problem dar - die Worte aus einem Buch und die Musik aus einem anderen zu lesen.

»Erlauben Sie mir zu übernehmen, da Sie mich ja gebeten haben, die Probe zu leiten, Frau Pfarrerin«, erklangen die sanften Töne von Elodie Sutherland, mit einem Hauch von Ungeduld.

»Es tut mir so leid, Miss Sutherland. Bitte, übernehmen Sie: Ich weiß nicht, was ich tue. Soll ich bei den Sopranen mitsingen?«

»Gute Idee, Frau Pfarrerin, und überlassen Sie die musikalische Leitung jemandem, der weiß, was er tut.«

»Eingebildete Ziege«, murmelte Florrie von ihrem Platz im Altarraum, nahm aber trotzdem einen Platz in den Frauenständen ein und öffnete ihr Gesangbuch.

Die Melodie war aus Sicht der Begleitung knifflig, und Willard stolperte herum, als suche er nach dem verlorenen Akkord. Schließlich hörte Elodie auf, mit ihren Händen in einer Parodie eines Dirigenten herumzufuchteln, und schlug vor, es ohne Begleitung zu versuchen. »*A capella*«, informierte sie sie mit einem selbstgefälligen Ausdruck. »Das bedeutet ohne die Orgel. Gib uns bitte den Anfangsakkord, Willard, damit sie ihre Töne finden können.« Ließ das nicht alles so großartig klingen?

Das Ergebnis glich eher einem musikalischen Kampf als einem Kirchenlied, wobei jeder eine andere Melodie oder in einer anderen Tonart sang. Nach drei oder vier Versuchen sagte Florrie, sie würde nach etwas suchen, bei dem die Melodie besser bekannt sei. In ihrer alten Gemeinde hatte es mit dieser bestimmten Melodie keine Probleme gegeben, da sie sie dort jahrelang gesungen hatten. Nicht so hier in Ford Hollow. Sie würde alles sowohl mit dem Organisten als auch mit der Chorleiterin absprechen müssen, wenn sie musikalisch überleben wollte, ohne als heilige Närrin abgestempelt zu werden.

»309, wenn es Ihnen recht ist, Fräulein Sutherland. 'Für die Schönheit der Erde'. Wir hatten letzte Woche ein kleines Durcheinander. Willard, du nimmst zuerst deine Kommunion, dann fängst du an zu spielen, während der Chor seine nimmt. Danach gehen wir zum Kommunionslied über, das die Erwachsenen zum Altargeländer und die Kinder zum Segen begleitet. Ist das klar?«

Elodie Sutherland räusperte sich betont, warf Florrie einen wütenden Blick zu und übernahm wieder. Oh Gott, dieses hat zwei B-Vorzeichen, dachte die Vikarin. Ich hoffe, Willard kommt damit zurecht. Er schaffte es, nach seiner Art, aber der Gesang war dünn und flach, und Fräulein Sutherland hob eine Hand, um die Sänger zu stoppen. Da die meisten von ihnen jedoch die Nasen in ihren Gesangbüchern hatten, hatte dies nicht die gewünschte Wirkung.

»Stoppt, oh stoppt diesen schrecklichen Lärm. Was ist nur in euch alle gefahren? Augen hoch aus euren Büchern, oder der Klang geht einfach in euer Gesangbuch und ist völlig verloren. Thea Scardifield, du singst zu tief. Ich möchte, dass du beim Singen ein bisschen mehr auf die Intonation achtest, wenn es dir nichts ausmacht.«

»Ich habe nicht zu tief gesungen!«, erklärte Thea und wurde knallrot. »Ich habe mein ganzes Leben in Kirchenchören und Chorgemeinschaften verbracht und singe nie zu tief.«

»Es ist mir schnuppe, was du in der Vergangenheit getan hast; du singst heute zu tief, und ich möchte, dass du auf deine Intonation achtest, sonst bringst du die anderen durcheinander.«

»Wie um alles in der Welt soll ich die anderen durcheinanderbringen, wenn sie alle in verschiedenen Tonarten und in verschiedenen Tempi singen?«

»Sie schienen mir völlig in Ordnung zu sein«, Elodie lächelte offen, mit dem berauschenden Bewusstsein der Macht.

»Das war's. Ich werde am Sonntag sowieso nicht hier sein, also könnt ihr eure Chorprobe sonst wo hinstecken. Ich gehe nach Hause und packe.« Ihr Mann, Willard, saß mit hochgezogenen Schultern an der Orgel und wollte sich nicht in ein Wortgefecht mit einer der Protagonistinnen dieser kleinen Aufführung einmischen.

Als Thea absichtlich die schwere Eichentür mit so viel Kraft wie möglich zuschlug, schaute Elodie Florrie an und fragte sie, ob es noch etwas gäbe, das sie durchgehen wollten, da sie dachte, die Hymne und das siebenfache Amen sollten vorerst zurückgestellt werden.

»Es wäre mir nicht unrecht, wenn ihr Nummer 289 versuchen würdet, 'Kommt, ihr dankbaren Menschen, kommt'. Es ist fast Zeit für unser Erntedankfest, und ich hätte gern, dass dieses bestimmte Lied wirklich kraftvoll ist.« Prima! Diesmal nur ein B-Vorzeichen. Das muss Willard schaffen können.

Nach der ersten Strophe war sie es, die die Probe stoppte. »Das geht einfach nicht«, verkündete sie. »Das Tempo ist wie das einer arthritischen Schildkröte, und hört auf die Worte. Hört einfach zu. Erhebt den Klang des Ernteheims!«, sang sie laut und enthusiastisch, dann wiederholte sie es mit deprimierter und schwermütiger Stimme, was ein Kichern hervorrief.

»Macht es so, wie ich es zuerst gesungen habe. '*Erhebt* den Klang des *Ernteheims!*' Am Ende dieser Zeile steht ein Ausrufezeichen. Singt es. Dies ist ein Lied voller Dank für eine sicher eingebrachte Ernte. Lasst es wie eine Danksagung klingen, nicht wie eine Trauermusik.«

»Vielen Dank, Frau Pfarrerin«, knurrte Elodie Sutherland, keineswegs dankbar für die Unterbrechung. »Gut, wir haben ein paar Wochen Zeit, um daran zu arbeiten und es für die Pfarrerin ausreichend fröhlich zu machen. Wir werden einfach sehen müssen, wie es am Sonntag läuft.«

»Vergesst nicht, dass ich morgen wegfahre«, dröhnte die tiefe Stimme von Willard Scardifield von der Orgel.

»Das ist schon in Ordnung. Ich werde spielen«, erwiderte Elodie, ohne mit der Wimper zu zucken. »Die Pfarrerin hat mir bereits den Notfallschlüssel gegeben, also werde ich zwischen jetzt und Sonntag reichlich Zeit zum Üben haben.« Gott, wie selbstgefällig sie war, dachte Florrie und ging kurzzeitig die christliche Nächstenliebe aus.

Als sie um halb acht nach Hause kam, wusste sie, dass etwas getan werden musste, bevor der Sonntag kam, sonst würde es sich kaum lohnen, den Gottesdienst abzuhalten, besonders da es eine gesungene Eucharistiefeier war. Sie nahm das kleine schwarze Buch zur Hand, das sie in dieser Gemeinde bereits begonnen hatte, und begann, die Mitglieder der Müttervereinigung anzurufen. Sicherlich würden sie ihr im Notfall zu Hilfe kommen?

Sie schilderte ihre Situation am Telefon Marjorie Mundy, von der sie wusste, dass sie nicht in den Chorständen stehen oder singen konnte, aber sie schätzte ihre Meinung. »Trag einfach ein bisschen dick auf, dann solltest du nicht zu viele Probleme haben«, riet sie.

Rev. Florrie trug tatsächlich ein bisschen dick auf. »Es macht nichts, wenn du nicht singen kannst. Sing die Noten, die du kannst, und mime den Rest. Ich möchte nur, dass die Chorstände voll aussehen, um dem Rest der Gemeinde nach dem, was seit meiner Ankunft passiert ist, Zuversicht zu geben.« Das klang wirklich schlimm, nicht wahr, als ob alles irgendwie ihre Schuld wäre, weil sie überhaupt aufgetaucht war?

»Hör zu, alles, was ich will, ist, für diejenigen, die zum Gottesdienst kommen, ein Zeichen der Solidarität zu setzen. Es muss nicht fantastisch sein. Es geht mehr um die Anzahl als um alles andere. Kannst du morgen früh um zehn Uhr für eine schnelle Probe kommen?«

Schließlich hatte sie alle Mitglieder der Müttervereinigung erreicht und gejammert, gebettelt und gefleht, bis sie ihre Mitarbeit erwirkt hatte. Elodie Sutherland hatte sich auch bereit erklärt, die Orgel für diese improvisierte Probe zu spielen, und sie hatte das Gefühl, alles getan zu haben, was sie konnte, um den folgenden Sonntag nach ihren beiden Tragödien zu einem Erfolg zu machen.

Kapitel Dreizehn

Samstag

Rev. Florrie schloss am Samstagmorgen die Kirchentür auf und machte dann einen kleinen Spaziergang über den Friedhof, wobei sie einige der älteren Grabsteine betrachtete. Als sie kurz vor Beginn der Probe zurückkehrte, war sie absolut entzückt zu sehen, dass die Frauenplätze aus allen Nähten platzten und ein ihr unbekanntes Gesicht vorne in den gegenüberliegenden Plätzen saß.

Elodie Sutherland wuselte in ihrem Chorhemd und Kragen herum und trug sie wie ein Abzeichen, hielt aber inne, um auf das neue Gesicht zu deuten und sie als Anne Rittscher vorzustellen, achtzehn Jahre alt, die moderne Sprachen studierte und gerade von einem Austauschbesuch in Deutschland zurückgekommen war. Sie repräsentierte die andere Hälfte der Altstimmen, aber Elodie versicherte ihr, dass Anne eine kräftige Stimme hatte und leicht Noten lesen konnte.

Das sah schon viel besser aus. Fräulein Sutherland tat dann etwas, das Rev. Florrie für unmöglich gehalten hätte, wenn ihr die Idee je in den Sinn gekommen wäre. Sie bat Florrie tatsächlich, ob sie so gut wäre, den Chor zu leiten, da sie vollauf damit beschäftigt sein würde, die Orgel zu spielen. »Ich habe Unterricht genommen, weißt du, also denke ich, dass ich die Hymnen bewältigen kann.« Sie hatte den Chor wirklich an jemand anderen übergeben. Wer hätte das gedacht? Florrie dachte, sie könnte einen Taktstock in ihr Haar stecken und ihren Kopf im Takt vor und zurück nicken.

Die Vikarin riss sich zusammen und wandte sich an die plötzlich vollen Chorplätze.

»Wir wollen dem Gottesdienst nur etwas mehr Schwung geben. Man weiß ja nie, vielleicht gefällt es einigen von euch, und ihr könntet als regelmäßige Sänger beitreten. Wenn ihr eine Note nicht erreichen könnt, weil sie zu hoch oder zu tief ist, versucht es nicht und singt falsch. Macht einfach nur so, als würdet ihr singen. Ich bin sicher, ihr werdet absolut fabelhaft sein.« Ihre Finger waren hinter ihrem Rücken wieder für Glück gekreuzt.

Sie waren auf jeden Fall besser als die Truppe, die am Abend zuvor gesungen hatte. Es lag Kraft in der Zahl, und sie machten alles recht ordentlich, wobei Anne und ihre Partnerin den Altpart so kräftig sangen, dass er zu hören war und von der Seite herüberdröhnte, die zuvor nur von der kläglichen Anzahl an Männern bewohnt gewesen war.

Obwohl Willard weg und Albert tot war, sang Ian Brown so laut er konnte, aber für den Moment war die Gesamtlautstärke wichtig. Den Chor wiederzubeleben und zu versuchen, neue Mitglieder zu finden, war etwas, woran Florrie arbeiten konnte, wenn sie sich etwas besser eingelebt und mehr Leute kennengelernt hatte.

Plötzlich hatte die Vikarin das Gefühl, dass die Dinge in dieser neuen Gemeinde gut für sie laufen würden, trotz der jüngsten Ereignisse, und sie grinste breit, als die Probe zu Ende ging. Sie dankte allen aufrichtig und sagte, sie würde sie am Morgen sehen und freue sich auf den Klang, den sie von vorne in der Kirche machen würden.

Die neu zusammengetrommelten Chorsänger begannen die Kirche zu verlassen und schwatzten wie ein Schwarm Stare, bis nur noch Florrie und Elodie Sutherland übrig waren. Es gelang ihr nicht, unbemerkt zu entkommen, und Florrie bemerkte mit Beklemmung, dass die ältere Frau mit einem seligen Lächeln auf sie zukam. »Was kann ich für Sie tun, Fräulein Sutherland?«, fragte sie, nur um von der Frau die Antwort zu erhalten: »Oh, bitte nennen Sie mich Elodie. Das würde mich so freuen.«

»In Ordnung, Elodie, was kann ich für dich tun?«

»Ich habe mich gefragt, ob du meine Beichte hören könntest? Ich habe schon so lange nicht mehr gebeichtet, dass ich mich manchmal mit unvergebener Sünde belastet fühle.«

»Aber sicher, wir haben doch die allgemeine Beichte im Eucharistiegottesdienst. Vergibt dir das nicht?«

»Nicht wirklich. Es scheint einfach über alles hinwegzugehen, und ich fühle, dass eine persönliche Beichte die Seele so viel mehr reinigt. Natürlich, wenn du es nicht tun möchtest, könnte ich zu Rev. Monaghan gehen, aber er neigt dazu, etwas spöttisch darüber zu sein.«

»Natürlich werde ich deine Beichte hören. Du solltest diesem Mann nicht zu nahe kommen, wenn du es vermeiden kannst.«

»Gut gemacht, Frau Pfarrerin, für den anderen Abend. Du hast getan, was viele von uns Damen seit Jahren tun wollten.«

Überrascht von dieser Zustimmung erwiderte Florrie: »Es hat meine Hand wirklich wehgetan.«

»Er wird nicht mehr mit den Dingen davonkommen, wie er es früher getan hat. Wo können wir nun für diese Beichte hingehen? Vor einiger Zeit pflegte der alte Vikar es in seiner Sakristei zu tun.«

»Passt mir, äh, Elodie. Ich ziehe mich nur schnell um, und dann gehen wir dort hinein, damit ich abschließen kann, um unsere Privatsphäre zu gewährleisten.«

Es gab tatsächlich zwei Stühle in der Sakristei, aber als Elodie Sutherland ihre Beichte begann: »Vergib mir, Vat... Wie soll ich Sie nennen? Okay. Vergib mir, Frau Pfarrerin, denn ich habe gesündigt...« erläuterte Elodie all die üblichen Kleinigkeiten, die bei katholischen Priestern so viel Beichtzeit in Anspruch nehmen, aber dann wurden die Dinge plötzlich ernster.

»Und ich muss dir sagen, dass ich für den Tod von Albert Burton und Yvonne Pooley verantwortlich war.« Hier hielt sie inne und sah Rev. Florrie in die Augen. Es gab hier keinen Beichtstuhl mit einem Holzgitter zwischen Beichtvater und Sünder, um die Identität zu schützen.

»Du warst es?«

»Ja. Jetzt kannst du sehen, warum ich die Beichte brauche. Ihr Tod war meine Schuld.«

Florries Kopf drehte sich. Hier war sie, eingeschlossen in der Sakristei mit einer Doppelmörderin, und es gab keinen Ausweg, der nicht ihre Panik verraten hätte. Was sollte sie tun?

»Und was hast du getan, um diese Tode herbeizuführen?« war die einzige Frage, die ihr einfiel; was auch gut so war.

»Ich hatte so böse Gedanken über sie, dass ich ihren Tod herbeigewünscht habe«, antwortete die unterdrückte alte Jungfer.

»Du hast ihren Tod herbeigewünscht...«

»Ich wollte, dass sie sterben. Ich war es.«

»Fräulein Sutherland, ich kann dich von der Sünde der bösen Gedanken lossprechen, aber das bedeutet nicht, dass sie wegen deiner Gedanken gestorben sind.«

»Nicht?«

»Natürlich nicht. Nun geh und bete ein paar Ave Maria oder was auch immer du zur Buße tust - ich weiß es nicht. Du bist von all den anderen Kleinigkeiten und deinen bösen Gedanken losgesprochen. Nun geh.«

»Das scheint nicht sehr professionell. Ich war noch nicht fertig«, piepste Elodie.

»Und ich fühle mich im Moment nicht sehr professionell. Hör jetzt auf, meine Zeit mit dummen Fantasien zu verschwenden. Du kannst niemanden tot wünschen, noch kannst du jemanden durch Gedankenkraft töten. Ich hätte gedacht, du wärst intelligent genug, das zu wissen.«

»Aber ich war noch nicht fertig... Na gut, ich muss los. Mami wird mich brauchen.« Elodie wartete, während Florrie die Tür aufschloss, dann rauschte sie geradezu aus der Sakristei und der Kirche hinaus.

In Market Darley hatten sowohl Falconer als auch Carmichael an diesem Wochenende Dienst, nachdem sie am letzten nur Bereitschaft hatten, und würden das nächste frei haben. Carmichael war mit sehr düsterer Miene eingetroffen, seine Baseballkappe verkehrt herum aufgesetzt, jetzt wo niemand sie mehr so trug.

»Wer hat dir denn in die Suppe gespuckt?«, fragte Falconer.

Carmichael lächelte über diese Fragestellung und gab zu, dass es Merv Green war, der ihn verärgert hatte. »Er muss sich an mein Auto herangeschlichen haben, als ich ausstieg, und als ich die Türen abschloss« - das konnte ewig dauern, da Carmichael seine russische Roulette Zentralverriegelung immer noch nicht repariert hatte - »schlug er mir die Baseballkappe vom Kopf und sagte: ,Hallo, Glatzkopf. Gib uns doch einen Kuss.' Ich sagte ihm, ich würde Josie aus der Kantine auf ihn hetzen, da sie mich wie einen ihrer Söhne behandelt, und er meinte, das sei ihm egal, weil sie ihn für ihren Traumlover hält. Keine Chance für mich.«

»Ich werde mal ein Wörtchen mit ihm reden, und du sagst es Josie, mal sehen, was sie von ihrem Verehrer hält, jetzt wo sein wahres Gesicht zum Vorschein gekommen ist. Er sollte besser kein Porridge zum Frühstück wollen, denn für ihn wird's eine Weile keinen Hafer geben.«

»Sehr witzig, Sir. Vielleicht erzähle ich es PC Starr« - PC Greens Verlobte - »und sie wird ihm sagen, er soll mich in Ruhe lassen.«

»Natürlich«, fügte Falconer in heiterer Stimmung hinzu, »vielleicht könntest du dir den Kopf mit Henna tätowieren lassen. Das ist nur vorübergehend und würde zumindest deine Glatze bedecken, während die Haare nachwachsen.«

»Brillante Idee, Sir. Ich werde mich in meiner Mittagspause darum kümmern.«

»Ich habe das nicht ernst gemeint, Sergeant. Bitte geh nicht raus und mach das. Es wird die Dinge nur noch schlimmer machen.«

»Aber ...« Carmichael hatte diesen störrischen Blick auf seinem Gesicht, den Falconer so gut zu kennen begann.

»Nein, Carmichael. Ich verbiete es dir ausdrücklich. Ich werde Kerry anrufen und sie fragen, was sie davon hält«, drohte der Inspektor, überlegte es sich dann aber anders. Bei den beiden könnte die ganze Sache nach hinten losgehen.

Falconers Aufmerksamkeit wurde plötzlich von etwas in seiner E-Mail gefesselt, und er fand eine Nachricht von den technischen Jungs, in der stand, dass es zwei Arten von anonymen E-Mails auf Yvonne Pooleys Computer gab, Kopien im Anhang.

Es gab tatsächlich zwei völlig verschiedene Sorten: bedrohliche und verführerische. Eine Reihe forderte sie auf, die Finger von Landbank Ltd zu lassen, oder es würde schlimme Folgen für sie haben, und ob sie wirklich ihre Kinder aufwachsen sehen wolle, oder ob diese jung sterben sollten? Die andere handelte von ihren körperlichen Reizen und was der Absender gerne mit ihr machen würde.

»Komm mal her und sieh dir das an, Carmichael«, rief er zum Schreibtisch des jüngeren Mannes hinüber.

»Ui-ui«, antwortete Carmichael. »Von wem sind die denn?«

»Sie sehen beide aus, als wären sie von Blind-E-Mail-Adressen gesendet worden, aber sie wurden anscheinend beide von Landbank Ltd verschickt. Es gibt ein paar Leute, mit denen wir noch einmal sprechen wollen. Und kein Wunder, dass Mr. Pooley so hitzig wurde, als wir die Firma erwähnten. Er hatte offensichtlich auch ein bisschen auf dem Computer seiner Frau spioniert. Es könnte sogar er gewesen sein, der es auf das Blut seiner Frau abgesehen hatte.«

»Aber es beantwortet nicht die Frage, wer Albert Burton getötet hat.« So unangenehm es Falconer auch war, Carmichael hatte den Kern der Sache getroffen.

»Sie könnte mit ihrem Mann im Schlepptau zur Kirche zurückgekommen sein, mitten in einem gewaltigen Streit, und Albert war zufällig da. Vielleicht hat Mr. Pooley ihn getötet, nur um ihn zum Schweigen zu bringen. Vielleicht wollte er ihn nur daran hindern zu unterbrechen, und der Mann war gebrechlicher, als er dachte.«

»Das ist eine Möglichkeit, Sir. Aber wie würde er seine Frau davon abhalten, zur Polizei zu gehen? Warum sollte sie den Mund halten? Und was ist mit den Droh-E-Mails von Landbank?«

»Einer von ihnen ist dort hingegangen, um sie zu treffen, und Albert ist einfach dazwischengekommen? Im Grunde das gleiche Szenario.« Falconer gingen langsam die Ideen aus. Albert war immer der Störenfried, wenn er ein mögliches Szenario entwickelte. Die beiden Morde schienen nichts gemeinsam zu haben: ein älterer Mann, dessen einziges Interesse Kirchenmusik war, und eine verheiratete Frau mit zwei Kindern, die zufällig den Chor leitete und die Orgel spielte. Sie hatten sehr wenig gemeinsam.

»OK, Sir, wir arbeiten vorerst mit dem, was wir haben. Mit wem von der Landgesellschaft sprechen wir?«

»Dem Architekten, Sheridan Grimble, wegen der anonymen Drohungen, und dem Vermesser, Xavier Smallwood, wegen der anonymen Liebeserklärungen. Sie haben vielleicht E-Mail-Konten eingerichtet, die ihre Namen nicht preisgaben, aber sie vergaßen die grundlegendste Vorsichtsmaßnahme; den Empfänger dazu zu bringen, die Nachrichten von ihrem System zu löschen, und selbst dann hätten die technischen Jungs sie wiederherstellen können. Es ist so schlimm wie sich schriftlich zu Liebesbriefen zu bekennen - schlimmer eigentlich, denn Briefe kann man wenigstens zurückholen und verbrennen, und sie sind weg.«

»Also wollen wir drei zum Verhör einbestellen: Pooley, Grimble und Smallwood? Wollen Sie das jetzt machen, Sir?

»Ich denke, die werden bis Montag warten können, wenn wir mehr Personal haben. Ich kann mir nicht vorstellen, dass einer von ihnen ahnt, dass sie aufgeflogen sind und aus dem Land fliehen. Du etwa?«

»Wen hat Roberts für uns bei den Planern arrangiert?«

»Guter Punkt, Carmichael. Er hat uns einen Termin mit dem Chefplaner für Montagmorgen besorgt und mit ein paar Stadträten aus dem Planungsausschuss für den Nachmittag. Ich möchte noch einmal nach Ford Hollow fahren und mit Rev. Florrie sprechen, um zu sehen, ob ihr noch etwas eingefallen ist oder ob sie noch mehr Klatsch oder Vertrauliches mitbekommen hat.«

»In diesem Fall, würden Sie gerne meinen Onkel kennenlernen, Sir?« Falconers Gesicht verfinsterte sich, als er sich an einen früheren Besuch bei einem der Onkel des Sergeants erinnerte, bei dem er einen viel zu nahen Einblick in die Hundezucht bekommen hatte. Mit Carmichael endete es im Schlamm. Wie hätte es auch anders enden können?

Als er sein Gesicht sah, fügte Carmichael sofort hinzu: »Es ist nicht der Onkel, den wir vorher besucht haben. Es ist einer von der anderen Seite der Familie, und seine neue Hündin hatte vor kurzem einen Wurf. Ich dachte, es wäre schön, die Welpen zu sehen. Und ich verspreche, dass es zu dieser Jahreszeit nicht schlammig sein wird. Bitte, Sir. Ich habe sie noch nicht gesehen.«

»Na gut, dann«, stimmte der Inspektor zu. Was konnte es schon schaden, ein paar Welpen anzuschauen? »Gehst du vorher in die Kantine zum Mittagessen?«

»Auf keinen Fall, Sir. Ich gehe zum Mittagessen aus, und ich gehe jetzt. Ich bin zurück, damit wir meinen Onkel auf dem Weg nach oder von Ford Hollow besuchen können; was auch immer Sie bevorzugen. Sollen wir mein Auto nehmen?«

»Auf gar keinen Fall, José. Nun mach dich auf den Weg. Nicht nach dem letzten Mal.«

Der Inspektor hörte, wie sich die Bürotür öffnete, und drehte sich um, um seinen Kollegen anzulächeln, aber sein Kiefer klappte herunter, bevor er einen Gruß aussprechen konnte. »Du hast es getan?«, quietschte er. »Du hast es getan, nach allem, was ich gesagt habe?«

»Es ist ziemlich schick, nicht wahr, Chef?«, fragte Carmichael und fuhr sich mit der Hand über seinen frisch mit Henna tätowierten Kopf.

»Was wird Kerry nur dazu sagen?«

»Ich habe sie auf meinem Handy angerufen und, wie ich ihr sagte, dass es nur vorübergehend ist, bis meine Haare nachwachsen, meinte sie, ich solle es machen. Sie fand, es wäre ein Riesenspaß.«

»Ach du meine Güte«, seufzte Falconer. Bevor er aufstehen konnte, um zu gehen, klingelte sein Telefon, und er hatte Bob Bryant am anderen Ende, der ihn darüber informierte, dass die Polizeistation gerade einen anonymen Anruf erhalten hatte, demzufolge Rev. Monaghan zur Zeit des ersten Mordes in Ford Hollow gesehen worden war. »Wir werden ihn für Montag auf unsere Liste setzen, Bob. Vielen Dank dafür.«

Florrie begrüßte die beiden Detektive enthusiastisch und führte sie an den Küchentisch. »Ich habe allen Klatsch vom Line Dance für euch, und das ganze Chaos mit dem Chor, sowie das Geständnis eines Gemeindemitglieds zu den Morden«, sagte sie und beobachtete ihre Gesichter, während diese Information einsickerte.

»Was? Wer? Wann?«, das war Falconer.

»Herrje!«, Carmichael war ein Mann weniger Worte.

»Na, was sagst du dazu, Carmichael?«, fragte Falconer auf dem Weg zum neu gegründeten Hundezuchtgeschäft des Onkels des Sergeants. »Ich muss sagen, das sieht ein bisschen seriöser aus als der letzte Ort, an den du mich gebracht hast.«

Vor ihnen stand ein ehrwürdiges Bauernhaus in gutem Zustand und nicht eine Ruine wie das, in dem sie zuvor gewesen waren. »Warum ist das Tor mit diesem riesigen Vorhängeschloss verschlossen?«

»Weil die Welpen und ihre Eltern sehr wertvoll sind, und er muss Einbrecher fernhalten. Das Haus und die Zwinger sind auch alarmgesichert.«

»Das klingt schon etwas professioneller. Was machen wir, um seine Aufmerksamkeit zu erregen?«

»Ich rufe ihn auf meinem Handy an und sage ihm, dass wir darauf warten, eingelassen zu werden.«

»Er ist wohl ziemlich sicherheitsbewusst, was?«

Carmichael tätigte seinen Anruf, und ein Mann von etwa fünfzig Jahren kam in abgetragener alter Tweedkleidung von der Rückseite des Hauses, um sie einzulassen. »Hallo, Davey-Junge. Wer ist dein Freund?«

»Das ist mein Chef, Kriminalkommissar Falconer«, antwortete Carmichael.

»Nennen Sie mich Harry. Und Sie sind?«

»Dennis«, erwiderte die stämmige Gestalt und streckte höflich eine Hand durch das Tor. »Ich lasse Sie gleich rein, dann gehen wir nach hinten, und ich stelle Ihnen die Welpen vor. Kleine Schätze sind das. Sie werden sie lieben.«

»Ich werde selbst entscheiden, wie ich sie finde.« Falconer war noch nicht bereit, sich festzulegen.

Onkel Dennis führte sie um das Haus herum, wo sich ein riesiges Gehege befand, und ließ sie hinein. »Ich nehme an, sie machen gerade alle ein Nickerchen«, sagte er, lächelte dann aber, als etwas, das einem kleinen haarigen Pferd ähnelte, aus einem Gebäude galoppierte, das für ihn wie ein Stallgebäude aussah, und sein Tempo erhöhte, als es Besucher sah.

»Komm her, Baby«, rief Carmichael, als sich das Ding näherte, und streichelte seinen Kopf. »Komm, lass uns spielen.« Er legte sich tatsächlich auf den glücklicherweise trockenen Boden und begann, den Bauch des Tieres zu kitzeln und seine Nase in sein Fell zu stecken, wobei er gurrendeGeräusche von sich gab, die eine Kinderpflegerin in Verlegenheit gebracht hätten.

»Ich dachte, du hättest gesagt, dein Onkel züchtet Hunde, nicht Pferde«, sagte Falconer nervös und wich zurück. »Läuft der hier heute im Rennen um halb fünf?«

»Das ist nur einer der Welpen, Chef.«

»Welpen wovon? Vom Hund von Baskerville? Und wie groß sind die Eltern?«

Beide seiner Fragen wurden gleichzeitig beantwortet, als Carmichael ihn informierte, dass sein Onkel Irische Wolfshunde züchtete. Und dann schlenderte Mama aus dem stallartigen Gebäude, um die Luft zu schnuppern.

»Schau dir dieses verdammt große Monster an!«, krächzte der Inspektor, als Mama begann, sich ihnen auf gemächliche, aber neugierige Weise zu nähern. »Versteck mich! Sie wird mich fressen.«

»Seien Sie nicht albern, Chef. Sie kommt nur, um zu sehen, wo ihr Welpe hingegangen ist.«

Mama, die in Carmichael einen Freund witterte, der sie schon vor dem Werfen besucht hatte, kam donnernd herüber und bremste direkt vor den beiden Männern ab. Dann drang ein anderer Geruch in ihre Nüstern, und er war gut. Sie wandte sich Falconer zu und begann kläglich zu winseln, als sie dort schnüffelte, wo sich die Beine seiner Hose trafen. Sie musste ihren Kopf nach unten neigen, um dies zu tun, bemerkte er erschrocken.

»Schnüffel nicht da. Das ist peinlich«, quiekte Falconer und versuchte, seine empfindlichen Teile mit den Händen zu bedecken. Dieses riesige Biest würde aus seinem besten Stück nur einen leichten Snack machen, und er brauchte es. Er wollte irgendwann eine Familie haben und wollte nicht, dass seine Chancen darauf auf so bizarre Weise zunichte gemacht würden. »Sie ist nur freundlich, Chef.«

»Das fühlt sich nicht freundlich an.«

»Streicheln Sie ihren Kopf. Sie sucht nur nach Aufmerksamkeit«, beruhigte ihn Carmichael, aber der Inspektor konnte sich die Aufmerksamkeit vorstellen, die der Hund bekommen würde - von der Presse. Er konnte die morgigen Schlagzeilen sehen: ›Kriminalkommissar von Riesenhund zu Tode gebissen‹. Er begann zurückzuweichen, die Nackenhaare vor Angst gesträubt. ›Kriminalkommissar verliert Familienkleinodien bei Hundeangriff‹.

»Bleiben Sie stehen, Chef. Sie ist wirklich sehr freundlich.«

Das Einzige, was Falconer jetzt noch konnte, war, so schnell wie möglich so weit wie möglich von dieser enormen Kreatur wegzukommen. Er drehte sich um und begann, in Richtung der äußeren Begrenzung am Ende des langen Gartens zu rennen.

»Rennen Sie nicht, Chef. Sie wird denken, Sie spielen«, rief Carmichael warnend, aber es half nichts, und der Hund setzte hinter ihm her, nur trabend, nicht in heißer Verfolgung. Mama wollte das Spiel mit diesem Mann, der so interessant roch, so lange wie möglich in die Länge ziehen.

»Halten Sie an, Chef. Lassen Sie sie wissen, dass Sie nicht mit ihr spielen werden.«

»Es ist ihr Spielen mit mir, das mir Sorgen macht«, keuchte Falconer über seine Schulter. Am äußersten Ende des Gartens gab es nur einen niedrigen Zaun, und als er den Hund hinter sich sah, beschleunigte er so gut er konnte, sicher, dass er über den Zaun springen könnte.

Er konnte es nicht, und es war kein gewöhnlicher Zaun, sondern ein elektrischer Zaun, der oben mit Stacheldraht versehen war. »Hilfe!«, rief der hilflose Mann, der nun wie eine Fliege im Spinnennetz gefangen war und nur darauf wartete, verschlungen zu werden.

»Bleiben Sie ruhig, sonst verheddern Sie sich nur noch mehr.«

»Nehmt dieses Biest von mir runter. Um Gottes willen, wird mir denn niemand helfen?« Er wurde jetzt entrüstet, sowie wütend und verängstigt, alles zur gleichen Zeit.

Carmichael und Onkel Dennis eilten ihm zu Hilfe, wobei Dennis Mummy wegrief und ihr befahl zu »sitzen« und »bleiben«.

»Schau dir meine Hose an, Carmichael. Sie ist ruiniert.«

»Das ist deine eigene Schuld, wenn du mir die Bemerkung erlaubst«, sagte Onkel Dennis in einem verstimmten Ton. »Wenn du angehalten hättest, als man es dir gesagt hat, wäre das nicht passiert.

Sie ist der sanftmütigste Hund überhaupt und dachte nur, du wolltest herumtollen.«

»Wenn ich hätte herumtollen wollen, hätte ich mir dafür nicht diesen Rennpferd-Verschnitt ausgesucht.«

»Dir wurde gesagt, nicht zu rennen.«

»Holt mich von diesem verdammten Draht runter und dreht nebenbei den Strom ab. Wenn ich mich auch nur leicht bewege, komme ich wieder damit in Berührung, und das in der Nähe eines sehr empfindlichen Bereichs.«

»Ich mach das und hole gleichzeitig den Drahtschneider, aber sieh dir an, was du mit meiner verdammten Abschreckung angestellt hast. Sie wird ruiniert sein, bis ich dich befreit habe, und ich werde den Rest des Nachmittags damit verbringen müssen, sie neu zu machen.«

»Ich werde versuchen, nicht auf das Gras zu bluten«, fauchte Falconer sarkastisch.

»Tu das, und es wird alle Tiere aus der Umgebung anlocken. Ich will nicht, dass mein wertvoller Bestand beunruhigt wird.«

Falconer, sprachlos wie er war, bemerkte, dass Carmichael sein Taschentuch in den Mund gestopft hatte, um nicht laut loszulachen.

Als er seine Sprache wiederfand, zischte er: »Warte nur, bis ich dich zurück auf die Wache bringe. Ich werde dich zwingen, deine Baseballkappe abzunehmen und in die Kantine zu gehen. Ich wette, Josie ist kein Gegner für einen Haufen Jungs, die gerade Dienstschluss haben oder in der Pause sind, selbst mit Vi an ihrer Seite.«

»Das würden Sie nicht tun, Sir?«

»Bei dem, was mich diese Hose gekostet hat, würde ich es verdammt nochmal tun.«

»Was, wenn ich nein sage?«

»Es wäre ein Befehl, keine Bitte.«

»Oh, Hilfe!« Carmichael sah bei dieser Drohung völlig niedergeschlagen aus.

Als Onkel Dennis mit einer beeindruckenden Drahtschere näher kam, rief er: »Warum hast du bei diesem herrlichen Wetter eine Mütze auf, Davey mein Junge? Es ist doch ein schöner warmer Tag. Nimm sie ab, Sohn, nimm sie ab.«

Da er von Natur aus gehorsam gegenüber Älteren war, besonders jenen, die auch zur Familie gehörten, tat Carmichael dies und bescherte seinem Onkel das beste Lachen seit Monaten. »Was für ein Spaßvogel du doch bist. Warum um alles in der Welt hast du dir das antun lassen?«

»Das ist eine lange Geschichte, Onkel Dennis. Ich erzähle sie dir, wenn wir mehr Zeit haben.«

»Schau dir an, was du mit meinem guten Unkraut gemacht hast«, stellte Onkel Dennis fest, aber seine Laune hatte sich gebessert, und seine Mundwinkel zuckten, wahrscheinlich von dem herzhaften Lachen über seinen Neffen. »Du hast überall darauf geblutet. Nimm deine Mütze nochmal ab, Davey.«

Davey gehorchte, und Onkel Dennis lachte so heftig, dass er sich vorbeugte und an seinen Knien festhielt, vor Lachen gebeugt.

»Ahem«, hustete Falconer. »Wenn es Ihnen nichts ausmacht, ich habe hier Schmerzen.«

»Schon gut, Sir. Dann bringen wir Sie hoch zum Haus, und ich lasse Sie Ihre Wunden waschen und gebe Ihnen ein paar Pflaster.«

»Müssen wir nochmal an diesen verdammten großen Hunden vorbei?«

»Jawohl, das müssen wir.«

Falconer stand für einige Momente regungslos da und wog seine Möglichkeiten ab. Nochmal den Spießrutenlauf an den Hunden vorbei, oder auf die Sitze des Boxsters bluten? »Ihr könnt links und rechts neben mir gehen und mich beschützen, während ihr mich zum Haus bringt.« Er hatte seine Entscheidung getroffen und hoffte nur, dass er sie nicht bereuen würde.

Auf der Heimfahrt, seine Hände ein Katastrophengebiet aus Pflastern am Lenkrad, fragte Carmichael: »Möchten Sie bei mir vorbeikommen und sich nochmal diese Jogginghose ausleihen? Ihre Hose ist ziemlich zerrissen.«

»Du machst wohl Witze, oder? Und Mulligan wieder treffen, der dann einen fremden Hund an mir riecht? Nicht um alles in der Welt.«

»Sie haben Recht. Er wäre untröstlich.«

»Das ist nicht ganz das, was ich meine, Sergeant. Nein, ich werde dich an der Wache absetzen, dann fahre ich für heute nach Hause. Bei Notfällen ruf mich an. Ich gehe nicht zurück zur Wache, es sei denn, ich muss. Ich werde meine Notizen zu Hause aufschreiben.«

»Jawohl, Sir.« Carmichael fühlte sich wieder gründlich zurechtgewiesen, aber zumindest würde er nicht gezwungen werden, ohne seine Baseballkappe in die Kantine zu gehen, die er insgeheim gerne verkehrt herum trug, jetzt wo es sonst niemand mehr tat.

Als er zu Hause angekommen war, geduscht und sich etwas Unzerrissenes angezogen hatte, setzte sich Falconer hin, um einige Notizen zu machen. Am Montag hatten sie einen Termin mit Michael Greenslade, dem Leiter der Planungsabteilung, und am Nachmittag zwei Interviews mit Gemeinderäten zu führen. Sie mussten auch Pooley, Smallwood, Grimble und Rev. Monaghan zum Verhör abholen, und er wollte nochmal einige der anderen Zeugenaussagen durchgehen und sie weiter befragen. Es war noch ein weiter Weg, bis sie diesen einen - diese zwei! - Fall gelöst hatten!

Nachdem er alles in seinen elektronischen Kalender eingetragen hatte, schnappte er sich das Buch, das er gerade las, und machte es sich auf dem Sofa bequem, lächelnd, als er langsam unter einer pelzigen Decke aus Katzen verschwand. Wie viel sanfter und zivilisierter sie doch im Vergleich zu Hunden waren, dachte er und vergaß dabei den Teil, wo sie Spinnen folterten oder kleine Tiere und Vögel in Stücke rissen.

Sie waren auch so viel unabhängiger. Sie konnten sich selbst durch die Katzenklappe ein- und auslassen, reinigten sich selbst, wie sein Herd, und sie bewegten sich von selbst. Alles in allem waren sie das perfekte Haustier für jemanden, der arbeitete, und eine ausgezeichnete Gesellschaft, besonders bei kühlem oder kaltem Wetter.

In Anbetracht des Wetters dachte er, dass die recht gute Phase, die sie genossen hatten, mit Ausnahme des Vorfalls, bei dem er und Carmichael bis auf die Haut durchnässt worden waren, zu Ende zu gehen schien. Das helle Tageslicht verschwand plötzlich, als dunkle Wolken die restliche Sonne für heute verdeckten, und er musste ein paar schlafende Katzen bewegen, um das Licht einzuschalten.

Bei einem kurzen Blick aus dem Fenster konnte er am Horizont Gewitterwolken erkennen, die sich mit ihren blasseren Gegenstücken über Market Darley vereinten, und zweifellos würde es bald regnen. Als er sich wieder auf dem Sofa ausstreckte, stellte er fest, dass noch mehr warme Körper auf seine liegende Gestalt krochen. Sogar die Katzen spürten, dass die Temperatur gesunken war. Ihr kleiner Altweibersommer schien vorbei zu sein.

Mit etwas Glück, dachte er, würde ein bisschen schlechtes Wetter die Verbrecher drinnen halten, und er könnte einige der notwendigen Papierkram und Berichte nachholen, die mit diesem Job einhergingen. Zum Klang vielfachen Schnurrens schlummerte er ein, glücklich und zufrieden mit seinem Los.

Kapitel Vierzehn

Sonntag

Im Pfarrhaus von Ford Hollow war Pastorin Florrie schon vor sieben Uhr auf den Beinen, da sie vor halb acht für die frühe Kommunion in der Kirche sein musste. Möglicherweise würde niemand kommen, aber es gab ihr die Gelegenheit, selbst zu kommunizieren, da sie bis dahin nicht frühstücken durfte. Dann müsste sie erst kurz vor der Eucharistiefeier um zehn Uhr wieder dort sein. Heute war auch ein Familiengottesdienst, also hoffte sie, dass mehr Eltern mit ihren Kindern kommen würden, die normalerweise nicht nur für eine gesungene Eucharistie kamen und deren Kinder nicht die Sonntagsschule besuchten.

Silas Slater stand ebenfalls zur gleichen Zeit auf, da er an diesem Morgen unbedingt zur frühen Kommunion gehen wollte, um der neuen Pastorin zu versichern, dass er sich um das Kürzen und, wo nötig, Erneuern der Kerzen kümmern würde. Sie müsse nicht früher als nötig kommen, nur um das zu erledigen, da er diese Aufgabe schon vor Jahren übernommen hatte, aber er wusste nicht, ob sie sich von letzter Woche daran erinnern würde, da seit ihrer Ankunft so viel passiert war. Er mochte es auch, sicherzustellen, dass das Ewige Licht noch brannte, und einige andere kleinere Details zu überprüfen, bevor er sein Weihrauchfass vorbereitete und sich einkleidete.

»Gehst du diesen Sonntag zum Frühgottesdienst?«, fragte seine Frau mit schlafheiserer Stimme unter der Bettdecke hervor.

»Nur dieses eine Mal, um sicherzugehen, dass wir beide unsere Abläufe kennen«, erwiderte er, während er sich sein noch zugeknöpftes Hemd vom Vortag über den Kopf zog. Er würde erst nach dem Duschen frische Kleidung anziehen.

»Na, mach das bloß nicht zur Gewohnheit. Ich mag mein Ausschlafen am Sonntag, und jetzt bin ich richtig wach. Könnte genauso gut aufstehen und frühstücken.«

»Bleib du noch eine Weile liegen, und ich komme zurück, dann können wir zusammen essen.«

»Ich benutze die Dusche, während du weg bist. So kann ich mir so viel Zeit lassen, wie ich will, und wir essen zusammen, wenn du zurückkommst.« Sylvia Slater machte sich nicht so viel daraus, vor der Kommunion zu essen. Sie fand es ein bisschen albern und viel zu römisch-katholisch, nicht zu essen, sobald man aufgestanden war.

Sie döste vor sich hin und dachte darüber nach, dann verfluchte sie den Leiter des Pastoralteams. St. Cuthbert's war das gewesen, was sie als eine gewöhnliche Kirche betrachtete, bis Pfarrer Monaghan ernannt worden war und diese schrecklichen alternativen Gottesdienstbücher eingeführt hatte, samt all dem Brimborium der High Church.

Sie billigte nicht, was sie als anglo-katholische Rituale bezeichnete, und jetzt konnte man sich vor lauter Leuten, die sich verbeugten, wenn sie im Mittelgang dem Altar zugewandt standen, oder bei der geringsten Provokation niederknieten, kaum noch bewegen. Sie hatte die einfachen Gottesdienste von früher bevorzugt, als sie den Gottesdienst sprachen statt sangen, und jeder hereinkommen und mitmachen konnte, ohne die Melodien der gesungenen Teile kennen zu müssen.

Mit einem Lächeln drehte sie sich um und erinnerte sich an den anderen Abend, als Pastorin Florrie diesem stinkenden alten Vikar eine verpasst und ihm gesagt hatte, er solle seine Hände bei sich behalten. Das war wirklich gut gewesen. Dann fiel ihr ein, dass sie eine schöne, lange Dusche wollte, und sie wälzte sich unter der Decke hervor. Wenn sie sich nicht beeilte, würde Silas zurück sein und alle Hymnen singen, die sie später singen würden, während das Wasser über ihn strömte.

Und, du meine Güte, sie war heute im Chor, nicht wahr? Sie würde sich wirklich sputen müssen, wenn sie rechtzeitig in die Chorsakristei schlüpfen und ihr Chorgewand anziehen wollte, um für den Einzug bereit zu sein. Oh, wie sehr sie jetzt wünschte, sie hätte gestern Morgen gefragt, ob sie den Einzug üben könnten. Silas hatte ihr gesagt, dass es nicht so einfach sei, wie es aussehe, und sie würde ein Gesangbuch halten.

Als er zurückgekehrt war und geduscht hatte, während Sylvia Speck, Eier und Tomaten briet, fragte sie ihn nach dem Einzug, aber er versicherte ihr, es sei einfach, solange man ein gleichmäßiges Tempo beibehielt und dem Drang zu rennen widerstand. Nachdem sie gegessen hatten, machte er sich auf den Weg zur Kirche, um all seine Aufgaben zu erledigen, und rief: »Viel Glück im Chor. Wir gehen nach dem Gottesdienst zusammen zurück, da du dich auch umziehen musst.« Silas trug ein cremefarbenes Messgewand, das ihn von allen anderen am Gottesdienst Beteiligten unterschied, mit Ausnahme der Pastorin.

»Bleiben wir nicht zum Kaffeetrinken?«

»Heute nicht. Ich möchte mir einige Tapetenproben für das Gästezimmer ansehen.«

Er schloss die Kirchentür auf und trat ein, gerade als der Regen heftig zu prasseln begann. Er drückte sie leicht an, um das Wasser draußen zu halten, kümmerte sich um die Kerzen, überprüfte das Ewige Licht und kontrollierte auch, ob die Gesang- und Gebetbücher alle ordentlich waren, dann begab er sich in die Sakristei - die vorne in der Kirche gleich neben dem Chorraum, nicht die hinten, die für den Chor war. Nun war es Zeit, sein Weihrauchfass für den Gottesdienst vorzubereiten, was etwa eine halbe Stunde dauerte.

Er ging zu dem Bereich des hölzernen Regals, das er normalerweise dafür benutzte, öffnete sein Weihrauchfass und stellte es ab, wobei er das Schiffchen für den Weihrauch aus dem kleinen Schrank nahm, in dem er auch seine Zange aufbewahrte.

Eine Gestalt schlüpfte unbemerkt in die Kirche, zog einen regennassen Regenmantel aus und hängte ihn an einen Haken in der Chorsakristei, damit er nicht gesehen würde. Die Person kauerte sich dann nieder und versteckte sich zwischen zwei Kirchenbänken, wobei sie ein paar Kniebänke als Kissen benutzte. Draußen begann es zu donnern und zu krachen, und Blitze erhellten plötzlich die Kirche und enthüllten die Position der versteckten Gestalt.

Sie verließ ihr erstes Versteck und nahm eine zweite Position hinter dem Frauenchorgestühl ein, völlig verborgen vor der Sakristei des Pfarrers. Alles, was zu wissen nötig war, konnte durch Geräusche wahrgenommen werden. Es war nicht nötig, einen guten Blick auf das Geschehen zu haben. Die Gestalt schloss jetzt tatsächlich die Augen und konzentrierte sich so stark wie möglich auf ihren Gehörsinn.

Zurück in der Sakristei zog Silas sein Gewand über den Kopf und band es an der Taille zu, dann nahm er ein Stück Kohle mit seiner Zange und versuchte, es anzuzünden. Als es schließlich brannte, ließ er es in die Kupferschale des Weihrauchfasses fallen und stocherte darin und blies, bis es in der Lage war, die brennende Kohle an ihrem Platz zu halten. Dann schloss er das Weihrauchfass und bereitete sich darauf vor, sein Stück Kohle zu »setzen«.

Eigentlich hätte er es zu diesem Zeitpunkt nach draußen bringen und vertikal schwenken müssen, um die Glut anzufachen, aber heute ging er nur bis zur Kirchenvorhalle. Bei diesem Wetter war es keine gute Idee, ganz ins Freie zu gehen. Er schwenkte es kräftig, damit das kostbare Feuerstück nicht erlosch, kehrte dann ins Innere zurück und hängte es an einen Nagel in einem Balken vor der Sakristeitür.

Alles, was er getan hatte, war für denjenigen, der versteckt wartete, am Geräusch zu erkennen. Das Öffnen der Sakristeitür, gefolgt von Fußschritten, das Schwingen des metallenen Weihrauchfasses waren leicht zu unterscheiden. Die Schritte ertönten erneut, dann das Rasseln der Ketten, als das Gefäß aufgehängt wurde, gefolgt von nur wenigen Schritten und schließlich wieder die Sakristeitür, die sich öffnete und schloss. Die Hand der Gestalt schloss sich um den schweren Stein, den sie aus einer Regenmantel-Tasche genommen hatte.

Den Stein fest umklammernd, schlich sie zum hängenden Weihrauchfass, nahm es mit einem Taschentuch herunter, hob den Deckel und ließ den Stein auf die Kohle fallen. Dann nahm sie das

Gefäß in die rechte Hand, schwang es probeweise hin und her, um sein Gewicht abzuschätzen, und trat dann gegen eine der Kirchenbänke, um Silas zu alarmieren, dass jemand in der Kirche war.

»Sind Sie das, Pfarrer?«, rief er. »Ich habe den Weihrauch und das Weihrauchschiffchen, und bin bereit für Sie. Pfarrer? Pfarrer, sind Sie das?« Er war sich jetzt nicht mehr so sicher, aber er musste nachsehen. Und wenn es der Pfarrer war, konnte er sein Weihrauchfass abholen, um das Ritual zu beenden, was sie gemeinsam tun mussten. Der Pfarrer würde das Schiffchen nehmen und den Weihrauch segnen müssen, bevor er ihn auf die glühende Kohle löffelte.

»Pfarrer?«, rief er ein letztes Mal und beschloss, dass er wirklich herausfinden sollte, wer in der Kirche war, falls es jemand mit bösen Absichten sein sollte. Damit lag er gar nicht so falsch, wie sich herausstellte. Er öffnete die Sakristeitür und trat hinaus. In diesem Moment nahm er nur für einen Sekundenbruchteil ein schweres Wirbeln wahr, einen stechenden Schmerz an der Schläfe, und dann wusste er nichts mehr.

Als der Mann im Gewand auf den Steinboden fiel, entfernte die Gestalt den nun leicht erwärmten Stein aus dem Weihrauchfass, hängte das Metallgefäß wieder an seinen Platz und bewegte sich dann schnell und lautlos zurück zur Chorsakristei, wo sie den Regenmantel holte. Die Kirche im bereits regenbespritzten Kleidungsstück verlassend, ging sie nur ein kurzes Stück bis zur Kreuzung mit der Hauptstraße hinunter, noch ein paar Meter weiter, bevor sie stehen blieb und wieder eine wartende Position einnahm, an der einzig möglichen Stelle, an der man Schutz finden konnte.

Pfarrerin Florrie, die wusste, dass sie rechtzeitig in der Kirche sein musste, nicht nur um ihre Gemeinde zu begrüßen, sondern auch um den Weihrauch für das Rauchfass zu segnen und in ihre Messgewänder zu schlüpfen, verließ das Haus etwa eine Viertelstunde vor Beginn des Gottesdienstes. Sie war sich bewusst, dass bei diesem Wolkenbruch niemand außer dem armen alten Silas früher als nötig kommen würde.

Fast sofort wurde ihr Regenschirm vom Wind nach innen gestülpt, und sie kämpfte den ganzen Weg bis zur Kirchentür damit, die wie erwartet aufgeschlossen und angelehnt war – eine rücksichtsvolle Geste von Silas angesichts des schrecklichen Wetters.

Als sie die Überreste ihres verrückt geformten Schirms abstellte, benannte sie ihn in Gedanken in Un-Schirm um. Sie steckte den Kopf in die Kirche und rief: »Silas? Ich bin da. Sind Sie bereit für mich?« Lächelnd darüber, wie anzüglich das für die falschen Ohren klingen könnte, wurde ihr plötzlich bewusst, dass sie als Antwort nur das Echo ihrer eigenen Stimme in dem leeren Steingebäude gehört hatte.

Sie war fast sicher, dass er sie von dort, wo sie gestanden hatte, gehört haben müsste, schob aber die fehlende Antwort auf die Akustik eines Gebäudes, mit dem sie noch nicht sehr vertraut war. Sie betrat die Kirche, die durch das plötzliche Aufziehen von Gewitterwolken dunkel war, und schaltete beim Hineingehen das elektrische Licht ein. Als sie sich umsah, fiel ihr Blick sofort auf das Weihrauchfass, das an seinem gewohnten Nagel hing, also schien alles in Ordnung zu sein.

Und dann lag da Silas, ganz in sein Gewand gehüllt, auf dem Boden in einer Blutlache von seiner Kopfwunde, und nichts war mehr, wie es sein sollte. Sie warf ihren Regenmantel ab, eilte an seine Seite und kniete sich neben ihm auf die harten Steine. »Silas?«, drängte sie ihn. »Sind Sie gestürzt oder so? Was ist passiert?«

Silas hatte keine Antwort auf diese Fragen zu seinem Gesundheitszustand, weil er keinen Zustand mehr besaß. »Silas? Silas?«, drängte sie ihn und schüttelte ihn an der Schulter, um ihn aufzuwecken.

Schließlich, als sie ihre Finger an seinen Hals legte, um den Puls zu fühlen, wurde ihr klar, dass er tot war und das Einzige, was sie jetzt noch für ihn tun konnte, war zu beten. Sie faltete die Hände und begann: »O Herr, wir übergeben diese Seele an diesem Tag in deine Obhut ...«

Verdammt, sie sollte die Polizei rufen. Sie konnte für Silas' Seele beten, nachdem sie über diesen dritten Todesfall informiert worden waren, aber dieser musste doch sicher ein Unfall gewesen sein. Er musste gestürzt sein und sich den Kopf auf dem Steinboden angeschlagen haben. Kirchengebäude waren sehr unnachgiebig, wenn man das Pech hatte, darin einen Unfall zu erleiden.

Und was um aller Heiligen willen sollte sie wegen des Gottesdienstes tun? Er sollte bald beginnen, und in wenigen Minuten würden die Leute eintreffen. Sie ging zurück zu ihrem Regenmantel, holte ihr Handy heraus und rief DI Falconer an, während sie sich in der Vorhalle postierte, mit der geschlossenen Tür hinter sich.

Das würde keine leichte Aufgabe werden, dachte sie, wohl wissend, dass Sylvia Slater eine derjenigen sein würde, die ankamen und die ungewöhnliche Erfahrung erwarteten, im Chor mitzusingen. Wie würde die arme Frau nur damit fertig werden? Sie hatten keine Kinder, und sie würde jetzt ganz allein sein. Dann sah sie die Frau sich nähern, ganz Lächeln und im Gespräch mit Polly Garfield. Florrie spürte, dass sie Marjorie Mundy um einen Gefallen bitten müsste.

Als sich die verstreute Gruppe von Chormitgliedern und Gemeindemitgliedern der Kirche näherte, explodierte der Donner wie Artilleriefeuer, Blitze gaben alles für ein Vorsprechen bei Hammer Horror, und Florrie trat an die Vorderseite der Vorhalle und deutete an, dass sie mit ihr hereinkommen könnten, aber nicht weiter.

Sie hob die Hände, um Stille zu gebieten, und erklärte ruhig und einfach, dass es einen Unfall gegeben habe und sie auf Hilfe warte. Der Gottesdienst an diesem Morgen sei aufgrund unvorhergesehener Umstände abgesagt, und sie bitte aufrichtig um Entschuldigung, nicht nur für die Absage, sondern auch für die späte Bekanntgabe. Sie drängte sie, nach Hause zurückzukehren, und sie würde später Nachrichten darüber schicken, was geschehen war, falls der Dorfbuschfunk ihr nicht zuvorkäme.

Alle zerstreuten sich hastig, um nicht noch nasser zu werden, als sie es ohnehin schon waren. Außer Sylvia Slater, die schweigend dastand, bevor sie fragte: »Es hat etwas mit meinem Silas zu tun, nicht wahr? Was ist mit ihm passiert?

Haben Sie einen Krankenwagen gerufen?«

Florrie erklärte ihr mit einem Ausdruck tiefer Traurigkeit, dass Silas nun jenseits dessen sei, was ein Rettungsteam oder Krankenhaus für ihn tun könne, und sie brach in lautes Weinen aus, weinte offen wie ein Kind, die Hände an den Seiten. »Ich möchte ihn sehen«, stieß sie schließlich hervor. »Wissen Sie, was passiert ist?«

»Ich fürchte, ich weiß es nicht. Ich war noch nicht da, als er seinen Unfall hatte, also weiß ich nicht, wie es passiert ist.« Sanft nahm sie sie bei der Hand und führte sie zu ihrem Mann. »Er ist jetzt an einem besseren Ort, Sylvia«, sagte Florrie beschwörend in der Hoffnung, dass ihr Glaube der Frau etwas Trost spenden würde.

»Er hatte gerade beschlossen, das Gästezimmer zu tapezieren - der Himmel weiß, dass es nötig ist. Und er hasste Renovierungsarbeiten schon immer, aber das ist jetzt doch eine etwas zu extreme Form der Vermeidung.« Sylvia hatte diese flapsige Bemerkung gemacht, um mit ihrem Schock und ihrer Trauer fertig zu werden. Silas sollte noch Jahre bei ihr sein, und jetzt lag er tot auf dem Steinboden der örtlichen Kirche, die sie ihr ganzes Eheleben lang besucht hatten.

»Kommen Sie. Ich bringe Sie zu Marjorie Mundy, damit sie sich eine Weile um Sie kümmern kann. Ich habe DI Falconer informiert, und er wird mit den nötigen Leuten kommen und sich gründlich umsehen, ob er herausfinden kann, was passiert ist. Hier, nehmen Sie meinen Arm. Der Regen hat ein bisschen nachgelassen, und es sind nur ein paar Schritte.«

Sie schloss die Kirchentür hinter ihnen ab, damit kein Neugieriger hereinschleichen konnte, um zu sehen, was der ganze Aufruhr zu bedeuten hatte. Dann brachte sie Sylvia Slater zu Augenbraue, erklärte kurz, was passiert war, und sagte, dass sie sich beeilen müsse, da sie die Polizei erwarte. Behutsam übergab sie die trauernde Frau der keuchenden und eilte zurück zu St. Cuthbert's, gerade als Falconers Wagen davor vorfuhr.

Als die drei zur Kirchenvorhalle hasteten, rief Falconer durch die Paukenschläge der Natur: »Was haben Sie diesmal für uns, Pfarrerin Florrie?«

»Ich werde langsam zur Stammkundin«, keuchte Florrie, die das Laufen nicht gewohnt war. »Es ist Silas Slater, unser Thuriferar. Ich glaube, er hatte einen Unfall. Aber er ist definitiv tot.«

Sobald sie im Gebäude waren, legten sie ihre Oberbekleidung ab, und Carmichael schüttelte sich wie ein Hund, mehr aus Gewohnheit als weil er nass war. Falconer sah ihn an und dachte, sein Sergeant hätte zu viel Zeit mit Hundezüchtern und ihren Tieren verbracht.

Pfarrerin Florrie zeigte mit dem Finger, aber Silas' Messgewand war so hell, dass er leicht auf dem Kirchenboden zu erkennen war, wenn man wusste, wonach man suchen musste. »Ich dachte, er wäre ohnmächtig geworden. Dann dachte ich, er wäre gestürzt, dann habe ich seinen Puls überprüft. Er muss mit dem Kopf auf den Boden geschlagen sein und hatte einfach das Pech, ihn in einem ungünstigen Winkel zu treffen«, erklärte sie ihnen.

Der Inspektor ging auf Händen und Knien, um die Leiche zu untersuchen, während Carmichael aufrecht stehen blieb. Beide Männer hatten sich Handschuhe übergezogen, sobald sie das Gebäude betreten hatten. Während Falconer den Körper untersuchte, ging Carmichael nachdenklich um den Bereich herum, wo Silas' Leiche lag.

»Es gibt hier keine richtige Markierung, wo er sich den Kopf gestoßen haben könnte, aber wenn er an der Stelle geblutet hat, würde man das auch nicht sehen«, sagte Falconer. »Was machen Sie da, Carmichael? Warum sind Sie nicht hier unten bei mir?«

Der Sergeant stand neben dem hängenden Metallgefäß und betrachtete es mit großem Interesse von allen Seiten. »Ich glaube, ich

habe etwas gefunden, Sir«, sagte er plötzlich mit Anzeichen von
Aufregung.

»Was denn?«

Pfarrerin Florrie setzte sich in eine Kirchenbank und überließ
ihnen das Feld. Ihr ganzer Körper hatte nun zu zittern begonnen, und
sie wusste nicht, ob es dieser bestimmte Tod war, der ihr zusetzte,
da sie Silas als ihren Thuriferar kennengelernt hatte, oder ob es die
Anhäufung der drei Todesfälle war, die sich in nur zehn Tagen ereignet
hatten. Sie schlang die Arme um ihren Körper, um zu versuchen, ihr
Zittern zu unterdrücken und nach dem Regen draußen wieder warm zu
werden. Sie blendete aus, was vorne in der Kirche geschah, und dachte
stattdessen an glücklichere Zeiten.

Falconer stand auf, um zu untersuchen, was Carmichael gefunden
hatte, und der Sergeant zeigte auf eine leichte Unvollkommenheit in
der Form des Weihrauchfasses, das so unschuldig an seinem Nagel
hing, und winzige Blutspuren an einer Ecke.

»Pfarrerin Florrie«, rief der Inspektor. »Was hatte dieses Objekt
hier zu suchen?«

Die Pfarrerin riss sich aus ihren Gedanken an ihre glückliche
Kindheit und erklärte, auf was er zeigte: »Als ich ankam, hätte er die
Kohle darin schon angezündet gehabt und hätte auf mich gewartet,
um den Weihrauch zu segnen und einzufüllen. Sobald es brennt, wird
es draußen vor der Sakristei an diesem alten Nagel aufgehängt, bis ich
bereit bin, fortzufahren.«

»Also hatte er sein Gewand angezogen und alle Vorbereitungen
getroffen ...

Ist es in Ordnung, wenn ich es abnehme, um hineinzuschauen?«

»Nur zu. Silas wird es jetzt nicht mehr schwenken. Es gibt keinen
Gottesdienst, der es braucht.«

Er nahm es herunter, hob den Deckel an den Ketten hoch und sah
eine leicht glühende Kohlestück darin, aber es schien sehr flach zu sein.
»Würden Sie sich das bitte mal ansehen?«, rief er der Pfarrerin zu.

Florrie erhob sich und näherte sich ihnen auf Beinen, die mehr aus Wackelpudding als aus Fleisch und Knochen zu bestehen schienen. Als sie in das Gefäß schaute, sagte sie überrascht: »Es sieht tatsächlich so aus, als hätte etwas darauf gelegen, und es glüht nicht so stark, wie es sollte. Es müsste jetzt eigentlich rotglühend sein.«

Vorsichtig, um es nicht zu stören, zeigte er ihr den Boden, wo ein leichter Schaden und die Blutspuren zu sehen waren, die er bemerkt hatte. »Übrigens gute Arbeit, Carmichael. Das war wirklich kreatives Denken.«

»Ist das etwas Gutes, Sir?«

»Ja, natürlich ist es das.«

»Dann danke.«

»Könnten Sie die Pfarrerin nach Hause bringen und ihre Aussage aufnehmen, während ich Verstärkung rufe? Das war kein Unfall. Das war Mord, und zwar ein ziemlich cleverer - nur nicht ganz clever genug.«

Ein Ausdruck der Erleichterung huschte über Florries Gesicht, als sie erkannte, dass sie nicht noch mehr Zeit in der Kirche mit den sterblichen Überresten des armen Silas verbringen musste, und sie nahm dankbar Carmichaels Arm. Bevor sie gingen, fragte Falconer: »Übrigens, wo ist seine Frau?«

»Dorthin, wo ich sie gerade bringen wollte, als Sie ankamen. Zu Marjorie Mundy's Eyebrows in der Pig Lane, gleich hinter dem Pfarrhaus; erinnern Sie sich?«

»Können Sie danach dorthin gehen, Carmichael, und mit der Witwe sprechen? Fragen Sie sie, ob sie möchte, dass jemand benachrichtigt wird oder ob sie irgendwohin gebracht werden möchte, wo es mitfühlende Gesellschaft gibt.«

»Wird gemacht, Sir.« Und so machten sie sich auf den Weg. Florrie war nur eine kleine Frau, und von hinten sah ihr Gang wirklich komisch aus. Carmichael musste ab und zu einen Schritt überspringen, um mit dem Tempo ihrer viel kürzeren Beine Schritt zu halten.

Falconer begann, um die Kirche herumzustreifen, während er auf
das Eintreffen eines forensischen Teams und Doktor Christmas
wartete. Als der Pathologe endlich eintraf, kam er fast zeitgleich mit
dem Rest des Tatortteams an und wartete geduldig darauf, dass Fotos
und dergleichen gemacht wurden, bevor er »die Leiche ein bisschen
herumwälzen« konnte, wie er seine Arbeit am Tatort beschrieb.

Als Christmas schließlich Hand an die Leiche legen konnte,
bestätigte er die vorläufigen Vermutungen der beiden Detektive, und
das Weihrauchfass wurde als Beweismittel verpackt und aus der Kirche
entfernt.

Der Rest des Gebäudes hatte nur einen einzigen Hinweis
preisgegeben, und zwar eine Pfütze Regenwasser auf dem Boden der
Chorsakristei. Es war ein Beweis für die Anwesenheit einer anderen
Person im Gebäude an diesem Morgen und zeigte wahrscheinlich, was
der Mörder oder die Mörderin mit seinem oder ihrem Mantel gemacht
hatte, während er oder sie sich darauf vorbereitete, ein Leben zu
nehmen.

Das »Schiffchen« lag in der Sakristei, von Falconer anhand der
Aussage von Rev. Florrie identifiziert, zusammen mit dem Weihrauch.
Silas' Regenmantel hing an einem Haken, aber es gab keine Anzeichen
dafür, dass sonst jemand dort gewesen war. Sie hatten bisher nicht viel
in der Hand, aber sie hatten zumindest die Mordwaffe identifiziert.
Er würde Roberts mit der Befragung von Tür zu Tür beauftragen, um
herauszufinden, ob einer der Nachbarn jemanden zwischen dem
Zeitpunkt, als Silas das Haus verließ – den er erfahren würde, wenn
Sylvias Aussage aufgenommen wurde – und dem Zeitpunkt, als Rev.
Florrie ankam, gesehen hatte. Das würde ihnen einen zeitlichen
Rahmen geben.

Das größte Rätsel war das Warum: Warum waren gerade diese drei
Personen getötet worden, und wurden sie tatsächlich alle von derselben
Person getötet? Waren ein oder mehrere Morde nur ein

Ablenkungsmanöver, um das eigentliche Opfer zu verschleiern und Verwirrung zu stiften, oder steckte eine Logik dahinter?

Er hatte keine Ahnung, wie die Antworten auf diese Fragen lauten könnten, und wusste, dass dieser Fall viel Aufklärungsarbeit erfordern würde. Sie hatten vier Männer, die sie morgen zum Verhör vorführen würden, und das könnte entscheidend für ihre Ermittlungen sein. Andererseits könnten sie auch völlig auf dem Holzweg sein.

Als Carmichael zur Kirche zurückkehrte, hatte der Regen auf einen Schauer nachgelassen, und als sie das Dorf verließen, fragte Carmichael: »Möchten Sie mit zu uns nach Hause kommen auf eine Tasse Tee, Sir?«

Falconer wollte gerade vehement ablehnen, als er sich an seine ruinierte Hose vom Vortag erinnerte, dann fiel ihm sein letzter Besuch ein und die Tatsache, dass Harriet, die er erst kurz nach Weihnachten im vergangenen Jahr entbunden hatte, ihn anscheinend nicht mehr kannte. Er hatte sich vorgenommen, die Kinder öfter zu sehen, zumal er Patenonkel aller drei war.

»Nur wenn Sie versprechen, Mulligan in den Garten zu schicken«, antwortete er schließlich.

»Gesagt, getan, Sir«, erwiderte Carmichael grinsend. »Sir?«

»Ja, Carmichael?«

»Wieso bekommen wir nie die Gelegenheit, mit Kaffee-to-go-Bechern herumzustolzieren wie all die Cops im Fernsehen?«

»Weil wir nur in der Provinz ermitteln, Carmichael. Wo haben wir je einen Fall untersucht, wo es so etwas wie ein Café gab? Und wenn es eines gegeben hätte, wären wir nie auf die Idee gekommen, weil wir nie die Gelegenheit haben, wie du es so treffend ausgedrückt hast, mit einem schönen heißen Getränk ›herumzustolzieren‹.«

Kerry öffnete ihnen die Tür und schenkte beiden ein strahlendes Lächeln; sie sah noch geschwollener aus als zuvor. Falconer dachte kurz, dass sie es bei der Geburt schwer haben würde, wenn die

Zwillinge Carmichaels Statur erben sollten. Dann tadelte er sich selbst für diesen Gedanken, der wohl aus seiner weiblichen Seite kam – etwas, von dem er nie zuvor angenommen hatte, dass er es besäße.

Als sie das Haus betraten, ertönte ein tiefes Freudengeheul aus der Küchentür, und Mulligan donnerte herüber und legte seine riesigen Pfoten auf die Schultern seines Lieblingsinspektors. Falconer taumelte rückwärts und versuchte verzweifelt, das Gleichgewicht zu halten, bis er den ungleichen Kampf verlor und glücklicherweise in einen günstig platzierten Sessel fiel, wo Mulligan versuchte, ihm das Gesicht abzulecken.

Die beiden kleinen Hunde der Carmichaels sahen den Spaß und bald verteidigte ihn Mistress Fang an seinem rechten Hosenbein, während Mr Knuckles eine ähnliche Aktion am linken durchführte. Dipsy Daxie, der nicht aus dem Spaß ausgeschlossen werden wollte, aber keine Möglichkeiten im Hosenbeindepartement fand, kletterte auf den Schoß des Inspektors und brach mit einem zufriedenen Keuchen zusammen. Es war wie ein lebendiger Zugluftstopper.

Carmichael kam angetrabt, sein Gang nicht unähnlich dem des kolossalen Hundes, und zerrte an Mulligans Halsband, um ihn zu entfernen, bevor er ihn in den Garten setzte, von wo aus er jämmerlich winselte, um wieder hereingelassen zu werden und mit seinem Freund zu spielen.

»Eine Tasse Tee?«, rief Kerry von der Küchentür aus, während Falconer darum kämpfte, das Taschentuch aus seiner Hosentasche zu ziehen.

»Nein, danke«, antwortete er so würdevoll wie möglich. »Ich habe gerade einen halben Liter Speichel zu mir genommen.«

»Es tut mir so leid«, sagte sie und näherte sich ihm mit einer Rolle Küchenpapier.

»Carmichael, ich dachte, Sie hätten gesagt, Sie würden ihn in den Garten setzen«, bellte Falconer etwas gereizt und kämpfte gegen den Drang zu würgen.

»Das habe ich, Sir. Aber ich konnte es ja kaum tun, bevor wir hier ankamen.«

»Und Sie kamen nicht auf die Idee, vorher anzurufen und Kerry zu bitten, den großen Lümmel nach draußen zu schicken?«

»Äh, nein. Tut mir leid, Sir.« Er schwieg ein paar Sekunden, dann verteidigte er sein Versäumnis mit den Worten: »Es regnete da noch. Jetzt hat es aufgehört, also wird er draußen nicht durchnässt. Sie würden nicht glauben, was für ein Chaos er anrichten kann, wenn er nass wird, reinkommt und sich schüttelt.«

Hm, dachte Falconer, ein bisschen wie Sie, als Sie in die Kirche kamen.

Die Jungen, die oben gespielt hatten, hörten den Tumult und kamen polternd die Treppe herunter, wobei sie riefen: »Onkel Harry ist da!« Sogar die kleine Harriet, neugierig auf die Person, die im Mittelpunkt des ganzen Trubels stand, krabbelte herbei, um einen Blick zu erhaschen. Falconer begann nach diesem wenig vielversprechenden Start seines Besuchs, die Kinder wieder kennenzulernen.

Bevor er ging, nahm Carmichael ihn beiseite und sagte: »Ich brauchte heute wirklich meine Kopfbedeckung, nicht wahr, Sir?«

»Zweifellos, aber könnten Sie für morgen im Büro vielleicht etwas anderes zum Anziehen finden? Eine Baseballkappe ist nicht wirklich geeignet, um Verdächtige in Fällen schwerer Verbrechen zu befragen.«

»Wird gemacht, Sir. Bis morgen früh.«

Das Einzige, woran Falconer in diesem Moment denken konnte, war: »Ich muss duschen. Ich muss duschen. Ich muss duschen. Und ich glaube, mir wird schlecht.«

Kapitel Fünfzehn

Montagmorgen

Der Himmel hatte sich aufgeklärt, und die Sonne hatte ihren Kopf wieder herausgestreckt mit dem Versprechen, dass sie vielleicht noch ein paar Tage gutes Wetter haben könnten, bevor sie hinter dem Wolkenvorhang verschwand, der den Herbst ankündigte. Ihr Auftritt neigte sich dem Ende zu, aber sie war für eine letzte Zugabe zurückgekommen.

Falconer war wie üblich als Erster im Büro und saß an seinem Schreibtisch, während er über den geschäftigen Tag nachdachte, der vor ihnen lag. Ihr Termin mit dem Leiter der Planungsbehörde war für 9:30 Uhr angesetzt, die mit den Stadträten für 16 und 16:30 Uhr.

Das würde ihnen Zeit geben, dachte Falconer, Mr. Pooley nach ihrem ersten Termin abzuholen und ihn eine Weile zu befragen und, falls nötig, ihn in einer Zelle schmoren zu lassen, während sie Grimble und Smallwood abholten, dann Rev. Monaghan aus Carsfold.

Sie könnten dann ihre anderen Befragungen durchführen und zurückkommen und sich aufteilen, um sich mit anderen Beamten zusammenzutun und die anderen drei zu verhören. Es gab genug Computerbeweise, um mindestens drei von ihnen in Schweiß ausbrechen zu lassen, und Rev. Monaghan könnte lügen, aber er könnte tatsächlich bei der Wahrheit und der Integrität seiner Berufung bleiben.

Er hörte Carmichael das Büro betreten und drehte sich um, ohne zu wissen, was er erwarten sollte, da er sich erinnerte, dass er seinem Sergeant gesagt hatte, heute eine andere Kopfbedeckung zu tragen. Nun, das hatte er sicherlich getan. »Was zum Teufel hast du jetzt auf dem Kopf?«, fragte er mit erstickter Stimme.

»Sie sagten mir, ich solle etwas anderes auf dem Kopf tragen, also tat ich das, und da die Sonne schien, habe ich das angezogen, was ich normalerweise trage, wenn wir ans Meer fahren.«

178

»Das ist ein verknotetes Taschentuch!«, quietschte der Inspektor. »Und wie, glaubst du, ist das besser als eine Baseballmütze?«

»Das denke ich nicht, Sir, aber es ist anders. Und eines von Kerrys Kopftüchern wäre zu grell für Ihre Zustimmung gewesen.«

»Da hast du recht. Es ist sicherlich anders. Nimm es jetzt ab. Ich habe eine Schiebermütze in meinem Auto, die du tragen kannst, wenn wir rausgehen, und du kannst sie verdammt noch mal den Rest des Tages aufbehalten. Andererseits, lass mich mal einen genaueren Blick auf deine Kopfhaut werfen.«

Carmichael setzte sich hin, damit der Inspektor seinen Kopf erreichen konnte, und entfernte das Taschentuch mit seinen vier verknoteten Ecken. Falconer beugte sich vor, um genau hinzusehen, und stieß dann einen tiefen, tiefen Seufzer aus.

»Ich habe vorher nicht genau hingesehen. Ich dachte, Henna-Tattoos wären immer eine Art Stammesmuster und Symbole«, knurrte er.

»Sie sagten, ich könnte alles haben, was ich wollte«, erwiderte Carmichael mit etwas Schmollerei in der Stimme.

»Also hast du sie Kojak und Columbo machen lassen?«

»Warum nicht?«

»Du hast einfach nicht die Zeit, all meine Gründe zu hören, warum du so etwas nie hättest machen lassen sollen. Du bist wirklich einzigartig. Wenn ich dich nicht besser kennen würde, würde ich sagen, du bist ein bisschen weich in der Birne. Jetzt ruf Roberts an und finde heraus, warum er schon wieder zu spät ist, und sag ihm, er soll seinen Hintern sofort hierher bewegen, weil ich einen Job für ihn habe.«

Etwas gekränkt tat Carmichael wie ihm geheißen und beendete sein Telefonat, um den Inspektor zu informieren, dass Roberts' Wecker kaputt gegangen war und er verschlafen hatte. »Hast du Dornröschen gesagt, dass ich ihn *tout de suite* hier haben wollte?«

»Das habe ich, Sir. Er fing an, über Frühstück und Dusche zu jammern, aber ich sagte ihm, er solle sich einfach beeilen und könne die

Einrichtungen und die Kantine der Dienststelle nutzen, wenn er Zeit hätte.«

»Das hört sich schon besser an. Es tut mir leid, dass ich eben so angefahren bin, aber manchmal bringst du mich wirklich zur Weißglut.«

»Schon gut, Sir«, erwiderte Carmichael, besänftigt. »Kerry sagt genau dasselbe.«

Ein zerzauster DC Roberts stieß die Bürotür auf und stampfte sehr verärgert zu seinem Schreibtisch. Bevor er den Mund öffnen konnte, um sich zu beschweren, kam Falconer ihm zuvor.

»Ich brauche dich, um nach Ford Hollow zu fahren und bei allen Häusern in der High Street und Pig Lane nachzufragen, ob jemand zwischen halb zehn und zehn Uhr im Regen jemanden in der Nähe der Kirche herumhängen sah. Dann möchte ich, dass du nachsiehst, ob etwas von der Spurensicherung zurück ist und ob die Obduktion durchgeführt wurde. Ach, und ich werde heute Nachmittag sowohl dich als auch PC Green für Befragungen brauchen.« »Aber, Chef«, stöhnte Roberts.

»Wag es ja nicht, mich zu ›Chef‹en. Du kannst dir auf dem Weg raus ein Speckbrötchen aus der Kantine schnappen und dann in deiner Mittagspause die hiesigen Einrichtungen nutzen. Ich kann dein ständiges Zuspätkommen nicht ertragen und werde dir nicht nachgeben, wenn du alles so machen willst, wie du es getan hättest, wenn du pünktlich aufgestanden wärst.«

»Tut mir leid, Sir«, murmelte Roberts, während er mit gesenktem Kopf und einem mürrischen Gesichtsausdruck wieder zur Tür ging.

»Komm schon, Carmichael«, sagte Falconer, als er das besorgte Gesicht des Sergeants bemerkte. »Keine Sorge, ich werde dir jetzt nicht den Kopf abreißen. Wir haben reinen Tisch gemacht. Lass uns zu meinem Auto gehen und dir diese Mütze besorgen.«

Die Mütze war aus Leder, und Carmichael war begeistert davon, auch wenn sie ein klein wenig zu eng war. Die Passform entlockte

Falconer einen weiteren tiefen Seufzer, denn sie sah ein bisschen aus wie eine Erbse auf einem Berg, aber es war besser als entweder das verknotete Taschentuch oder die Baseballmütze, und als er einen genauen Blick auf Carmichaels Kopfhaut geworfen hatte, kämpften sich definitiv kleine Haare durch das Henna-Kunstwerk, wenn man es denn so nennen konnte. Noch eine Woche oder so, und er könnte barhäuptig gehen und aussehen, als hätte er beim Friseur nur einen Millimeterschnitt bekommen.

Mike Greenslade, der Leiter der Planungsbehörde, erwies sich als angenehmer Mann, der, als er gefragt wurde, ob er von dem Protest gegen eine mögliche Baugenehmigung für eine Anzahl von Wohnungen am Rande von Ford Hollow wusste, sich am Kopf kratzte und antwortete: »Ähm, ja. Ein bisschen.«

»Welches bisschen?«

»Dass, ähm, einige Leute darüber unglücklich waren.«

»Wussten Sie von der Petition?«

»Ähm, kann mich nicht erinnern. Fragen Sie mich was anderes.«

»Haben Sie irgendwelche Briefe oder Anrufe darüber erhalten?«

»Ja. Ähm, Anrufe. Weiß nicht wegen Briefen. Da müssten Sie meine Sekretärin fragen. Kann nicht alles in der alten Rübe behalten.«

»Und von wem waren diese Anrufe?«

»Ähm, mal sehen ... eine Frau namens, ähm ... Poole, war es das?«

»Pooley«, half Carmichael aus.

»Genau der.«

»Sie ist eine Frau«, stellte der Sergeant fest und fragte sich, ob der Mann senil wurde.

»Ich weiß. Ich bezog mich auf den Namen. Das war der Richtige«, antwortete Mike Greenslade und wunderte sich, warum der Sergeant anscheinend so große Schwierigkeiten hatte, eine völlig einfache Situation zu verstehen.

Carmichael, immer noch im Dunkeln tappend, beschloss, dass es schneller und einfacher wäre, sich rauszuhalten, anstatt zu versuchen, die verworrenen Gedanken des Mannes darüber, wer ein Mann und wer eine Frau war, zu entwirren.

»Und was hat sie zu Ihnen gesagt?«, fragte Falconer und bemerkte, dass Carmichael sein Notizbuch herausgeholt hatte und eifrig mitschrieb.

»Zuerst war sie recht höflich, dann wurde sie gehässig. Sie beschuldigte mich, Schmiergelder anzunehmen, was ich als Bestechungsgelder verstehe. Also, ich war noch nie so beleidigt in meinem ganzen Leben. Die Welt ist verrückt geworden. Es stehen einige Kürzungen an, und ich denke, ich werde mich freiwillig für den Stellenabbau melden.«

»Wie oft hat sie Sie angerufen?«

»Zwei- oder dreimal, dann begann ich, meine Anrufe durch meine Sekretärin filtern zu lassen, weil sie sehr ausfallend wurde.«

»Haben Sie Anrufe von jemand anderem zu diesem Thema erhalten?«

»Keine, die zu mir durchgestellt wurden. Ich werde Sie zu Sandra, meiner Sekretärin, bringen, und Sie können sie sowohl nach Anrufen als auch nach Briefen fragen. Ich mache einfach meinen Job und versuche, aus Schwierigkeiten herauszubleiben.«

Mit Sandra allein gelassen, gab sie ihnen viel mehr Informationen als Greenslade. Sie holte etwa zwanzig Briefe hervor, einige flehten um Vernunft, die anderen waren beleidigend und anonym. Sie sagte auch, dass sie es abgelehnt hatte, mehrere Anrufe an ihren Chef durchzustellen, und dass es auch E-Mail-Belästigungen gegeben hatte, die sie jedoch einfach gelöscht hatte. »Das ist schade«, sinnierte Falconer.

»Ich habe in dem Moment einfach nicht daran gedacht«, antwortete die Sekretärin mit einem Achselzucken. »Tut mir leid.«

»Machen Sie sich keine Sorgen, Sandra. Zumindest haben Sie die Briefe aufbewahrt. Die Leute verbrennen normalerweise diese Art von Korrespondenz.«

»Sie hätten vielleicht gebraucht werden können, falls die Person, die sie geschickt hat, Ärger gemacht hätte. Außerdem verbrennen wir hier nichts. Alles Physische wird ordentlich abgelegt für irgendeine unbestimmte Zeit in der Zukunft, wenn der Inhalt sich als lebenswichtig für irgendetwas erweisen wird. So ist das in der Kommunalverwaltung.«

»Das ist besser als eine Vertuschung. Gut gemacht. Können wir sie bitte mitnehmen?«

»Wenn Sie eine Quittung dafür unterschreiben.«

»Wir werden sie so bald wie möglich zurückbringen. Vielen Dank für Ihre Voraussicht und Kooperation.« Falconer konnte nicht erkennen, was diese anonymen Mitteilungen dem Fall nützen würden, aber es war zumindest etwas Konkretes und könnte ihnen von Nutzen sein.

Sie hatten zur Polizeiwache zurückkehren müssen, um einen Poolwagen zu holen, da Falconers Auto ein Zweisitzer war, und nun fuhren sie in einem passenderen Fahrzeug Richtung Ford Hollow. Als sie vor Wheel Cottage anhielten, sprach Carmichael. »Es wäre viel einfacher gewesen, wenn Roberts alle drei Interviews für den Vormittag angesetzt hätte. Keiner der Stadträte wohnt weit von den Rathausbüros entfernt.«

»Das ist typisch für ihn. Er hat wahrscheinlich zuerst den Termin mit Greenslade gemacht und dann festgestellt, dass die Stadträte am Vormittag nicht verfügbar waren.«

»Ich wette, er hätte den Termin mit dem Leiter der Planungsbehörde ändern können. Der arbeitet zu Bürozeiten.«

»Ich glaube, Sie verwechseln Roberts mit jemandem, dem das etwas ausmacht, Sergeant. Das hätte einen weiteren Anruf bedeutet, und er hatte eigentlich getan, worum er gebeten wurde, also warum sollte er an die Unannehmlichkeiten denken, die er verursacht hat?«

»Sie kommen wirklich nicht gut mit ihm aus, oder, Sir?«

»Ich sehe ihn nicht oft genug, um mit ihm auszukommen. Wenn er nicht krankgeschrieben ist, drückt er sich irgendwo herum.«

David Pooley sah grau und mitgenommen aus, als er ihnen die Tür öffnete, und war entweder aus Müdigkeit, Trauer oder Schuld gereizt. »Was wollt ihr zwei schon wieder? Ich soll heute Nachmittag die Kinder abholen, und ich muss bald los.«

»Wir müssen Sie bitten, mit uns zur Wache zu kommen, um ein paar Fragen zu beantworten, Sir«, erklärte Falconer.

»Ich habe Ihnen gerade gesagt, dass ich die Kinder abholen muss«, fuhr er zurück.

»Dann werden Sie Ihre Pläne ändern müssen, Sir.« Falconer blieb standhaft.

»Ich habe nicht die Absicht, das zu tun. Sie werden ein andermal wiederkommen müssen.«

»Ich fürchte, das geht nicht, Sir. Entweder Sie kommen jetzt freiwillig mit uns, oder ich muss Sie verhaften.«

»Das ist empörend!«

»Dies, Sir, ist eine Ermittlung wegen dreifachen Mordes. Es ist kein Gemeindepicknick.«

»Es gab noch einen? Gott, wer war es diesmal?«

»Silas Slater, der Thuriferar. Würden Sie bitte das Abholen Ihrer Kinder neu organisieren und uns zur Wache begleiten. Wir werden so kurz wie möglich sein.«

»Ich nehme an, das muss ich wohl«, stimmte er widerwillig zu und versuchte, ihnen die Tür vor der Nase zuzuschlagen, während er sich um diese Aufgabe kümmern wollte.

»Wir werden drinnen warten, wenn es Ihnen nichts ausmacht, Sir. Wir wollen ja nicht, dass Sie durch den Hinterausgang verschwinden und davonfahren, oder?«

»Seien Sie nicht so lächerlich«, erwiderte Pooley und öffnete die Tür weiter, um sie ins Haus zu lassen.

Nachdem sie das Verfahren seiner Aufnahme auf der Wache durchgeführt hatten, brachten sie Pooley in den Verhörraum Nummer eins. Das war etwas, das Falconer immer genoss, denn obwohl sie in der alten Wache einen Verhörraum Nummer eins gehabt hatten, gab es keine höheren Nummern, in denen andere Verdächtige verhört werden konnten.

Als er das Band startete, nannte Falconer das Datum und die Uhrzeit des Verhörs, wer verhört wurde und wer sonst noch anwesend war, einschließlich PC Green, der knapp innerhalb der Tür positioniert war.

Der Inspektor begann mit: »Wie lange lief die Affäre zwischen Ihrer Frau und Xavier Smallwood schon?« Es war direkt, aber es erzielte eine Reaktion.

»Ich weiß nicht, wovon Sie reden«, polterte Pooley, dessen Gesicht von einem angespannten Grau zu einem leuchtenden Rot wechselte.

»Doch, das wissen Sie, Mr. Pooley. Wir haben die E-Mails auf dem Computer Ihrer Frau gefunden und die Antworten auf Smallwoods Computer, den wir ebenfalls beschlagnahmt haben. Also, sagen Sie uns, wie lange es schon lief und was Sie dagegen unternommen haben.«

»Ich weiß es nicht. Ich habe die E-Mails entdeckt, aber erst nachdem sie getötet wurde, und ich hatte keine Ahnung, von wem sie waren. Ich war am Boden zerstört.«

»Ich schlage vor, dass Sie sie gefunden haben, bevor Ihre Frau ermordet wurde, und sie Sie so wütend machten, dass Sie dazu getrieben wurden, sie zu töten.«

»Das ist Unsinn. Was hätte ich mit den Kindern gemacht, während ich ihre Mutter ermordete?«

Falconer nickte Carmichael zu, und er übernahm. »Es wäre ganz natürlich gewesen, wenn sie an einem Sonntagmorgen bei einem Freund gespielt hätten. Wenn das der Fall war, wäre es ganz natürlich für Sie gewesen, zur Kirche zu gehen, um Ihre Frau zu treffen -

vorausgesetzt, die Kinder waren an diesem Tag nicht in der Sonntagsschule, was für uns leicht zu überprüfen ist.«

Gut gemacht, Carmichael, dachte Falconer. Warum hatten sie nicht früher daran gedacht, das zu überprüfen? Er würde Rev. Florrie anrufen und sie darum bitten müssen.

»Ich habe Ihnen gesagt, ich wusste nichts davon, bevor sie getötet wurde«, konterte Pooley.

»Und ich glaube Ihnen nicht, Sir«, erwiderte Carmichael streng.

»Warum haben Sie es so gemacht?«, schaltete sich Falconer ein. »War es, weil sie zu viel Zeit mit ihrem Orgelspiel und dem Chor verbrachte und Sie oft allein zu Hause ließ, und dann noch die Frechheit besaß, eine Affäre mit einem anderen Mann zu haben? Arbeiten Sie von zu Hause aus, Herr Pooley?«

»Ich arbeite tatsächlich von zu Hause aus, aber ich habe der Zeit, die sie in der Kirche verbrachte, nie etwas nachgetragen.«

»Und trotzdem haben Sie nie am Gottesdienst teilgenommen?«

»Ich bin Agnostiker.«

»Nicht einmal, um Ihre Frau zu unterstützen und die Ergebnisse all ihrer Bemühungen zu hören?«

»Ich weiß nicht. Ich fühle mich unwohl in Kirchen, wo jeder zu wissen scheint, was er tut.«

Falconer nickte Carmichael wieder zu, um anzuzeigen, dass er das Gespräch wieder übernahm. »Wenn also jemand behaupten würde, Sie kurz vor der Ermordung Ihrer Frau in der Nähe der Kirche gesehen zu haben, würde diese Person lügen?«

Daraufhin schoss Carmichaels Kopf nach oben, aber der Inspektor warf ihm einen leichten Stirnrunzler zu. OK, er improvisierte, aber es könnte Ergebnisse bringen.

»Ich war zu Hause. Ich bin den ganzen Vormittag nicht rausgegangen«, stotterte Pooley.

»Und kann das jemand beweisen und Ihnen ein Alibi geben? Ihre Kinder vielleicht?«

»Sie spielten mit Freunden. Ich habe sie erst abgeholt, nachdem ich von dem Vorfall erfahren hatte.«

»Und was ist mit den beleidigenden E-Mails, die Ihre Frau erhielt? Wollten Sie dagegen auch etwas unternehmen?«

»Ich habe diese auch erst nach ihrem Tod gesehen.«

»Gibt es noch etwas, das Sie uns sagen oder uns fragen möchten, Herr Pooley?«

»Ja. Sie denken doch wohl nicht, dass ich alle drei Morde begangen habe, oder?«

»Vernehmung beendet um …« Falconer wollte sich darauf nicht einlassen. »Ich werde jemanden beauftragen, Sie nach Hause zu fahren, damit Sie die Kinder abholen können, aber wir müssen möglicherweise noch einmal mit Ihnen sprechen.«

Zurück im Büro fanden sie DC Roberts vor, die Füße auf seinem Schreibtisch, eine aufgeschlagene Zeitung vor sich haltend. Als er hörte, dass jemand ins Büro kam, knüllte er die Zeitung hastig zusammen und schob sie in die Knieöffnung des Schreibtisches, während er eilig eine Taste drückte, um seinen Computer aufzuwecken, aber Falconer hatte einen Blick auf ihn erhascht und wusste genau, was er getan hatte.

»Ich habe noch eine Aufgabe für Sie, Roberts«, sagte er. »Ich möchte, dass Sie so viele Hotels, Pensionen und Ferienwohnungsvermittlungen wie möglich kontaktieren und nachfragen, ob sie deutsche Gäste haben. Berichten Sie mir dann die Ergebnisse. Sie können jetzt damit anfangen, aber wir brauchen Sie für den ersten Teil des Nachmittags, um bei Befragungen dabei zu sein. Essen Sie in der Kantine zu Mittag?«

»Ja, Sir, und ein verspätetes Frühstück.«

Ohne jegliches Mitgefühl zu zeigen und überzeugt davon, dass der DC es geschafft hatte, diese Einrichtung zu besuchen und etwas zu essen zu bekommen, während sie weg waren, empfand Falconer kein Mitleid. Ein schneller Blick in den Papierkorb bestätigte ihm dies, als er eine Sandwichverpackung, einen Joghurtbecher, eine leere Chipstüte und einen Apfelbutzen zusammen mit einer leeren Coladose entdeckte. Roberts hatte sein Frühstück definitiv bekommen. Schlau genug, sich zu verpflegen, aber nicht schlau genug, die Beweise zu beseitigen, bevor er auf Mitleid spielte.

»Kommen Sie, Carmichael. Wir lassen Roberts bei seiner Aufgabe.«

Als sie aus der Polizeiwache gingen, fragte Carmichael, wohin sie gingen. »Überall hin, nur nicht in die Kantine«, antwortete der Inspektor.

»Ist das der Grund, warum Sie ihn gefragt haben, ob er dorthin geht?«

»Nein, ich wollte nur bestätigen, dass er die Wache vor heute Nachmittag nicht verlässt. Bei Roberts weiß man nie, ob er nicht überfallen wird. Er könnte trotzdem noch an Maul- und Klauenseuche oder eiternder Schweinegrippe erkranken, bevor wir zurück sind.«

»An was?«

»Das Letzte habe ich mir ausgedacht. Ich traue ihm einfach nicht zu, dass er nicht irgendwohin verschwindet oder etwas Dummes macht, wie in den Park zu gehen und dann zu behaupten, er habe einen Sonnenstich.«

Montagnachmittag

Nach dem Mittagessen in einem örtlichen Café vergewisserte sich Falconer, dass Roberts keinen Fluchtversuch unternommen hatte, und sie machten sich auf den Weg, um die Gemeinderäte zu befragen, die dem Planungsausschuss angehörten.

Der erste, Kenneth Carstairs, wohnte in einem sehr vornehmen Haus mit einem großen Garten und einer Doppelgarage. Carmichaels Reaktion spiegelte nur wider, was Falconer nicht in Worte zu fassen gewagt hätte. »Mann, das ist aber schick, oder? Muss ein Vermögen gekostet haben.«

Eine sehr elegante Frau, die sich als Frau Carstairs vorstellte, öffnete ihnen die Tür, überprüfte ihre Ausweise und bat sie herein. »Kenneth ist hinten im Garten und genießt das letzte bisschen gutes Wetter«, teilte sie ihnen mit und ging ihnen voraus, um ihnen den Weg zu zeigen.

Kenneth Carstairs genoss tatsächlich das letzte bisschen gutes Wetter - neben seinem eingelassenen Swimmingpool auf einer Liege, ein Glas in der Hand. Er blickte bei dem Geräusch ihrer Annäherung auf und setzte sich plötzlich auf, wobei er etwas vom Inhalt seines Glases auf seinen Schoß verschüttete. »Entschuldigung«, sagte er. »Ich hatte ganz vergessen, dass Sie kommen.« Nette Begrüßung!

Als er sie ins Haus führte, murmelte Falconer zu Carmichael: »Es sieht so aus, als hätte er in seiner Zeit einige Schmiergelder angenommen. Ich frage mich, ob dieses Haus ›Villa Bestechung‹ heißt? Nicht lachen. Er wird wissen wollen, was ich gesagt habe.«

Carstairs nahm kein Blatt vor den Mund, als sie Yvonne Pooleys Namen erwähnten, und brach in eine Schimpftirade über »diese einmischende alte Schachtel« aus. Er sei von ihr sehr belästigt worden und habe gedroht, eine einstweilige Verfügung gegen sie zu erwirken. Er habe gehört, dass sie tot sei, und sei froh, sich nicht mehr mit ihrer Einmischung herumschlagen zu müssen.

»Ja, ich habe sie leider kennengelernt. Was für eine Xanthippe, und sie war besessen davon, die Baugenehmigung für die Häuser in - wo war das noch? - Ford Hollow zu verhindern. Sie hatte keine Ahnung, wie viele Arbeitsplätze das in die Gegend bringen würde. Mit mehr Familien, die ins Dorf ziehen, könnten sie vielleicht die alte Dorfschule wieder öffnen, es gäbe mehr Familien, die dort leben würden; kurzum, mehr Leben im Allgemeinen.«

»Was ist mit dem Verschwinden der Furt und der Umleitung eines natürlichen Wasserlaufs?«

»Ein Haufen alter sentimentaler, grüner, blauäugiger liberaler Schwachsinn, meiner Meinung nach. Wenn wir alle so denken würden, gäbe es keine Städte oder Dörfer, und wir würden immer noch in Höhlen leben. Was für ein Maschinenstürmer!«

»Sie glauben also nicht, dass dieses vorgeschlagene Bauprojekt nur ein zynisches Geschäftemacherei-Schema ist?«

»Wissen Sie, wie hoch der Druck nach Wohnraum allein in dieser Gegend ist? Wir brauchen neue Entwicklungen, um mit der wachsenden Bevölkerung Schritt zu halten.«

»Danke dafür, Herr Carstairs. Kannten Sie jemanden namens Albert Burton: einen alten Mann, der in Ford Hollow lebte?«

»Nie von ihm gehört.«

»Was ist mit Silas Slater, ebenfalls ein Dorfbewohner?«

»Nein. Wenn das alles ist, werde ich jetzt zu meinem freien Nachmittag in der Sonne zurückkehren, bevor sie bis zum Frühling verschwindet, wenn Sie nichts dagegen haben.« Diese letzten Worte wurden in einem sehr sarkastischen Ton geäußert. Der Mann fühlte sich offensichtlich gekränkt, dass er überhaupt zu irgendetwas befragt wurde. Sicherlich war er gegen die Alltagswelt gefeit?

Der andere Stadtrat, Victor Dibley, lebte in einem viel bescheideneren viktorianischen Haus, das freistehend war, aber nur knapp. Er öffnete selbst die Tür und bat sie herein, wobei er fragte, ob sie eine Tasse Tee möchte, da er gerade selbst eine trinken wollte. Er mochte zwar nicht die prächtige Residenz haben, die ihr letzter Interviewpartner genoss, aber er wirkte wie ein viel glücklicherer Mann.

Sie nahmen sein Angebot einer Erfrischung an und machten es sich in seinem gemütlichen Wohnzimmer bequem, das nach Süden ausgerichtet war und das Beste von der Sonne abbekam. »So, da wären wir«, sagte eine Stimme, und er kam mit einem Tablett herein, beladen mit drei angeschlagenen Tassen, einer großen Zuckerdose und der Milchflasche, ohne den Luxus eines Kännchens.

»Entschuldigen Sie das Geschirr«, entschuldigte er sich, als er seine Last auf einem Couchtisch abstellte. »Bin ein bisschen nachlässig geworden, seit meine Frau mich verlassen hat.« Es klang traurig, aber er sagte es mit einem Lächeln, als wäre ihr Weggang eine Erleichterung gewesen. »Also, was kann ich für Sie tun?«

Sobald sie das geplante Bauprojekt in Ford Hollow erwähnten, verdüsterte sich sein Gesicht, und er fragte: »Geht es um den Tod dieser Pooley-Frau? Schreckliche Sache, das. Wer könnte eine Frau mit zwei Kindern in der Blüte ihres Lebens töten?« Er holte Luft und fragte dann: »Nehmen Sie immer so viel Zucker, Sergeant?«

»Ja«, sagte Carmichael leise. »Was wissen Sie über Mrs. Pooley?«

»Sie kam einmal hierher, wissen Sie, um mich wegen dieses geplanten Bauprojekts zur Rede zu stellen.«

»Was ist passiert?«

»Ich bat sie auf einen Kaffee herein, und wir setzten uns und redeten. Ich hasse die Zerstörung natürlicher Lebensräume und die Manipulation der Natur, es sei denn, es ist absolut notwendig, und ich stimme den Bauarbeiten, die für dieses Dorf vorgeschlagen wurden, nicht zu. Es geht nicht nur um die Umleitung des Baches; das Dorf hat nicht die Infrastruktur, um mit einem Zustrom von Menschen in diesem Ausmaß fertig zu werden.

Es gibt keine Arztpraxis, keine Schule, keine Geschäfte, und jetzt schlagen sie vor, den spärlichen Busverkehr zu streichen, der nur einmal pro Woche fährt. Dagegen hätte sie protestieren sollen. Kein Supermarkt wird dorthin liefern, und sie werden gestrandet sein, wenn sie kein eigenes Transportmittel haben.«

»Und was hat sie dazu gesagt?«

»Sie sagte, sie würde sich sofort mit dem Busunternehmen in Verbindung setzen, um zu protestieren, und auch dafür eine Petition starten.«

»Wie fanden Sie sie, Sir?«

»Ich öffnete einfach die Tür, und da war sie. Oh, Entschuldigung, ich sollte nicht so flapsig darüber sein: Es ist eine ernste Angelegenheit. Ich fand sie sehr angenehm und umgänglich, und was sie sagte, ergab viel Sinn. Dieses Land ist seit Ewigkeiten überschwemmungsgefährdet, und wenn sie das Wasser umleiten, wird es sich nur seinen eigenen Weg zurückbahnen. Alles, was dort gebaut würde, wäre bei jedem wirklich nassen Wetter überschwemmungsgefährdet.«

Endlich eine vernünftige Meinung, nicht überschattet von persönlichem Gewinn, Gier oder sentimentalen Emotionen, dachte der Inspektor. »Ich möchte Sie fragen, ob Sie jemals jemanden namens Albert Burton kennengelernt haben? Oder vielleicht Silas Slater?«

»Nein, tut mir leid. Ich kann mich an keinen von beiden erinnern, weder in meinem privaten noch in meinem Ratsleben. Da kann ich Ihnen nicht helfen.«

»Vielen Dank für Ihre Zeit, Sir, und danke für den Tee. Er war sehr willkommen.«

»Und Sie achten darauf, dass Sie Ihre Zähne gründlich putzen, junger Mann, bei dem ganzen Zucker«, sagte er, als er ihnen an der Haustür zum Abschied zuwinkte.

»Wohin jetzt, Sir?«, fragte Carmichael. Sie hatten immer noch den Poolwagen, also sagte Falconer ihm, sie würden direkt zu Landbank Ltd fahren, um die anderen beiden abzuholen, bevor sie sie am Bahnhof absetzen und wieder losfahren würden, um Rev. Monaghan abzuholen.

Kapitel Sechzehn

Immer noch Montagnachmittag

Bei Landbank Ltd führte ein unerwartet plötzliches Treffen mit Sheridan Grimble - demjenigen mit den beleidigenden E-Mails an Yvonne Pooley - dazu, dass Carmichael seine Knöchel in den Mund stopfen musste, um das Lachen zu unterdrücken, das beim Anblick der Nase des Mannes in ihm aufstieg. Sicher war sie an der Brille befestigt, genauso wie der Schnurrbart. Er konnte doch nicht freiwillig so aussehen?

Als man ihm mitteilte, dass man ihn bezüglich der beleidigenden E-Mails zum Verhör mitnehmen wolle, blähten sich seine Nasenlöcher vor Angst, und er sagte: »Ich hoffe, Sie denken nicht einmal daran, mich deswegen anzuklagen. Es würde die Firma ruinieren, wenn ich ausfallen würde.« Bei dieser nasalen Bewegung zog sich Carmichael auf die Toilette zurück, wo er in Ruhe lachen konnte, bevor ihm die Tränen übers Gesicht liefen.

Falconer ignorierte die Fahnenflucht seines Sergeants und machte unbeeindruckt weiter. »Wir werden alles klären, wenn wir auf der Wache sind, mein Herr. Wir brauchen auch noch einen Ihrer Kollegen.«

Xavier Smallwood war gelassener, da er wusste, dass man gegen jemanden, der lediglich eine Affäre mit einer verheirateten Frau gehabt hatte, nichts unternehmen konnte.

Mit ihren ersten beiden Befragten im Auto kehrten die Detektive nach Market Darley zurück, um sie aufnehmen zu lassen, bevor sie nach Carsfold fuhren, um Rev. Monaghan abzuholen. Bevor sie das Gebäude jedoch wieder verließen, beschloss Falconer zu überprüfen, ob Roberts noch an dem Fall arbeitete.

Er fand ihn an seinem Schreibtisch, aber als er sich beim Eintreten des Inspektors umdrehte, zeigte sich, dass er ein blaues Auge und eine aufgeplatzte Lippe hatte. »Was zum Teufel ist dir denn passiert?«,

193

fragte Falconer überrascht, dass sein DC nicht wieder im örtlichen Krankenhaus simulierte, und vage beunruhigt, dass er vielleicht früher eine Vorahnung gehabt hatte.

»Ich wurde überfallen, okay?« Als Roberts einen gequälten Gesichtsausdruck annahm, fragte sich Falconer, ob er hellseherisch wurde.

»Wann?«, fragte Falconer verwirrt, dass sein DC das Gebäude verlassen haben sollte. Sicher war er nicht tatsächlich innerhalb der Polizeistation angegriffen worden. »Wie? Wo?«

Roberts seufzte und begann seine traurige Geschichte. »Ich bin kurz zum Supermarkt gegangen, um Zigaretten zu holen, weil meine fast alle waren, und wurde auf dem Weg raus überfallen.«

»Und was ist dann passiert?«

»Sie werden es vielleicht nicht glauben, Sir, aber diese Sutherland-Frau - nicht die Mutter - war gerade auf dem Weg zum Einkaufen und hat die Angreifer erledigt. Es waren zwei, und sie hat sie von mir weggezogen und ihre Köpfe zusammengeschlagen.«

»Du meine Güte! Diese vertrocknete alte Jungfer? Und hast du einen deiner Angreifer erkannt?«

»Ja, sie war es, und nein, ich habe sie nicht erkannt. Es waren einfach ein paar junge Schläger, die mich überrascht haben.«

Das ist das Hauptmerkmal von Überfällen, dachte Falconer. Man weiß nicht, dass sie passieren werden.

»Aber das ist der letzte Tropfen für mich, Sir«, fuhr der DC fort. »Ich habe einen Antrag auf sofortige Versetzung zurück nach Manchester gestellt. Ich habe noch etwas Jahresurlaub übrig, den werde ich nutzen, um mein Haus auf den Markt zu bringen und meine persönlichen Sachen zu packen. Ich werde es vorerst wahrscheinlich vermieten. Dann werde ich mich dort oben nach einer Bleibe umsehen, während ich über den Rest meiner Karriere nachdenke.«

Falconer war von dieser Nachricht wie betäubt. Roberts mochte zwar oft krank sein und nicht viel nützen, wenn er im Büro war, aber er war besser als nichts, und es gab einen dreifachen Mord aufzuklären.

In diesem Moment schlenderte Carmichael ins Büro, um zu sehen, wo der Inspektor geblieben war. »Meine Güte, Roberts, du zögerst ja nicht lange, wenn du dich entschieden hast, oder?«, kommentierte er, als er die Neuigkeiten erfuhr.

»Ich werde mit Superintendent Chivers sprechen«, erklärte Falconer und verließ abrupt den Raum. »Damit komme ich nicht klar«, und er ging steif aus dem Zimmer.

Superintendent Derek »Wackelpudding« Chivers war sehr überrascht, als ein vor Wut kochender Falconer ohne anzuklopfen in sein Büro platzte. »Ich werde das einfach nicht hinnehmen, und Sie müssen mir sofort Ersatz besorgen. Ich kann nicht einen Beamten weniger haben, wenn wir drei Morde aufzuklären haben. Es ist schon schwer genug zu ermitteln, wenn Roberts im Team ist, aber ohne ihn wird es so gut wie unmöglich sein, und währenddessen vergeht die Zeit, und wir kommen nicht wirklich voran.«

Chivers forderte ihn auf, sich zu setzen und sich etwas weniger hysterisch zu erklären. Das war so untypisch für seinen sonst fast einsilbigen Inspektor, dass er eher besorgt als verärgert war.

»Ich werde mich sofort darum kümmern, Inspektor. Es ist mir einfach nicht in den Sinn gekommen, als Roberts' Versetzung von ihm selbst auf meinen Schreibtisch gelegt wurde. Er sah aus, als hätte er eine ordentliche Tracht Prügel bekommen, und ich wusste, dass Sie und er nicht gut miteinander auskamen und wie viel Krankenurlaub er hatte, seit er zu uns gekommen war.

Ich dachte einfach, Sie würden sich freuen, dass er geht und Ihnen nicht mehr auf die Nerven geht. Ich werde sicherlich froh sein, ihn nicht mehr in meinem Budget zu haben, wenn er mehr Zeit auf dem Rücken verbringt als eine Prostituierte. Ich werde Ihnen sofort jemanden besorgen.«

»Danke, Sir.« Falconer stand fast stramm und verließ das Büro des Superintendenten, wobei er sich fragte, wie viel an seinem Versprechen wohl heiße Luft war.

Wieder im Poolwagen, diesmal auf dem Weg nach Carsfold, fiel Carmichael vor Ungläubigkeit die Kinnlade herunter, als Falconer ihm erzählte, was er dem Superintendenten gesagt hatte. »Und er hat dich nicht in der Luft zerrissen?«

»Nein, ich denke, ich habe meinen Standpunkt so nachdrücklich vertreten, dass er erkannt hat, wie schwierig es mit einem Beamten weniger und so viel zu tun wäre.«

»Und er sagte, wir würden sofort jemand anderen bekommen? Wann, glaubst du, wird das sein?«

»Weihnachten? Ich weiß es nicht. Vorerst werde ich hoffen, dass er es ernst gemeint hat. Wir sind wirklich in Bedrängnis. Ah, da sind wir.«

Rev. Monaghans leidgeprüfte Frau öffnete die Tür, ihr Körper zeigte Anzeichen ihrer jüngsten Schwangerschaft. Ihre Haare standen wild in alle Richtungen, und sie sah müde und erschöpft aus. Als sie ihnen sagten, wer sie waren, meinte sie: »Ich nehme an, es geht um diese Morde in Ford Hollow. Er ist in seinem Arbeitszimmer. Ich hole ihn gleich für Sie. Möchten Sie in die Diele treten?«

Während sie warteten, waren die Anzeichen eines überfüllten und chaotischen Haushalts überall um sie herum in dem großen, quadratischen Raum zu sehen, mit Turnschuhen, Schulschuhen und Gummistiefeln entlang einer Wand in chaotischer Anordnung, die gegenüberliegende Wand bedeckt mit einer Reihe von Mänteln, die an einer langen Serie von Haken hingen. Schulranzen waren darunter abgestellt, und Falconer wurde plötzlich bewusst, wie viel Zeit sie an diesem Nachmittag verbraucht hatten, mit seinem ungeplanten Besuch im Büro des Superintendenten nach Roberts' schockierender Ankündigung.

Als der Leiter des Pfarrteams sich endlich herabließ zu erscheinen, bemerkten sie, dass Spuren von Eigelb und Tomatenketchup auf der Vorderseite seiner Soutane zu sehen waren, die unglaublich schmutzig aussah. Konnte man diese Dinge in der Waschmaschine waschen oder mussten sie chemisch gereinigt werden? fragte sich Falconer. Er würde Rev. Florrie danach fragen müssen.

»Wir möchten Sie bitten, uns zur Polizeistation in Market Darley zu begleiten, um einige Fragen zu beantworten«, erklärte der Inspektor unverblümt und ging davon aus, dass die Frau des ehrwürdigen Herrn erklärt hatte, wer sie waren.

»Ich sehe nicht ein, warum ich das tun sollte. Was habe ich damit zu tun?« bellte der Pfarrer barsch, sein Gesicht unter den buschigen Augenbrauen finster dreinblickend. Wenn eine Person wie Marjorie Mundys Hütte aussehen könnte, hatte Rev. Monaghan gerade diese Leistung vollbracht.

»Wir haben einen Anruf erhalten, der uns mitteilte, dass Sie zur Zeit des ersten Mordes in der Nähe der St. Cuthbert's Kirche gesehen wurden, und wir möchten Sie dazu befragen.«

»Können Sie das nicht hier machen?«

»Nein, Sir. Wir möchten ein aufgezeichnetes Verhör mit Ihnen unter Verwarnung durchführen; für die Akten.«

»Aber ich habe heute Abend eine PCC-Sitzung. Warum sollte ich mit Ihnen kommen?«

»Weil wir Sie sonst verhaften werden, wenn nötig. Ich schlage vor, Sie sagen entweder Ihr Treffen ab und verschieben es, oder Sie lassen jemanden für Sie einspringen.«

»Das ist äußerst ungelegen«, schnauzte er Falconer an und rief seine Frau zurück in die Halle. »Kannst du alle im PCC anrufen und sagen, dass das Treffen am Mittwochabend stattfinden wird, nicht heute Abend. Es scheint, dass ich gebraucht werde, um der Polizei bei ihren Ermittlungen zu helfen.«

Der Gesichtsausdruck seiner Frau änderte sich von dem einer
Person, die zum x-ten Mal belästigt wurde, zu einem der Freude,
unerwartet etwas Zeit ohne ihn zu bekommen.

»Wird gemacht, Jude. Geh du nur. Ich komme hier perfekt
zurecht.«

Sie hatten ihr wahrscheinlich einen Gefallen getan, da von ihr
zweifellos erwartet worden wäre, die Erfrischungen für die Mitglieder
zuzubereiten, wo auch immer das Treffen stattfinden sollte.

Rev. Monaghan verhielt sich während der Aufnahme seiner
Personalien ziemlich gut, aber nachdem er informiert wurde, dass er
einige Zeit warten müsse, bis er verhört würde, war er überhaupt nicht
kooperativ und wurde schließlich in eine Zelle geschleift, um sich
abzukühlen, wobei er abwechselnd fluchte und protestierend furzte.

»Jetzt weißt du, warum er als Old Bells and Smells bekannt ist«,
informierte Falconer Bob Bryant, der mit Interesse den
ungewöhnlichen Anblick eines Geistlichen auf der Polizeistation
beobachtet hatte, der sich scheinbar der Verhaftung widersetzte.

Es war nun Zeit, die beiden Männer von Landbank Ltd zu
verhören, und Falconer schickte Carmichael los, um DC Roberts und
PC Merv Green zu holen, da sie je einen übernehmen würden und
einen zweiten Beamten benötigten.

Green kam aufgeregt bei der Aussicht, bei etwas so Exotischem wie
einem zweiten Beamten beim Verhör dabei zu sein. Roberts kam etwas
widerwilliger, sah zerknittert und mitgenommen aus und starrte jeden
finster an, der in seine Richtung blickte.

Falconer beschloss, Grimble zu verhören, da er Carmichaels
Reaktion jedes Mal, wenn er den Mann sah, gut kannte, und teilte
Smallwood dem Sergeant zusammen mit Roberts zu. Green nahm er
mit sich, und sie gingen, um ihren Befragten abzuholen.

Als er sich an den Tisch im Verhörraum setzte - Falconer hatte
Raum Nummer zwei ausgewählt, einfach nur zum Spaß - bemerkte er,
dass Green seine Augen nicht von Grimbles Gesicht lassen konnte. Da

er wusste, was seine Aufmerksamkeit so unwiderstehlich auf sich zog, gab er dem Mann einen leichten Tritt gegen den Knöchel, aber dies brachte den Constable nur zum Kichern. Musste der Mann wirklich so aussehen? Er hätte randlose Brillen wählen und seinen Schnurrbart abrasieren können.

»Es tut mir leid wegen meines PCs, Mr. Grimble, aber er ist nicht an Verhöre gewöhnt, und er ist nervös«, entschuldigte sich Falconer lahm.

»Er lacht über meine Nase«, stellte Grimble nüchtern fest. »Machen Sie sich keine Sorgen, ich bin es gewohnt.« Er wusste nicht einmal die Hälfte davon. Falconer räusperte sich, ließ Green die Aufnahme starten und machte die notwendigen Ankündigungen, um mit der Befragung zu beginnen. »Auf Ihrem Computer haben wir gefunden, dass Sie beleidigende E-Mails an Yvonne Pooley geschickt haben. Diese waren auch auf ihrem Rechner vorhanden. Was haben Sie dazu zu sagen?«

»Ich meinte es nicht böse«, begann Grimble. »Ich wollte sie nur von weiteren Protesten und Aufregung abschrecken. Wenn wir dieses Land nicht verkaufen, haben wir eine Klausel in unserem Vertrag mit den Verkäufern, dass wir garantieren, ihr Grundstück innerhalb von fünf Jahren nach dem Kauf zu verkaufen, oder wir erstatten das Geld zurück.«

»Was hat Sie dazu gebracht, das zu tun?«

»Die Zeiten waren hart, und wir dachten nicht, dass wir die Grundstücke jemals loswerden würden, aber obwohl sich die Dinge bessern, ist es wichtig, dass wir sie verkaufen, bevor wir andere Projekte in Angriff nehmen, und wir müssen das tun, damit wir Geld verdienen.«

»Wie lange ist Landbank schon in Betrieb?« fragte Falconer, nun fasziniert.

»Dies ist unser erstes gemeinsames Projekt. Wenn wir bei der ersten Hürde scheitern, sind wir erledigt, und wir werden bis über beide Ohren in Schulden für die Miete der Büroräume stecken.«

»Oh je. Sie stecken wirklich in der Klemme, nicht wahr? Also dachten Sie, Sie würden die Frau einschüchtern, um sie zum Verschwinden zu bringen und aufzuhören, ein Störenfried zu sein«, stellte Falconer fest und benutzte alle Klischees, die ihm passend erschienen.

»Mit einem Wort, ja«, stimmte die wandelnde Nase zu. Green kicherte wieder und erntete einen finsteren Blick vom Inspektor.

»Haben Sie ihr mit körperlicher Gewalt gedroht?«

»Sie wissen, dass ich das getan habe, wenn Sie die E-Mails gelesen haben. Ich weiß nicht, was ich jetzt tun soll.«

»Haben Sie sie jemals getroffen und ihr Gewalt angedroht oder ihr ins Gesicht gedroht?«

»Nein. Ich wusste nie, wie sie aussah. Als ich den Namen der toten Frau hörte, hätte ich mich fast nass gemacht.«

»Und Sie kannten weder Albert Burton noch Silas Slater?«

»Nein, ich kenne nicht viele Leute hier in der Gegend. Ich bin erst hergezogen, als wir vier uns zusammengetan haben, und ich verbringe die meiste Zeit damit, an Bauplänen zu arbeiten und habe nur mit meinen Kollegen Kontakt. Ich habe wirklich nicht viele Freunde.«

»Sind Sie sich da absolut sicher? Sie stehen unter Verwarnung.«

»Bin ich«, sagte Grimble und verzog das Gesicht, scheinbar um sowohl die Frage zu beantworten als auch die Aussage in zwei Worten zu bestätigen.

»Ich werde mit meinem Vorgesetzten über Sie sprechen. Sie werden wegen bedrohlichen Verhaltens angeklagt werden, aber da es nicht persönlich war, denke ich, dass ich vielleicht erreichen kann, dass die Anklage vorerst ruhen bleibt.«

»Gott, ich wäre so dankbar. Als Sie mich heute Nachmittag abholten, hätte ich mir fast in die Hose gemacht und mich gefragt, ob ich ins Gefängnis kommen würde.«

»Lassen Sie sich das eine Lehre sein, aber ich verspreche nichts. Sie können in Ihrer Zelle warten, bis DS Carmichael mit Ihrem Kollegen fertig ist, dann werde ich ein Auto organisieren, das Sie zurück in Ihre Büros bringt.«

Draußen sah er Green nur an, der mühelos in demütige Entschuldigungen verfiel und dann wieder anfing zu kichern. »Du musst zugeben, dass er eine riesige Nase hatte, Chef. Und diese Brille und der Schnurrbart. So etwas Ähnliches hatte ich mal in meinem Weihnachtsstrumpf, und ich hab mich nass gemacht vor Lachen, als mein Vater es aufsetzte.«

Carmichael und Roberts erfuhren währenddessen die Details – zum Glück nicht wortwörtlich – der Affäre, die Smallwood mit Yvonne Pooley gehabt hatte.

»Wie habt ihr euch kennengelernt?«, fragte Carmichael, nachdem er das Band mit den Angaben aller Beteiligten sowie Datum und Uhrzeit gestartet hatte.

»Es war tatsächlich auf dem Grundstück selbst in Ford Hollow. Ich war in meiner Funktion als Vermesser dort, und sie hörte von meiner Anwesenheit und kam vorbei, um mit mir zu streiten.«

»Und hat sie das?«

»Ja, einen absoluten Mordsstreit. Er war so voller echter Leidenschaft, dass wir am Ende knutschten, und das war's dann.«

»Was habt ihr gemacht?«

»Wir sind zu ihr nach Hause gegangen. Ihr Mann war auf einer Konferenz, ihre Kinder in der Schule, und wenn mich jemand gesehen hätte, hätte sie sagen können, dass sie mich vom geplanten Baugelände entführt hatte, um mir die Meinung zu geigen. Wie sich herausstellte, gab sie mir viel mehr als das.«

»Das reicht an Details, Sir. Hat ihr Mann von Ihnen erfahren?«, fuhr der Sergeant fort. Roberts beteiligte sich nicht an diesem Gespräch und saß schmollend da, an seinen Fingernägeln kauend. Carmichael störte das nicht. Es war das erste Mal, dass er – so gut wie – allein ein Verhör führte, ohne dass Falconer die Befragung leitete, und er genoss die Gelegenheit.

»Ich glaube nicht, nein«, antwortete Smallwood.

»Wie haben Sie diese Affäre fortgeführt, wenn Sie besorgt waren, von den Nachbarn gesehen zu werden?«, fragte Carmichael.

»Ganz einfach. Wann immer sie einkaufen gehen musste, rief sie mich an, und wir gingen für eine Stunde zu mir. Es gab immer eine Ausrede: einen alten Freund getroffen und ins Plaudern gekommen, oder einen Kaffee trinken gegangen, oder es gab sehr lange Schlangen. Ihr Mann war sowieso in seine Arbeit vertieft, also musste sie nicht oft Ausreden erfinden. Er bemerkte nie, wie die Zeit verging.«

»Wann haben Sie sich das letzte Mal getroffen?«

»Etwa eine Woche bevor sie starb – nein, es waren neun Tage, weil es an einem Freitag war.«

»Und Sie hatten keinen Streit?«

»Überhaupt nicht. Wenn überhaupt, wurden die Dinge zwischen uns ernster.«

»Und Sie haben das alles vor Ihren Kollegen geheim gehalten?«, fragte Carmichael, der nun dachte, er sei in seiner eigenen persönlichen Seifenoper gelandet.

»Ich musste. Sie war der öffentliche Feind Nummer eins, was sie betraf.«

Das Thema leicht wechselnd, fragte Carmichael: »Und war es die Absicht Ihrer Firma, Bestechung zu nutzen, um zu bekommen, was Sie in Bezug auf diesen speziellen Bauantrag wollten?«

»Kein Kommentar. Das ist eine ganz andere Angelegenheit, und ich wäre nicht bereit, darüber ohne meinen Anwalt zu sprechen.«

»Verstanden.« Was Carmichael auch war, und er stellte diese andere Angelegenheit fürs Erste zurück, um nach der Verhaftung des Mörders ein wenig zu ermitteln. Er würde auch vorschlagen, dass sie einen Blick auf das Bankkonto von Stadtrat Carstairs werfen sollten. Es könnte sehr interessant sein.

Als sie beide mit ihren Befragten fertig waren, hielt Falconer Wort und organisierte ein Auto, um sie zu ihren Büros zurückzubringen, während sie Rev. Monaghan aus der Zelle holen ließen, in der er wartete. Das Warten hatte seine Laune nicht verbessert, und er war für einen Mann der Kirche sehr unflätig, dachte der Sergeant, dessen Ohren vor Verlegenheit angesichts der Ausdrucksweise des Mannes rot wurden.

»Nun, da Sie sich ein wenig beruhigt haben, Rev. Monaghan, möchten wir mit Ihnen über Informationen sprechen, die wir erhalten haben, dass Sie sich kurz vor Albert Burtons Tod in der Nähe des Tatorts aufhielten. Das wäre letzten Freitag zwischen halb acht und acht.« Das war ein bisschen zu spezifisch, aber Falconer war das egal. Er war ziemlich sicher, dass der Hinweis echt war, und wollte sehen, wie der Mann reagierte.

Es war mit Getöse und dem Beharren darauf, informiert zu werden, wer diese Information geliefert hatte. »Ich bin nicht befugt, unsere Quellen preiszugeben, Rev. Monaghan. Ich dachte, das wäre Ihnen klar«, konterte Falconer, und der Mann gab schließlich nach und bestätigte, dass er tatsächlich um diese Zeit am fraglichen Tag in Ford Hollow gewesen war.

»Und was hatten Sie dort zu tun?«

Dies führte zu ein paar langen Minuten des Schweigens, bis er schließlich sagte: »Ich habe das gesellige Beisammensein nach der Chorprobe in meiner eigenen Kirche ausfallen lassen und bin schnell losgefahren, um eine kleine Dame zu besuchen, die ich dort ziemlich regelmäßig aufsuche.«

Carmichael war schockiert, da er wusste, dass die Frau des Mannes schwanger war, aber er hielt sich zurück, während sein Gesicht immer röter wurde, als sein Zorn stieg. Erst hatte der Mann geflucht und geschimpft wie ein Bauarbeiter, jetzt gab er zu, seiner Frau untreu zu sein, die ihr Baby erwartete. Er wusste natürlich, dass so etwas vorkam, aber was ihn am meisten schockierte, war, dass dies ein Mann des Klerus war, der mit gutem Beispiel vorangehen sollte.

»Wir brauchen ihren Namen und ihre Adresse, damit wir bestätigen können, dass Sie tatsächlich dorthin gegangen sind, und zu welcher Zeit Sie ankamen und gingen. Sehen Sie mich nicht so an, Rev. Monaghan. Ich erwarte eine Antwort, selbst wenn ich an jede Tür im Dorf klopfen muss, um diese Frau zu finden, die für Sie bürgen kann.«

»Sie heißt Millie Foster und wohnt im Daffodil Cottage in der Drovers Way«, gab er schließlich nach.

»Und warum haben Sie uns das nicht früher gesagt?«

»Es war damals nicht relevant, und es ist immer noch nicht relevant. Ich hatte nichts mit dem Mord an dem alten Mann zu tun.«

»Wo waren Sie am Sonntag vor einer Woche zwischen etwa halb elf und elf?«

»Dito«, antwortete der Vikar, der nun leichte Anzeichen von Verlegenheit zeigte.

»Und diesen Sonntag gegen halb zehn?«

»Keine Chance, Inspektor. Ich war in der Kirche und bereitete mich auf den Gottesdienst vor.«

»Welche Kirche?«

»Coldwater Pryors, wenn Sie's genau wissen wollen.«

»Die nur ein paar Meilen von Ford Hollow entfernt ist. Und sagen Sie mir, haben Sie dort einen Thuriferar, der auf Sie wartet, um Weihrauch in das Weihrauchfass zu geben und es zu segnen?«

»Nein. Es ist mir noch nicht gelungen, diesen Haufen alter Stockkonservativer zu richtigen High-Church-Gottesdiensten zu bekehren.«

»Also hätten Sie in St. Cuthbert's vorbeischauen können, bevor Sie dort ankamen, und Silas Slater ebenfalls erledigen können.«

»Das ist eine ungeheuerliche Unterstellung. Ich habe nichts dergleichen getan. Jetzt verlange ich, dass Sie mich gehen lassen, und ich will Sie nicht wiedersehen, es sei denn, Sie haben einen Haftbefehl für mich, den Sie nicht bekommen werden, weil ich unschuldig bin.«

»Wir mussten ihn gehen lassen, Carmichael, aber ich werde morgen mit Millie Foster sprechen. Wir werden morgen früh dorthin fahren. Ich möchte noch einmal mit Chelsea Winter über den Fund von Alberts Leiche sprechen, falls ihr noch etwas eingefallen ist. Ich möchte auch kurz vorbeischauen und dieser Sutherland-Frau dafür danken, dass sie unseren DC Roberts vor den jungen Schlägertypen gerettet hat, die ihn heute früher angegriffen haben.«

Zurück im Büro fanden sie Roberts, der seinen Schreibtisch aufräumte. »Alles in Ordnung, Chef, keine Deutschen zu finden, nicht mal unter meinem Schreibtisch.« Roberts hatte sich auf einer Narrenreise gewähnt, da ein alter Soldat aus dem Krieg ein so unwahrscheinlicher Verdächtiger war, und es seitdem zwei weitere Morde gegeben hatte, aber das war ihm egal. Er würde nach Manchester zurückkehren, wo die Arbeit mehr Adrenalin mit sich brachte. Es gab nicht viel Aufregendes daran, einen Haufen alter Knacker zu befragen.

»Du gehst tatsächlich heute?«

»Es hat keinen Sinn, es hinauszuzögern. Ich werde nicht behaupten, dass ich hier glücklich war, aber ich werde vorbeischauen, wenn ich zurückkommen muss, um Dokumente bezüglich des Hauses zu unterschreiben.«

»Viel Glück, Roberts.« Falconer streckte ihm die Hand zum Schütteln entgegen, mehr aus Erleichterung als aus irgendeinem anderen Grund. Er wünschte dem DC nichts Böses, aber er würde froh sein, ihn loszuwerden. Carmichael tat es ihm gleich, und sie sahen ihm nach, als er ging.

»Wir werden morgen eine Fallkonferenz abhalten, nur wir beide. Ich bin sicher, wir haben alles, was wir wissen müssen, aber haben die Teile einfach noch nicht richtig zusammengesetzt. Und denk ja nicht, dass du diese Mütze behalten darfst, wenn deine Haare nachgewachsen sind. Ich werde sie zurückhaben wollen.«

»Da hast du Pech«, sagte Carmichael, aber er sagte es sehr leise, sodass der Inspektor es nicht hörte.

Kapitel Siebzehn

Donnerstagmorgen

Bevor Falconer am nächsten Morgen irgendetwas erledigen konnte, klingelte sein Telefon, und er fand den Superintendent am anderen Ende der Leitung. »In mein Büro, sofort, Inspektor«, war alles, was er sagte, bevor er auflegte. »Oh Gott, was habe ich jetzt schon wieder angestellt?«, sagte er laut und überraschte damit Carmichael, der gerade das Büro betrat.

»Was meinen Sie, Sir?«

»Warum zum Teufel trägst du dein Poloshirt verkehrt herum?«, rief Falconer aus, als er sah, was Carmichael trug, und ignorierte dabei völlig dessen Frage.

»Ich hab es heute Morgen verkehrt herum angezogen, und Kerry meinte, es würde Unglück bringen, es wieder richtig herum zu drehen. Meine Ma pflegte genau dasselbe zu sagen.«

»Also, wenn du glaubst, dass du mit mir rausgehen kannst und dabei aussiehst, als hättest du deinen Körper verkehrt herum an, dann täuschst du dich. Dreh es sofort richtig herum, und komm mir nicht wieder mit diesem Unglücks-Quatsch. Das ist nur ein dummer Aberglaube.«

Carmichael tat wie ihm geheißen und kam dann auf die Frage zurück, die er beim Betreten gestellt hatte. »Worüber haben Sie gerade ‚Oh Gott' gesagt?«

»Ich wurde nach oben in Jellys Büro zitiert, und er klang auch nicht sehr erfreut über mich.«

»Vielleicht hat dieser Pfarrer eine Beschwerde eingereicht«, schlug Carmichael vor.

»Das würde er nicht wagen - nicht bei dem, was er angestellt hat, und wie er Informationen zurückgehalten hat.«

Vor dem Büro des Superintendenten saß ein junger Mann auf einem Stuhl, und Falconer fragte sich vage, weshalb er dort war,

207

konzentrierte sich aber mehr darauf, wofür er selbst herbestellt worden war. Er klopfte sanft und wartete darauf, eingelassen zu werden. Dann stand er kerzengerade da und wagte es nicht, sich zu setzen, bevor er dazu aufgefordert wurde - falls überhaupt. Er wurde nicht dazu aufgefordert.

»Inspektor Falconer«, begann Chivers in strengem Ton, »ich bin Ihrer Bitte gestern bezüglich der Personalstärke nachgekommen, aber nach reiflicher Überlegung habe ich beschlossen, dass ich mit Ihnen ernsthaft über die Art und Weise sprechen muss, wie Sie Ihre Bitte formuliert haben. So hat noch nie jemand mit mir gesprochen, und ich habe nicht vor, damit jetzt anzufangen. Sie waren schroff, aufsässig und rundheraus unhöflich -«

Falconer ließ ihm keine Gelegenheit, weiter fortzufahren. »Ich möchte mich vorbehaltlos für mein Verhalten entschuldigen, Sir, und Ihnen versichern, dass es nicht wieder vorkommen wird. Ich kam überstürzt hierher, nachdem Roberts seine Bombe hatte platzen lassen, und ich hätte zuerst darüber nachdenken sollen, was ich sagen wollte.«

In leichterem Tonfall erwiderte Chivers: »Danke, Inspektor, für Ihre Entschuldigung, die ich annehme - unter der Voraussetzung, dass Sie in Zukunft nicht mehr so übereilt handeln. Der andere Grund, warum ich Sie sehen wollte, ist, dass es jemanden gibt, den ich Ihnen vorstellen möchte.«

Er erhob sich und bedeutete Falconer, ihm vor sein Büro zu folgen, wo der junge Mann, den er zuvor bemerkt hatte, nun stramm stand. »Dies ist DC Tomlinson, der bereits einen Antrag gestellt hatte, zu uns nach Market Darley zu wechseln. DC Tomlinson, das ist Inspektor Falconer, unter dem Sie arbeiten werden.«

Der neue DC streckte seine Hand aus und sagte: »Ich bin Neil. Ich warte schon eine Weile darauf, die Chance zu bekommen, hierher zu kommen. Meine Freundin, Imogen, lebt in der Stadt, und wir versuchen seit einiger Zeit, eine Fernbeziehung aufrechtzuerhalten.«

»DC Tomlinson wird heute noch nicht anfangen können, da er gestern Abend mit dem Zug angekommen ist und sich erst einmal einrichten muss«, erklärte Chivers, falls Falconer irgendwelche falschen Hoffnungen hegte, der neue DC könne sofort anfangen.

»Ich ziehe bei meiner Imi ein«, sagte Tomlinson mit einem breiten Grinsen und einem Augenzwinkern, und Falconer mochte ihn auf Anhieb.

»Der DC ist ein scharfsinniger junger Mann, der es weit bringen wird. Ich bin sicher, er wird eine Bereicherung für Ihr Team sein«, schloss Chivers und überließ sie sich selbst.

»Kommen Sie mit und lernen Sie DS Carmichael kennen, der auch im Team ist«, lud der Inspektor ein.

»Sehr gerne.«

Carmichael machte sich gerade bereit, nach Ford Hollow aufzubrechen und checkte noch seine E-Mails, als sie das Büro erreichten. »Carmichael«, kündigte Falconer an, »das ist DC Tomlinson, der in sehr naher Zukunft mit uns arbeiten wird. Er ist Roberts' Ersatz.«

Carmichael schüttelte ihm die Hand, und Tomlinson wiederholte seine Bitte an Falconer. »Nenn mich einfach Neil.«

»Und ich bin Davey«, erwiderte Carmichael. Sie tauschten Lächeln aus.

»Ich ziehe bei meiner Freundin ein. Ich muss nur noch meine Sachen sortieren, dann werde ich so bald wie möglich im Büro anfangen«, erklärte Tomlinson. »Im Moment streiten wir über Schrankplatz, und ich bin fest entschlossen, mindestens eine Schublade für meine Socken und ein paar Zentimeter Hängeplatz zu bekommen. Man sieht sich«, und verließ das Büro, um die Dinge zu erledigen, damit er so schnell wie möglich mit der Arbeit beginnen konnte.

»Ich mag ihn«, erklärte Carmichael, der wie üblich sein Herz auf der Zunge trug.

»Ich auch«, stimmte Falconer zu. »Komm, lass uns nach Ford Hollow aufbrechen, bevor wir noch mehr vom Morgen verlieren.«

»Und er hat nicht einmal gefragt, warum ich eine Mütze trage«, sagte Carmichael und beendete damit das kurze Gespräch.

»Wen besuchen wir?«, fragte Carmichael, als der Boxster gemächlich die Straße zum Dorf hinunterfuhr.

»Ich möchte bei Chelsea Winter nachfragen, ob sie Albert Burton gefunden hat, ich möchte bei Elodie Sutherland vorbeischauen und ihr dafür danken, dass sie Roberts zu Hilfe gekommen ist, und ich würde gerne bei Rev. Florrie vorbeischauen, aber das verschieben wir vielleicht auf heute Nachmittag, da wir schon einen Großteil des frühen Starts verloren haben. Oh, und wir müssen mit dieser Flittchen von Rev. Monaghan in Daffodil Cottage sprechen. Wie war noch mal ihr Name?«

»Millie, Sir: Millie Foster«, lieferte Carmichael, der irgendwo entlang der Linie aufgepasst hatte.

»Uns entgeht etwas, Carmichael, und ich fürchte, es ist etwas Offensichtliches. Ich kann nur nicht sagen, was es ist«, seufzte Falconer geistesabwesend.

Sie hatten beschlossen, zuerst Chelsea Winter aufzusuchen, vorausgesetzt, sie war nicht in der Schule, und sie hatten Glück, da die örtliche Schule einen pädagogischen Tag hatte. Sie war oben in ihrem Zimmer zu finden, wo sie die neue Hymne und das siebenfache Amen für den Kirchenchor zur Begleitung eines elektrischen Keyboards übte, das auf ihrem Bett stand. Es gab keinen Platz für einen Ständer, da das Zimmer im Maßstab des restlichen winzigen Hauses war. Ihre Eltern waren kaum aus dem Bett und zeigten nur den Weg, beide sahen schlimm verkatert aus.

Chelsea saß vor dem Instrument, an dem sie ihre Stimmen übte. Sie blickte erschrocken auf, als es an der Tür klopfte, da sie nicht erwartet hatte, dass ihre Eltern sie zu dieser Tageszeit stören würden. »Oh, hallo«, sagte sie, »Was wollen Sie? Ich dachte, ich hätte Ihnen schon eine Aussage gegeben.«

Falconers Blick war plötzlich auf ein paar Gegenstände auf der Fensterbank gefallen, und er war sofort abgelenkt. »Woher haben Sie die?«, fragte er und versuchte, nicht zu offensichtlich zu starren.

»Die Kerzenständer?«, fragte sie. »Die waren ein Geschenk von meinem Freund.«

»Wie großzügig von ihm. Wer ist er? Ist er von hier?«

»Er wohnt in Market Darley, aber er hat ein Moped, also kann er rüberkommen und mich abholen.«

»Wie heißt er?«

Sie sah ein wenig verdutzt aus, als sie antwortete: »John Hartley.«

»Und was macht er? Ist er noch in der Schule?«

Etwas entspannter, da es jetzt echtes Interesse zu sein schien, antwortete sie: »Nein, er hat die Schule verlassen und hat noch keinen Job.«

Carmichael bewies an dieser Stelle sein Gold wert, indem er fragte: »Was macht er denn den ganzen Tag?«

»Ich glaube, er trinkt Kaffee und Bier und schaut fern«, kicherte sie.

»Würden Sie mich einen Moment entschuldigen. Ich muss nur kurz nach draußen gehen, um einen schnellen Anruf zu tätigen und einen Termin für heute Nachmittag zu bestätigen. Wir würden gerne noch einmal durchgehen, woran Sie sich in Bezug auf das Auffinden von Albert Burton erinnern, und alles andere, was Ihnen einfällt. DC Carmichael hier wird für ein paar Minuten anfangen«, sagte Falconer und ließ ein Augenlid leicht in Richtung Carmichael sinken, als Andeutung eines Zwinkerns.

Der Sergeant war verwirrt, aber schnell von Begriff, und übernahm nahtlos, indem er sein Notizbuch aus der Tasche zog und darin blätterte, bis er die richtige Stelle fand. Falconer ging inzwischen nach draußen und tätigte seinen Anruf.

»Ist PC Green auf der Wache?«, fragte er.

»Zufällig ist er gerade für eine Pause vorbeigekommen. Soll ich ihn holen und Ihnen durchstellen?«

»Wenn es nicht zu viele Umstände macht.« Er wartete, während im Hintergrund die Geräusche der Wache weitergingen. Die Telefonzentrale, ein altmodisches Stück, das schon lange veraltet war, aber beim Bau der neuen Wache trotzdem eingebaut wurde, bemühte sich nicht, ihn in die Warteschleife zu stellen, da er zu ihnen gehörte.

Es dauerte nur ein paar Minuten, bis er den Essex-Akzent von PC Green hörte, der wahrscheinlich leicht in der Kantine zu finden gewesen war, und er fragte ihn, ob er je von einem Jugendlichen namens John Hartley gehört habe.

»Ein richtiger junger Bengel. Wir haben ihn für einige Vorfälle in der Akte, aber noch keine Verurteilungen. Andererseits glaube ich, er ist erst siebzehn Jahre alt, also gib ihm Zeit, sage ich.«

»Könntest du zu ihm nach Hause fahren? Ich habe Beweise, dass er es war, der in DC Roberts' Haus eingebrochen ist, und ich möchte, dass sein Zuhause durchsucht wird, besonders nach einer Kaminuhr, und dass er zum Verhör hergebracht wird. Ich werde Beweise mitbringen, dass er sicher mit Diebesgut gehandelt hat, wenn ich zurückkomme.«

Als er in Chelseas Zimmer zurückkehrte, stellte er fest, dass Carmichael und Chelsea den geschäftlichen Teil des Besuchs beendet hatten und sich nun allgemein unterhielten, wobei der Sergeant besonders gut mit einem Mädchen ihres Alters umging.

»Chelsea, ich werde dich jetzt um einen Gefallen bitten. Ich möchte mir deine Kerzenhalter ausleihen. Ich gebe dir eine Quittung dafür, aber ich muss etwas überprüfen.«

»Warum?«, fragte das junge Mädchen.

»Weil es wichtig ist, Chelsea.« Falconer wollte sie nicht beunruhigen, da er sicher war, dass sie sie in aller Unschuld als Geschenk erhalten hatte.

»Ich nehme an«, zuckte sie schließlich mit den Schultern. »Sie sind ein bisschen altmodisch, oder?«, schloss sie und griff danach.

»Lass mich das machen. Kannst du nach unten gehen und nach deinen Eltern sehen? Ich habe mir ein bisschen Sorgen um sie gemacht, als wir ankamen.«

»Wenn Sie möchten, aber sie werden wahrscheinlich schon beim Konterbier sein: und er ist mein Stiefvater, nicht mein Vater.«

Sie ging gehorsam wie gebeten nach unten, und Falconer zog ein Paar Handschuhe an, bevor er die Kerzenhalter von der Fensterbank nahm und sie in einen Beweisbeutel steckte, während er seinem Sergeant flüsternd seinen Anruf bei Green erklärte. »Geh du zuerst runter und lenk sie ab, während ich diese zum Auto bringe. Wir wollen nicht, dass sie Hartley anruft und ihn alarmiert, bevor Green dort ankommt, oder?«

»Was meinen Sie, Sir?«, fragte Carmichael, der noch nicht begriffen hatte, was vor sich ging.

»Ich glaube, das sind die Kerzenhalter aus dem Einbruch in Roberts' Haus, und ich habe Green losgeschickt, um den Verdächtigen, Chelseas Freund, abzuholen und nach der Kaminuhr zu suchen«, erklärte er.

»Oh Gott, Sir, das wird ihr das Herz brechen«, sagte der weichherzige Sergeant.

»Besser jetzt als später, wenn er ins Gefängnis geht«, entgegnete der Inspektor philosophisch.

»Wenn Sie meinen, Sir.«

»Das tue ich. Jetzt geh runter und bring sie alle unter irgendeinem Vorwand in die Küche, egal wie fadenscheinig. Ich möchte nicht, dass sie den Beweisbeutel sieht, sonst wird sie eins und eins zusammenzählen. Ich bin überrascht, dass sie es nicht schon getan hat.«

»Müssen wir sie direkt zur Wache zurückbringen?«

»Ich denke, sie können im Kofferraum des Autos überleben, bis wir die Sutherland-Frau gesehen haben, dann fahren wir zurück, und ich werde einen richtigen Termin machen, um mit Rev. Florrie zu sprechen. Um sicherzugehen, dass sie da sein wird. Es hat keinen Sinn, einfach vorbeizuschauen, falls sie gerade eine Damen-Makramee-Gruppe hat oder was auch immer pensionierte Kirchenleute in ihrer Freizeit machen. Wenn sie keine Zeit hat, kann es warten. Es ist wirklich nur ein kurzes Gespräch.«

Als sie vor dem Haus der Sutherlands anhielten, klingelte Falconers Handy, und er nahm ab, um PC Green am anderen Ende der Leitung zu hören. »Ich hab ihn, Sir, und die Uhr. Er sitzt in einer Zelle und wartet auf das Verhör. Haben Sie Ihre Beweise?«

»In meinem Kofferraum. Wir haben noch einen Besuch zu machen, dann kommen wir zurück, und Sie können ihn auch mit dem konfrontieren, was wir gefunden haben: natürlich erst, nachdem sie auf Fingerabdrücke untersucht wurden.«

»Er kann warten, der freche kleine Kerl«, antwortete Merv grinsend am Telefon. »Er kann ruhig noch eine Weile die Füße stillhalten, bis ich mein Mittagessen hatte. Vielleicht ist er dann eher bereit zu reden, nachdem er ein bisschen Zeit zum Nachdenken hatte.«

»Guter Mann, Green. Dann sehen wir uns bald.«

Lizanben sah deprimierend respektabel aus, als sie davor anhielten. »Was ist mit Millie Foster, Sir?«, fragte Carmichael, da sie aus ihren Plänen verschwunden zu sein schien.

»Ich habe entschieden, dass sie wahrscheinlich bei der Arbeit sein wird, also werden wir sie besuchen, wenn wir später zurückkommen. Sie läuft uns nicht weg.«

Wie erwartet öffnete Elodie Sutherland die Tür und wurde ganz schleimig, als sie sah, wer ihre Besucher waren. »Kommen Sie doch herein, meine Herren. Was kann ich heute für Sie tun? Doch nicht noch ein Mord, oder? Es gab schon drei.«

»Keineswegs, Frau Sutherland«, versicherte Falconer ihr. »Können wir reinkommen?«

»Natürlich. Möchten Sie Tee?«, fragte sie.

»Warum lassen wir nicht meinen Sergeant den Tee machen, während ich mit Ihnen spreche?«, schlug der Inspektor vor.

»Was für eine neuartige Idee. Die Küche ist hier entlang«, wies sie Carmichael an, während sie Falconer ins Wohnzimmer führte, wo ihre Mutter saß und einen Fernseher mit sehr leiser Lautstärke anschaute. Als sie sah, wie er die alte Dame ansah, sagte sie: »Machen Sie sich keine Sorgen um sie. Sie hört sowieso sehr schlecht. Die bewegten Bilder halten sie bei Laune.«

Falconer setzte sich, begleitet vom Geklapper seines Sergeants, der offenbar eine alte Blechkanne füllte. »Wir sind hergekommen, um Ihnen für die Hilfe für unseren DC Roberts zu danken«, begann er, wurde aber von dem unterbrochen, was sich wie ein Kugelhagel aus Richtung Küche anhörte. »Entschuldigen Sie mich einen Moment. Ich möchte nur sichergehen, dass DS Carmichael nicht Ihre häusliche Ordnung durcheinanderbringt.«

Als er die Küchentür öffnete, fand er Carmichael vor, der hektisch Schranktüren und Schubladen auf der Suche nach Tee, Tassen, Löffeln und Teebeuteln öffnete und schloss. »Langsam, langsam. Du klingst wie in einem Morecambe-und-Wise-Frühstückssketch. Hier, lass mich mal nachsehen«, ermahnte ihn Falconer.

»Besteckschublade unter dem Abtropfbrett«, wies er an, »Teebeutel in der Dose mit der Aufschrift 'Tee', Tassen und Untertassen im Wandschrank links vom Spülbecken, Zucker in der Zuckerdose und das Tablett zwischen diesen beiden Schränken. Ach ja, und die Milch findest du wahrscheinlich im Kühlschrank. Glaubst du, du kannst jetzt ein heißes Getränk zubereiten?«

»Danke, Sir.« Carmichael war mit den Abläufen in einer Küche nicht vertraut, da er so lange Arbeitszeiten hatte und Kerry ihn zu Hause maßlos verwöhnte.

Falconer kehrte in die seltsame Zeitkapsel zurück, die das Wohnzimmer darstellte, wo die alte Dame immer noch auf die bewegten Bilder auf dem Fernsehbildschirm starrte. »Ich habe DS Carmichael die richtigen Utensilien gezeigt, damit er uns einen Tee zubereiten kann«, teilte er Elodie mit.

»Vielen Dank, Herr Inspektor. Es ist so ungewöhnlich, dass mir jemand in meinem eigenen Haus eine Tasse Tee macht. Normalerweise mache ich alles, da Mutter so gebrechlich ist. Nicht wahr, Mami?«

Mami nickte, ohne den Blick vom Bildschirm abzuwenden, und Elodie gestand, dass sie möglicherweise einen Platz in einem Pflegeheim für ihr betagtes Elternteil finden müsse. »Sie wird ein bisschen inkontinent, verstehen Sie, und ich kann damit allein wirklich nicht umgehen: Ich bin selbst kein junges Hühnchen mehr.«

»Das wird eine große Veränderung für Sie sein, nicht wahr?«

»Oh, ich habe Pläne, mich beschäftigt zu halten, Herr Inspektor. Ah, da kommt Ihr Sergeant mit dem Tee. Wo haben Sie denn diese Becher gefunden? Ich dachte, ich hätte sie für immer weggeräumt. Mami mochte früher einen Becher, aber seit ich den Haushalt übernommen habe, habe ich sie aus den Augen und das gute Porzellan hervorgeholt«, sagte Elodie und runzelte die Stirn über das Geschirr, das Carmichael ausgewählt hatte. »Macht nichts. Es ist einfach so schön, sich bedient zu fühlen. Vielen Dank, Sergeant. Ich nehme an, Sie haben den Earl Grey nicht gefunden?«

»Wen?«

»Schon gut, Carmichael. Stell einfach das Tablett ab und setz dich.«

»Ich wusste nicht, dass wir Adelige in dieser Sache involviert haben«, sagte der Sergeant in aller Unschuld.

»Es ist eine Teesorte, Sergeant. Machen Sie sich keine Gedanken darüber«, warf Elodie ein.

»Mein Sergeant hier könnte seinen eigenen Arsch nicht mit beiden Händen und einem Spiegel finden«, erklärte Falconer, ganz untypisch für ihn, was Carmichael einen Ausruf entlockte.

»Sir!«

Falconer warf ihm einen finsteren Blick zu und deutete an, dass er es später erklären würde.

Als Carmichael sich setzte, etwas gekränkt aussehend, und begann, Zucker in seinen Tee zu löffeln, fuhr Falconer dort fort, wo er zuvor aufgehört hatte. »Wie ich schon sagte, wir sind hier, um Ihnen für Ihr Eingreifen zu danken, als DC Roberts einem versuchten Raubüberfall zum Opfer fiel. Das war sehr mutig von Ihnen.«

»Ich habe nur getan, was jeder mit sozialem Gewissen getan hätte«, antwortete sie, bescheiden klingend, aber unaufrichtig.

»Es war eine mutige Tat, vor der viele Menschen, einschließlich der meisten Männer, zurückgeschreckt wären«, erwiderte Falconer ehrlich.

»Ich habe ein wenig trainiert, als Daddy starb«, gab Elodie zu. »Ich fand es notwendig, da zwei verletzliche Frauen allein leben. Es tut mir nur leid, dass ich nicht etwas früher hätte eingreifen können, um die Verletzungen zu verhindern, die er erlitten hat.«

»Glauben Sie mir, Frau Sutherland, wenn Sie nicht zu dem Zeitpunkt eingegriffen hätten, hätte er viel schlimmere Verletzungen davontragen können.«

»Ich freue mich, dass ich helfen konnte«, antwortete sie und schwenkte erneut die Fahne der falschen Bescheidenheit. »Einen Moment – Mami tropft Tee auf die Vorderseite ihrer Strickjacke.«

»Wir müssen sowieso aufbrechen. Nochmals vielen Dank für Ihren Bürgersinn, und vielen Dank für den Tee.«

»Wie geht es Ihrem Kollegen?«, fragte sie, während sie ihrer Mutter den Becher abnahm und sie energisch mit einem Taschentuch abwischte.

Falconer hatte die sich immer weiter ausbreitende Pfütze zu Frau Sutherlands Füßen bemerkt, und es war sicher kein Tee, der in den Teppich sickerte. Es war Zeit für einen diplomatischen Abgang, ohne der Frau weitere Peinlichkeiten zu bereiten, indem er zeigte, dass er es bemerkt hatte.

»Es geht ihm gut«, antwortete Falconer, ohne sie darüber aufzuklären, dass dies nur eine Vermutung war, da DC Roberts kein Kollege mehr war. »Wir finden selbst hinaus. Bemühen Sie sich nicht. Kümmern Sie sich um Ihre Mutter: Sie ist viel wichtiger.«

Als sie auf dem Weg zurück nach Market Darley waren, sprach Carmichael ein Thema an, das ihm seit dem Moment, als er vergessen hatte, wo die Tassen und Untertassen sein sollten und stattdessen die Becher gefunden hatte, durch den Kopf gegangen war. »Ich glaube, unsere Frau Sutherland wird genauso verrückt wie ihre Mutter«, erklärte er.

»Was bringt dich denn darauf?«

»Als ich diese Becher fand, lag ein verdammt großer Stein im Schrank daneben. Sehr rund und glatt, aber kaum etwas, das man in einen Schrank mit Bechern legt. Vielleicht verliert sie den Verstand.«

»Wahrscheinlich hat sie zu viel im Kopf mit ihren kirchlichen Pflichten, dem ganzen Putzen, Einkaufen und Kochen und der Pflege ihrer alten Mutter. Oder vielleicht wird er als Türstopper im Hochsommer verwendet. Ich denke nicht, dass ein Stein in ihrem Schrank ein Beweis für beginne Demenz ist, Carmichael. Ihre Mutter könnte ihn dort hineingelegt haben?«

»Sie ist viel zu alt und klein, um so etwas zu tun. Und warum haben Sie so eine schreckliche Sache zu mir gesagt, dass ich meinen eigenen Hintern nicht finden könnte?« Seine Mutter hatte nie schlechte Sprache erlaubt, und Kerry auch nicht, also war er es gewohnt, auf seine Worte zu achten.

»Ich habe gerade eine vage Idee, also werde ich warten, bis sie etwas klarer ist, bevor ich es erkläre, sonst bringe ich alles durcheinander und finde meinen Faden nicht wieder.«

Kapitel Achtzehn

Dienstagnachmittag

Als Falconer in sein Büro zurückkehrte und Carmichael direkt zur Kantine gehen ließ, da ihm der Treibstoff ausging, klingelte gerade sein Telefon. Er eilte, um abzunehmen, stieß seinen Namen hervor, und eine weibliche Stimme am anderen Ende sagte: »Ich rufe an, um zu erfahren, ob Sie Fortschritte bei der Suche nach Bonnie Fletcher gemacht haben.«

»Und Sie sind?«, fragte er und durchforstete verzweifelt sein Gedächtnis, um den Namen und dessen mögliche Verbindung zu ihm zu finden.

»Bonnie, wissen Sie, aus Robin's Perch«, sagte sie, ohne ihm weitere Erklärungen zu geben, worum es ging.

»Wo genau?« Er hatte jetzt wirklich Schwierigkeiten. »Und Sie sind?«, fragte er erneut und versuchte immer noch verzweifelt herauszufinden, worum es ging.

»Shepford St Bernard. Wanda Warwick«, kamen die Antworten.

»Und wonach haben wir gefragt?« Er musste aufgeben und um weitere Details bitten.

»Ihr Verschwinden im Februar. Ich war die Freundin, die sie als vermisst gemeldet hat, und ich wollte wissen, wie Sie vorankommen. Sie müssen sich an mich erinnern: die Hexe.«

Sofort fiel sie ihm wieder ein, und er konnte sich sogar das Innere ihres Cottages, Ace of Cups, vorstellen. »Einen Moment«, sagte er, »während ich die Akte überprüfe.« Eine schnelle Suche in seinem Computer förderte nur sehr spärliche Informationen zutage. Ungewöhnlich für vermisste Personen war sie nirgendwo gesichtet worden, und die einzigen Dinge in der Akte waren die ersten Befragungen ihres Arbeitgebers und ihrer Eltern, abgesehen von Wanda Warwicks.

»Ich fürchte, wir haben fast keine neuen Erkenntnisse in dem Fall, seit Sie sie als vermisst gemeldet haben. Möchten Sie, dass ich etwas unternehme?« Das war eine naive Frage, denn natürlich würde sie Maßnahmen erwarten, aber er hatte kaum eine Vorstellung davon, was er tun könnte, um das Interesse am Verschwinden der jungen Frau wiederzubeleben.

»Sie ist jetzt schon so lange weg, und ich mache mir wirklich Sorgen, was mit ihr passiert ist«, sagte Wanda mit echter Besorgnis in der Stimme. »Was glauben Sie, ist mit ihr geschehen?«

»Viele Menschen packen einfach ihre Sachen und hauen ab. Manchmal haben sie Sorgen, echte oder eingebildete, die ihr Leben so, wie es ist, unerträglich machen, und sie wollen einfach alles hinter sich lassen. Sie würden nicht glauben, wie viele Menschen jedes Jahr einfach weglaufen«, antwortete er und gab ihr ein wenig Honig ums Maul.

»Ich hätte nie gedacht, dass sie so etwas tun würde, ohne auch nur ihre Eltern zu informieren.«

»Manchmal sind es genau die, vor denen die Leute fliehen wollen. Ich fürchte, ich habe keine Informationen über sie, aber sollte sich etwas ergeben, werde ich Sie natürlich anrufen. Ich habe hier Ihre Nummer in der Akte.« Dessen war er sich sicher.

»Ich kann verstehen, dass jemand keinen Kontakt zu seinen Eltern haben möchte, aber ich dachte, sie würde sich zumindest bei mir melden.« Wandas Stimme klang nun recht traurig.

»Vielleicht dachte sie, Sie würden ihren Eltern sagen, wo sie ist, nur um sie zu beruhigen.« Falconer glaubte, jetzt die Oberhand zu gewinnen.

»Kann ich es bei Ihnen belassen, Inspektor?«, sagte die Frau. »Ich bin immer noch sehr besorgt um ihre Sicherheit.«

»Sie können sicher sein, dass Sie eine der Ersten sein werden, die es erfahren, wenn sich etwas ergibt, Frau Warwick.«

»Vielen Dank, Inspektor. Ich hoffe, bald von Ihnen zu hören.«

Da kann sie lange warten, dachte er. Bonnie Fletcher ist längst weg, mixt vielleicht Cocktails irgendwo wie in Kavos. Er machte sich eine geistige Notiz, nach neuen Beweisen zu suchen, schob Wanda Warwick aber schnell aus seinen Gedanken, als er Schritte den Raum betreten hörte und sich umdrehte, in der Erwartung, Carmichael zu sehen - aber er irrte sich. »Hallo, DC Tomlinson«, sagte er überrascht. »Ich dachte, Sie würden sich gerade einrichten.«

»Ich reise mit leichtem Gepäck, und ich konnte es kaum erwarten, in einen Fall involviert zu werden. Können Sie mich über Ihren aktuellen Fall informieren?«

»Ich werde Ihnen die Fallakte öffnen, und Sie können sie lesen, während ich kurz in die Kantine gehe, um zu sehen, ob DS Carmichael mir etwas zu essen übrig gelassen hat. Ich könnte einen Kaffee und ein Brötchen gebrauchen,
bevor wir heute Nachmittag losfahren.«

»Danke, Sir, und nennen Sie mich ruhig Neil.«

Er fand seinen Sergeant, wie er sich durch eine große Portion Shepherd's Pie, Pommes und Bohnen pflügte, was ihm das Wasser im Mund zusammenlaufen ließ bei dem Anblick seiner eigenen heimlichen Sünde in Sachen Essen, und er stellte sich vor, wie alles mit brauner Sauce übergossen war. »Ist das genug für dich?«, fragte er, mehr im Scherz als sonst etwas.

»Nein, aber ich hatte schon Eier, Würstchen und Pommes, also sollte mich das durchbringen.«

»Du musst ja ein Vermögen für Essen jede Woche ausgeben.« Diesmal war es kein Scherz.

»Ich weiß es eigentlich nicht. Kerry kümmert sich um all das Zeug, und wir haben Glück, dass wir gerade noch innerhalb der Grenze für Supermarkt-Lieferungen von Market Darley sind. Kerry bestellt alles online, sie könnte es selbst nie tragen.«

»Das kann ich mir vorstellen. Ich wollte dir nur Bescheid geben, dass Tomlinson zum Dienst erschienen ist, und ich habe ihm die

Fallakten gegeben. Ich werde jetzt etwas bestellen und meinen Zuckerspiegel aufbessern, dann werde ich versuchen, uns Termine für heute Nachmittag zu sichern. Wir wollen mit Millie Foster sprechen, und ich möchte gerne nochmal mit Rev. Florrie sprechen.«

»Wenn du fertig bist, könntest du Tomlinson in der Wache herumführen und ihn allen vorstellen? Das würde mir Arbeit abnehmen, und ich kann mich um diese Anrufe kümmern.«

»Wird gemacht, Sir«, sprudelte Carmichael hervor, den Mund voller Hackfleisch und Kartoffeln.

Als Carmichael ins Büro zurückkehrte, hatte Falconer Millie Foster im Telefonbuch gefunden und einen Termin für halb vier gemacht, da sie nur Teilzeit arbeitete, und einen mit Rev. Florrie für irgendwann zwischen halb vier und vier Uhr. Er hatte auch Erkundigungen am College für Weiterbildung in Market Darley eingeholt, um einen bestimmten Kurstyp und die Anmeldungen dafür zu überprüfen. Die Antwort gab ihm zu denken.

Es gab ihm auch gerade genug Zeit, John Hartley zu befragen, der nun schon einige Stunden in einer Zelle geschmort hatte: PC Green hatte ganze Arbeit geleistet, und der junge Bursche musste kurz davor sein zusammenzubrechen, jetzt, wo er wusste, dass die Kerzenständer gefunden worden waren, sowie die Kaminuhr, die Green aus dem Haus seiner Mutter entfernt hatte.

Es dauerte nicht lange, ihn so weit zu brechen, dass er den Einbruch in DC Roberts' Haus und die Beschmierung der Haustür gestand. »Ich hätt's besser wissen müssen, als in das Haus eines Bullen einzubrechen«, seufzte er, als er gebeten wurde, ein schriftliches Geständnis zu unterzeichnen.

»Ich glaube nicht, dass du sehr gut in solchen Dingen bist, Hartley. Warum tust du dir und uns nicht einen Gefallen und versuchst, auf den rechten Weg zu kommen und einen Job zu finden? Wie blöd war das denn, die Uhr deiner Mutter und die Kerzenleuchter deiner Freundin zu geben? Warum versuchst du nicht, anständig zu werden?«

»Wenn Chelsea mir vergibt, könnte ich es vielleicht tun, aber nicht, wenn ich in den Knast gehe. Sie wird mich sicher verlassen, wenn das passiert«, erklärte er betrübt.

»Du warst noch nie vor Gericht, obwohl du aktenkundig bist. Ich denke, du könntest mit einer Bewährungsstrafe davonkommen«, informierte Falconer ihn wahrheitsgemäß.

»Fantastisch! Vielleicht gibt sie mir noch eine Chance. Ich muss es ihr wegen der Kerzenleuchter sagen. Was für ein Mist. Ich hätte sie versetzen sollen, als ich die Gelegenheit hatte.«

»Wir hätten sie früher oder später in die Hände bekommen. Sie stehen auf einer Liste, die wir an alle Antiquitäten- und Secondhand-Händler sowie Pfandleiher verteilen.«

»Dann hätte ich damit nicht durchkommen können.«

»Sehr unwahrscheinlich. Nimm deine Strafe an und versuche, deine Hände bei dir zu behalten.«

Als er fertig war, stellte er fest, dass Tomlinson den Kern des Falles verstanden hatte und begierig darauf war, sie bei ihrem Nachmittagsbesuch zu begleiten. Wie er es ausdrückte: »Ich bin zwar noch nicht offiziell im Dienst, aber ich könnte nützlich sein.«

»In Ordnung, aber wir können nicht in meinem Auto fahren. Ich habe nur einen Zweisitzer, und ich habe viel zu viel Angst, in Carmichaels zu fahren. Es wird nur von Rost und Gummibändern zusammengehalten.«

Dies wurde mit einem empörten »Sir!« und einem Gegenangebot des neuen Kriminalbeamten quittiert.

»Wir könnten in meinem fahren. Es ist zwar nicht brandneu, aber ich halte es in gutem Zustand. Es ist ein alter Mercedes, und die laufen einfach immer weiter. Und es ist tadellos innen, außen und unter der Motorhaube – versprochen.«

»Danke, Tomlinson. Ich denke, wir nehmen das Angebot an, und Sie können uns während der Fahrt Ihre Gedanken zum Fall mitteilen.«

Als sie bei Daffodil Cottage ankamen, waren Carmichael und Tomlinson beim Vornamen und schienen sich blendend zu verstehen. »Ich denke, Sie bleiben besser draußen bei diesem Fall«, schlug Falconer vor. »Es ist schon schwierig genug, zwei von uns in eines dieser winzigen Cottages zu bekommen, besonders bei Carmichaels Größe, aber ich denke, wir werden nicht sehr lange brauchen, dann können wir Sie Rev. Florrie vorstellen. Sie ist eine sehr gute Frau.« In der Zwischenzeit kochte Elodie Sutherland vor Wut über den Besuch, den sie am Morgen erhalten hatte. Obwohl sie wusste, dass sie etwas zum Wohle der Öffentlichkeit getan hatte, hatte ihr das Durchsuchen ihrer Küchenschränke durch den Sergeant nicht gefallen, ebenso wenig wie die Bemerkung des Inspectors über die Inkontinenz ihrer Mutter. Es gab etwas, das sie tun musste und das nicht länger warten konnte, aber zuerst musste sie etwas von ihrem verstorbenen Vater holen. Und natürlich Mummy ein schönes heißes Milchgetränk zubereiten.

Rev. Florrie trank gerade eine Tasse Nachmittagstee nach einem hektischen Vormittag und frühen Nachmittag, als sie das Klopfen an ihrer Tür hörte. Als sie öffnete, fand sie Elodie Sutherland auf ihrer Türschwelle und lud sie sofort ein, sich zu ihr an den Küchentisch zu setzen. »Gehen Sie einfach durch, ich bin gleich bei Ihnen, Miss Sutherland«, sagte sie.

»Bitte nennen Sie mich Elodie«, erwiderte die imposante Gestalt und schritt den Flur hinunter. Rev. Florrie ging kurz in die Gästetoilette im Erdgeschoss und ging dann in die Küche, um eine weitere Tasse Tee zuzubereiten.

»Was kann ich für Sie tun« Es gab eine kurze Pause, dann schaffte sie es, den Namen auszusprechen, »Elodie?«

Miss Sutherland, mit verschränkten Händen auf der Tischplatte, sagte: »Es ging um meine Beichte neulich.«

»Was ist damit?«, fragte die Pfarrerin und goss Milch in die dunkelbraune Flüssigkeit.

»Ich war eigentlich noch nicht fertig, als wir abbrachen«, antwortete die Frau und blickte auf ihre Hände.

»Das tut mir leid. Möchten Sie zurück in die Kirche gehen, oder geht es hier auch?« Florrie stellte ihre Tasse vor sich hin und setzte sich gegenüber.

»Hier wäre in Ordnung. Es ist sehr freundlich von Ihnen, sich die Zeit zu nehmen.«

»Muss ich mich umziehen oder so?«

»Sie sind genau richtig, so wie Sie sind.«

»Sollen wir dann anfangen?«

»Es ging um die Morde«, begann Elodie Sutherland und fing an, in ihrer geräumigen Handtasche herumzuwühlen.

»Sie sagten, Sie hätten die drei Opfer mit Ihren bösen Gedanken getötet?«

»Das stimmt, aber wenn Sie mir mehr Zeit gegeben hätten, hätte ich Ihnen gesagt, dass ich diese Gedanken in Taten umgesetzt habe«, sagte sie, stellte plötzlich ihre Handtasche auf den Boden und legte ihre Hände wieder auf die Tischplatte, wobei sie einen alten Dienstrevolver hielt.

Rev. Florrie wich ängstlich vor dem Anblick der Waffe zurück und begann zu stottern. »Keine Sorge. Ich bin sicher, wir können die Angelegenheit ohne Gewaltanwendung klären.«

»Das können wir nicht, und das wissen Sie. Ich werde Ihnen erzählen, wie und warum ich getan habe, was ich getan habe, aber danach muss ich Sie auch töten.«

»Müssen Sie das?« Es war ein lahmes Flehen und erhielt keine echte Beachtung.

»Natürlich muss ich das. Aber zuerst muss ich beichten, um Absolution zu erhalten«, erklärte Miss Sutherland, als sei es das Selbstverständlichste der Welt, von jemandem im geistlichen Gewand Absolution zu erbitten und ihn dann zu ermorden.

Rev. Florrie riskierte einen Blick auf ihre Uhr und stellte fest, dass es erst fünfzehn Uhr fünfzehn war, und die beiden Detektive würden wahrscheinlich nicht vor halb vier – vielleicht sogar erst um vier Uhr – auftauchen. Sie musste diese Frau zum Reden bringen, um ihr eigenes Leben zu retten. »Erzählen Sie mir alles darüber. Gottes Liebe und Vergebung sind unendlich.« Besser, es klingt überzeugend, sonst könnte die Sutherland-Frau durchdrehen.

»Nun, erstens wollte ich Hauptchorsängerin sein. Gott sagte mir, dass ich diese Ehre haben sollte. Ich wusste, dass der alte Albert diese Position aufgrund seines Alters innehatte, und ich war die Nächste in der Reihe. Das Einzige, was ich tun konnte, um ihn zu beseitigen, war, ihn aus dem Weg zu räumen. Ich habe jahrelang darauf gewartet, dass er ›den Löffel abgibt‹, um es umgangssprachlich auszudrücken, und er machte einfach weiter und weiter, ohne je krank zu werden oder von einer schrecklichen Krankheit bedroht zu sein.

»Gott drängte mich ständig, etwas dagegen zu unternehmen, und ich musste zuhören. Ich war an einem Punkt angelangt, wo ich nicht länger warten konnte, also versteckte ich mich in der Chorsakristei und wartete, bis alle anderen gegangen waren. Ich schlich mich in die Sakristei direkt hinter den Chorgestühlen. Der alte Albert saß noch da und blätterte in seinem Gesangbuch, als ich herauskroch. Es war so einfach, mich über ihn zu beugen, ihn an seinem dürren Hals zu packen und zu drehen, bis er schlaff wurde und aufhörte zu krächzen und an meinen Händen zu kratzen. Er kaute immer an seinen Nägeln, also hatte ich glücklicherweise keine Kratzer. Er hatte keine Ahnung, wer ihm das antat.«

»Ich sah auch Pfarrer Monaghan auf dem Weg zu seiner Geliebten, als ich mich hinausschlich und vorsichtig nach Hause ging. Ich machte einen anonymen Anruf darüber, in der Hoffnung, dass sie denken würden, er hätte es getan.«

»Ich dachte immer wieder darüber nach, Chorleiterin zu werden, weil Gott nun entschieden hatte, dass er wollte, dass ich der Kirche auf diese Weise diene. Das gefiel mir noch mehr, also beschloss ich, dass auch Mrs. Pooley gehen musste. Wenn ich diese Position in die Hände bekommen könnte, könnte ich vielleicht auch die Position der Organistin ergattern, wenn ich mir etwas einfallen lassen könnte, um Willard Scardifield loszuwerden, aber die Dinge liefen nicht wie geplant.«

»Ich blieb nach dem Gottesdienst in der Nähe und schlich dann zurück in die Kirche. Mrs. Pooley war in ihr Spiel vertieft, und der Lärm verbarg meine Annäherung. Ich hatte mich wieder in der Sakristei versteckt und fand dort ein altes Misericord unter der Spüle. Ich dachte, ich könnte sie mit ausreichender Kraft treffen, um sie bewusstlos zu schlagen, also nahm ich es mit.«

»Sie fiel direkt auf die Manuale der Orgel, und der Lärm war gewaltig, also zog ich ihren Kopf zurück. In diesem Moment hörte ich Gottes Stimme wieder in meinem Kopf, also begann ich, die Kopie des Gesangbuchs anzusehen, die sie auf dem Notenständer hatte, und zufällig steckte ich meine Hand in meine Tasche. Ich hatte darüber nachgedacht, sie zu erledigen, wie ich den alten Albert getötet hatte, aber meine Hand stieß zufällig auf eine Wäscheklammer.«

»Ich trage immer eine bei mir, wegen etwas, das ich vor Jahren in der Müttervereinigung gelernt habe. Dass man plötzlich ein Klemmbrett braucht. Wenn man ein Stück Pappe und eine Wäscheklammer hat, ergibt das ein improvisiertes Brett, auf dem man Notizen machen kann.«

»Ich nahm die Klammer aus meiner Tasche und befestigte sie an ihrer Nase, dann nahm ich das Gesangbuch und begann, Seiten herauszureißen und sie ihr in den Mund zu stopfen. Sie hatte beide Positionen inne, die ich begehrt hatte - oh, vergessen Sie nicht, das zu berücksichtigen: schließlich ist Begehren ein Verstoß gegen eines der Zehn Gebote. Oh, wie ich sie in diesem Moment hasste.«

»Und dann ging alles ein bisschen schief, als Thea Scardifield gebeten wurde, die Chorprobe zu übernehmen. Mein Verstand hörte dort aber nicht auf. Ich wollte während der Kommunion die Hostie austeilen, und der Einzige, der das in unserer Kirche tat, war Silas Slater, und er musste als Nächstes dran glauben. Wenn ich die Chance bekomme zu studieren, würde ich gerne einen Abschluss in Theologie machen und selbst Pfarrerin werden. Ich würde so gerne ordiniert werden.«

»Sie verstehen doch, dass es Gottes Stimme war, die mir sagte, all dies zu tun? Ich handelte nur auf Anweisung von oben. Er spricht oft zu mir, und ich, als bloße Sterbliche, kann nicht anders, als seinem Gebot zu folgen.«

»Jedenfalls wartete ich an dem Sonntag, an dem ich Silas tötete, an der Seite der Kirche darauf, dass er ankam ...«

Millie Foster war sehr ehrlich über ihre Beziehung zu Pfarrer Monaghan gewesen und hatte Zeiten für ihr jüngstes Treffen angegeben, was ihm zumindest für Albert Burtons Tod ein Alibi verschaffte, und, obwohl sie sich der Zeiten seiner Ankunft und Abreise nicht ganz sicher war, auch für den Mord an Yvonne Pooley. Sie machte kein Aufheben darum, die Details ihrer Liaison zu gestehen, da sie sich sicher war, ohnehin schon Dorfgespräch zu sein. Sie waren nicht lange dort und, als Falconer und Carmichael wieder ins Auto stiegen, machte Carmichael plötzlich ein Geräusch wie ein erschrockener Strauß, worauf Falconer antwortete: »Was ist denn los, Sergeant? Sicher können Sie doch noch nicht schon wieder Hunger haben?«

»Mir ist gerade etwas eingefallen, Sir. Wissen Sie noch dieses Weihrauchfass-Dings, mit dem Silas geschlagen wurde?«

»Natürlich.«

»Und Sie sagten, es wäre nicht schwer genug gewesen?«

»Also, haben Sie es begriffen?«

»Dass der Mörder es wahrscheinlich mit einem Stein beschwert hat?«

»Ja. Und wo sind Sie kürzlich auf einen Stein gestoßen, der sehr fehl am Platz schien?«

»Im Küchenschrank dieser vertrockneten alten Schachtel.«

»Volle Punktzahl. Also werden wir ihr einen weiteren Besuch abstatten, nachdem wir bei Pfarrerin Florrie waren. Keine Eile. Sie läuft uns nicht weg.«

»Als er ankam«, fuhr Elodie Sutherland fort, während Florrie nervös die Waffe in ihren Händen beäugte, »gab ich ihm genug Zeit, in die Sakristei zu gehen, dann schlich ich mich hinein und versteckte mich hinter den Chorstühlen der Frauen. Ich musste das genau richtig timen, um ihm Zeit zu geben, sich anzukleiden und die Kohle anzuzünden, bevor er das Weihrauchfass an den Nagel außerhalb der Sakristei hängte, dann warten, bis er zurückging, um auf den Pfarrer zu warten - also Sie, damit ich ihn wieder herauslocken konnte.«

In diesem Moment klingelte es an der Tür, aber Florrie wurde durch die auf sie gerichtete Waffe auf ihrem Stuhl festgehalten und zum Schweigen gebracht. Es klingelte erneut, dann ein drittes Mal, diesmal begleitet von einem Klopfen. »Bleiben Sie einfach, wo Sie sind. Sie werden bald müde werden zu versuchen und weggehen«, sagte Elodie zwischen zusammengebissenen Zähnen. Ihre Nerven zeigten sich, und sie legte die Waffe wieder auf den Tisch, immer noch in einer Hand gehalten, da sie zu zittern begonnen hatte.

Es kam kein weiteres Geräusch von der Haustür, und sie machte Anstalten, ihr »Geständnis« fortzusetzen, als plötzlich die Hintertür aufflog und die Gestalt von Pfarrer Monaghan enthüllte. Elodie Sutherland sprang auf die Füße und richtete die Waffe auf ihn.

Pfarrer Monaghan blickte entsetzt auf das, was sich ihm bot, und ließ den lautesten und längsten Furz los, den Florrie je gehört hatte. Elodies Nerven versagten, und sie begann hysterisch zu lachen über diesen unerwarteten Eindringling und die noch unerwartetere Reaktion.

Florrie nutzte ihren Moment und kam brüllend von der anderen Seite des Tisches, um sich mit ihrem vollen Gewicht auf den Körper der Frau zu werfen, sie zu Boden zu stoßen und ihr die Waffe aus der Hand zu schlagen. Sie trat sie aus reinem Reflex weg.

In diesem Moment klingelte es erneut an der Tür und, Pfarrer Monaghan mit offenem Mund auf die Szene vor ihm starrend und Elodie Sutherland hilflos lachend am Boden zurücklassend, ging sie, um dem Ruf zu antworten. Es war fünfundzwanzig Minuten nach drei.

»Guten Tag, Inspektor Falconer, Sergeant Carmichael. Kommen Sie herein«, sagte sie mit klappernden Zähnen, ohne überhaupt zu bemerken, dass ein dritter Beamter bei ihnen war. »Wir haben hier eine etwas schwierige Situation, die, denke ich, Ihre professionelle Aufmerksamkeit erfordert.«

Sie führte sie in die Küche und sagte: »Da liegt Ihre Mörderin auf dem Boden. Sie hat mir alles gestanden. Und ich bin sicher, Sie kennen Rev. Monaghan, der gerade noch rechtzeitig hereingeplatzt ist. Er hat wahrscheinlich mein Leben gerettet, aber auf eine sehr ungewöhnliche Art und Weise.«

Tomlinson holte ein Paar Handschuhe und einen Beweismittelbeutel aus seiner Tasche und kümmerte sich um die Waffe. »Vielleicht möchten Sie uns vorstellen, Sir«, fragte er und wandte sich an den Inspektor.

»Wo ist Ihre Mutter, Fräulein Sutherland?«, fragte er, bevor er der Bitte nachkam. »Ist sie allein zu Hause?«

»Ich habe sie auf jeden Fall dort gelassen, aber inzwischen ist sie wahrscheinlich ins Land der Träume gegangen«, antwortete Elodie mit einem verschmitzten Grinsen.

Falconer begriff sofort und bellte: »Haben Sie sie unter Drogen gesetzt? Oder etwas Schlimmeres?«

»Ich habe ihr nur ein schönes warmes Milchgetränk gegeben, und sie sollte jetzt weg vom Fenster sein.«

»Rufen Sie einen Krankenwagen, Carmichael, fordern Sie Verstärkung an und informieren Sie das Sozialamt. Wenn sie sich erholt, wird die alte Dame einen Platz in einem Pflegeheim brauchen.

Ihre Tochter wird sich sicher nicht mehr um sie kümmern. Darf ich Sie bitten, für eine Aussage hierzubleiben, Rev. Monaghan?«

»Ich würde lieber nicht, wenn es Ihnen nichts ausmacht«, antwortete der Pfarrer. »Ich scheine einen peinlichen Unfall gehabt zu haben.«

»Lassen Sie ihn später auf die Wache kommen, Inspektor«, bat Florrie in seinem Namen, da sie eine ziemlich gute Vorstellung davon hatte, was der Unfall war, und seine Anwesenheit in ihrer Küche nicht länger ertragen wollte.

Kapitel Neunzehn

Immer noch Dienstagnachmittag

Nachdem eine weinende Elodie Sutherland weggebracht worden war und sie die Bestätigung erhalten hatten, dass der Krankenwagen ihre Mutter abgeholt hatte, betäubt, aber noch nicht tot, saßen die vier um Florries Küchentisch, damit sie den drei Detektiven genau erzählen konnte, was passiert war.

»... Aber sie hat mir nie zu Ende erzählt, was mit Silas Slater passiert ist«, schloss sie.

»Ich glaube, da können wir Ihnen weiterhelfen, Florrie. Sie sagten, sie versteckte sich in der Kirche und wartete. Wir vermuten, sie wartete darauf, dass Silas aus der Sakristei kam. In der Zwischenzeit hatte sie das Weihrauchfass genommen und einen schweren Stein hineingelegt. Als er in den Hauptraum der Kirche zurückkam, schwang sie es und traf ihn an der Schläfe - eher ein Glückstreffer als alles andere. Dann nahm sie den Stein heraus, um ihn mit nach Hause zu nehmen, und hängte das Weihrauchfass zurück an den Nagel, an dem es hing.

»Den Stein spülte sie ab und versteckte ihn in einem Küchenschrank, wo Carmichael hier zufällig darüber stolperte, als er dort einen Tee zubereitete. Nein, fragen Sie nicht«, sagte er, als Florrie den Mund öffnete, um zu fragen, was um alles in der Welt der Sergeant in der

Küche der Sutherlands Tee kochte.

»Hätte sie daran gedacht, ihn in den Garten zu werfen, hätten wir ihn wahrscheinlich nie gefunden. Vielleicht hat ihre Mutter sie abgelenkt, und sie hat ihn einfach außer Sichtweite gelegt und vergessen, was sie getan hatte, nachdem sie sich um ihre Mutter gekümmert hatte. Das ist nur Spekulation, aber zweifellos wird sie es uns erzählen, wenn wir sie befragen. Es hat keinen Sinn für sie, irgendetwas zu leugnen, wenn sie Ihnen alles gestanden hat.

»Und es ergibt Sinn, dass sie es war, die den anonymen Anruf tätigte, nachdem sie einen Blick auf Rev. Monaghan nach dem ersten Mord erhascht hatte. Es war eine großartige falsche Fährte, und der Herr kooperierte nur widerwillig, obwohl seine Freundin viel mitteilsamer war.«

»Er ist wirklich ein widerlicher Mann. Ich nehme an, diese Sache mit seinem Fremdgehen wird jetzt alles herauskommen, da der Fall gelöst ist«, sagte Rev. Florrie.

»Ich vermute, dass es in ziemlich großem Umfang in die Presse kommen könnte«, erwiderte Falconer mit einem Funkeln in den Augen. »Das sollte den Bischof aufhorchen lassen.«

Florrie klatschte vor Freude in die Hände. »Ich hoffe, das bedeutet, dass er in eine andere Gemeinde versetzt wird. Oh, Daumen drücken. Wir könnten einen geheimen Dankgottesdienst für unsere glückliche Befreiung von seinen ständig wandernden Händen, seinem Körpergeruch, seiner Mundgeruch - und seinen duftenden Blähungen abhalten.«

»Geht es Ihnen gut? Sie haben einen bösen Schock erlitten, als Sie sich plötzlich in Gefahr befanden«, erkundigte sich der Inspektor. Er dachte, sie rede ziemlich wirr.

»Ich werde zu Frau Mundy gehen und um eine Tasse Tee und eine Schulter zum Ausweinen bitten. Sie wird begeistert sein, genau zu erfahren, was passiert ist, und die Erste mit den Neuigkeiten zu sein.«

»Sagen Sie ihr, sie soll es vorerst nicht zu weit verbreiten. Es ist noch früh.«

Zurück auf der Wache hatte Falconer Roberts auf seinem Handy kontaktiert und erklärte ihm, dass sie die Kerzenständer von dem Einbruch in seinem Haus sichergestellt hatten. »Nein, wir können sie Ihnen nicht zuschicken. Sie wissen, dass sie als Beweismittel bis nach der Verhandlung des jungen Mannes bei uns bleiben müssen.« »Nein, natürlich haben wir Ihr Bargeld nicht zurückbekommen. Wie um alles in der Welt sollten wir es identifizieren? Natürlich werden wir

Sie über das Datum informieren, damit Sie hier sein können, wenn Sie kommen möchten. Sie haben jetzt was? Gürtelrose? Roberts, Sie sind einzigartig.«

Als er auflegte, drehte er sich um und verkündete sowohl Carmichael als auch Tomlinson: »Roberts hat jetzt Gürtelrose. Man spricht von *Taten*, die Bände sprechen. Ich fühle mit seinen neuen Kollegen. Als Nächstes wird es die Beulenpest sein, wenn ich unseren ehemaligen DC kenne.«

»Ich habe gerade einen Anruf aus dem Krankenhaus bekommen«, erklärte der Sergeant, »dass Frau Sutherland das Bewusstsein wiedererlangt hat und dass sie einen Platz in einem Pflegeheim für sie gefunden haben, wenn sie entlassen wird. Sie haben festgestellt, dass sie mit Schlaftabletten betäubt wurde, und der Hausarzt ihrer Tochter hat bestätigt, dass sie diese wegen der „Stimme in ihrem Kopf" verschrieben bekommen hatte. Er hatte sich schon ziemliche Sorgen um sie gemacht, war aber entsetzt darüber, was sie ihrer Mutter angetan hatte.

»Warten Sie nur, bis er hört, was sie sonst noch alles angestellt hat«, sagte Carmichael zu ihm. »Er hätte sie definitiv früher zur psychiatrischen Beurteilung überweisen sollen, wenn sie Stimmen gehört hat, obwohl es scheint, dass sie dachte, es sei Gottes Stimme, die ihr sagte, was sie tun sollte.«

»Jetzt müssen wir uns nur noch um die Tochter kümmern. Lass uns das erledigen. Tomlinson, wir sind so schnell wie möglich zurück, dann gehe ich die Gebietskarte mit dir durch und erzähle dir ein bisschen über die heikleren Gegenden.«

Als Falconer den Verhörraum betrat, verschlug es ihm den Atem, als er seine ehemalige Beinahe-Freundin, Hortense »Honey« Dubois, die psychologische Beraterin der Polizei, mit seiner Verdächtigen sitzen sah. Sie hatten sich vor einigen Monaten im Streit getrennt, und er war sprachlos vor Verlegenheit, aber auch ein seltsames warmes Gefühl breitete sich von seiner Mitte nach außen aus.

»Guten Tag, Inspektor Falconer«, sagte sie, ihre sanfte Stimme ließ die Haare in seinem Nacken zu Berge stehen. »Ich hoffe, es geht Ihnen gut.« Sie lächelte.

»Doktor Dubois. Wie schön, Sie wiederzusehen«, erwiderte er, seine Stimme rau vor Emotion. Warum fühlte er sich emotional so aufgewühlt? Sie war ihm alles andere als treu gewesen, und er hatte geschworen, nie wieder etwas mit ihr zu tun zu haben, doch hier war diese alte Sehnsucht, die er früher gefühlt hatte.

»Fräulein Sutherland möchte lediglich eine Aussage machen. Sie leugnet nichts und behauptet, Gott habe ihr befohlen, es zu tun, damit sie ihm besser dienen könne.«

»Sie haben mit ihr gesprochen?«

»Ja, und ich würde gerne ein Wort mit Ihnen wechseln, nachdem Sie Ihr Gespräch geführt haben.«

Falconer schaltete das Doppeltonband ein und sprach die notwendigen Einleitungen, wobei seine Stimme nicht ganz fest war. Elodie Sutherland erzählte ihre Geschichte ohne zu zögern, leugnete nichts bezüglich der Morde und fügte hinzu, dass sie den Anweisungen, die sie in ihrem Kopf gehört hatte, gehorchen musste, um dem Herrn besser zu dienen. Sie brauchte keine Befragung, sondern begann mit ihrer Erzählung, nun von ihrem Beinahe-Zusammenbruch bei der Verhaftung zu einem fast triumphierenden Bericht wiederhergestellt.

»Ich hörte die Stimme des Herrn«, begann sie, »und er sagte mir, dass er wollte, dass ich meiner Kirche in einer umfassenderen Weise diene. Er sagte, ich solle die musikalische Anbetung der Kirche leiten, indem ich die Stelle des Chormeisters übernehme, und dass ich das tun sollte, indem ich Albert Burton beseitige, der zu alt war und zu seinem Schöpfer geschickt werden sollte, da seine Zeit vorüber war.

»Ihm das Genick zu brechen, war für mich keine Schwierigkeit, da ich einen Selbstverteidigungskurs in Market Darley gemacht hatte, als Vater starb, da es nicht angemessen war, dass zwei schutzlose Frauen ohne irgendeine Art von Schutz zusammenlebten. Es gefiel mir so gut, dass ich einen weiteren Kurs in unbewaffnetem Kampf machte, und Mutter im ganzen Haus herumzutragen, hat Wunder für meine Muskeln bewirkt. Ich trainiere auch mit Hanteln, die Sie zweifellos finden werden, wenn Sie mein Zuhause durchsuchen.«

An dieser Stelle starrte Carmichael Falconer an, der lediglich mit dem Kopf nickte, um zu bestätigen, dass er das bereits festgestellt hatte.

»Das reichte jedoch nicht aus, denn die Stimme in meinem Kopf kehrte zurück und sagte mir, ich solle den Chor als seine Meisterin leiten« - sie errötete, als sie an die geläufigere Bedeutung des Wortes dachte. »Das bedeutete, dass ich etwas wegen Yvonne Pooley unternehmen musste. Ich muss zugeben, dass ich die Frau nie gemocht habe, und es hat mich nicht betrübt, angeleitet zu werden, sie zu beseitigen: Sie war eine so arrogante Frau. Ich dachte, ich hätte angemessen mit ihr umgegangen, so wie ich es mit dem alten Herrn Burton getan hatte, indem ich ihn in seinen geliebten Chorsitzen verabschiedete.

»Wehe dem, der den Befehlen des Herrn nicht gehorcht.« An dieser Stelle war definitiv ein herausfordernder Funke in ihren Augen, und Falconer schaute für einen Moment weg, so verstört war er. Er war noch nie zuvor auf einen Fall von echtem religiösem Wahn gestoßen, obwohl er sich nicht sicher war, ob er jetzt einem gegenüberstand.

»Der Herr, mein Gott, wollte, dass ich dem Leib seines einzigen Sohnes diene, der je auf Erden wandelte, indem ich den Leib Christi beim Abendmahl austeilte, und ich musste tun, wie mir geheißen wurde. Silas Slater war der Einzige, der zwischen mir und Gottes Aufgabe für mich in seiner Kirche stand, und so ging ich an jenem Sonntag dorthin, um genau das zu tun.«

»Hatten Sie vor, auch Pfarrer Feldman zu töten?«

»Natürlich. Wie sonst hätte ich meiner höheren Berufung folgen können, die Herde von Ford Hollow zu führen?«

»Ist das der Grund, warum Sie nichts dagegen hatten, dass es eine Pfarrerin in der Gemeinde gab? Sie erscheinen mir als jemand, der darauf ziemlich negativ reagiert hätte, da Sie so traditionell sind.«

»Wie hätte ich möglicherweise Einwände haben können, wenn ich ihre Rolle schließlich selbst wollte?«, antwortete sie mit einem schmallippigen Lächeln.

»Ich verstehe.« Falconer verstand es fast, war aber immer noch entsetzt darüber, was die Frau für angemessen gehalten hatte, als Antwort auf ihre Berufung von ihrem Herrn zu tun. Schließlich, was war mit *Du sollst nicht töten*?

»Wie geht es meiner Mutter?«, fragte sie plötzlich und wechselte das Thema. »Ich kann mich irgendwie nicht erinnern.« Elodies Gesicht verdüsterte sich bei diesen Bemerkungen, und sie sah plötzlich unsicher aus.

»Frau Sutherland ist im Krankenhaus, wird aber in ein Pflegeheim verlegt, sobald sie fit genug ist, Fräulein Sutherland.«

»Warum ist sie im Krankenhaus? Ich verstehe das nicht.«

»Weil Sie ihr, bevor Sie zum Pfarrhaus gingen, ein milchiges Getränk mit einer Überdosis Schlaftabletten gegeben haben.«

»Das kann ich nicht getan haben. Ich würde mich erinnern.« Sie war nun verzweifelt, und Tränen glitzerten in ihren Augen. »Ich würde Mami nie so etwas antun.«

»Ich fürchte, Sie standen unter großem Stress, als Sie sich um sie kümmerten, und leiden möglicherweise unter einer leichten traumatischen Amnesie wegen dem, was geschah, als Sie das Pfarrhaus erreichten«, erwiderte Falconer, entschlossen, ihr nichts über das, was sie getan hatte, vorzuenthalten. Es war ihm gelungen, Honeys Anwesenheit zu ignorieren, und er führte dieses Gespräch so, wie er jedes andere geführt hätte.

»Wären Sie bereit, eine Erklärung über diese drei Todesfälle und Ihre Absichten gegenüber Pfarrerin Feldman zu unterschreiben?«

»Das würde ich, nur nicht den Teil über Mami. Das kann ich nicht getan haben. Und Sie müssen sich daran erinnern, dass ich, was die Todesfälle betrifft, alles auf Geheiß des Herrn tat.«

Das war in Ordnung für den Inspektor. Es würden sich keine anderen Fingerabdrücke auf der Tasse, dem Topf und der Milchflasche finden als die von Fräulein Sutherland und ihrer Mutter, und sie würde nicht in der Lage sein, die Anklage wegen versuchten Mordes zu leugnen.

Als sie in ihre Zelle zurückgebracht wurde und darum bettelte, ihre Mutter besuchen zu dürfen, ohne jegliche Erinnerung an diese Tat zu zeigen, ging Honey zum Fenster, um hinauszuschauen, während Falconer und Carmichael die Bänder aus dem Gerät nahmen und ihre Papiere zusammensammelten. »Und Sie können mir meine Mütze am Ende des Tages zurückgeben«, sagte Falconer plötzlich, ohne jeden Zusammenhang. »Entweder haben diese Henna-Tattoos angefangen zu verblassen, oder Ihre Haare müssen genug gewachsen sein, dass es aussieht, als hätten Sie gerade einen sehr kurzen Haarschnitt gehabt.«

»Ach, Chef«, sagte Carmichael mit echter Enttäuschung in der Stimme.

»Und genau deshalb. Ich möchte nicht, dass du dich zu sehr daran gewöhnst, weil ich es selbst wirklich mag. Es passt perfekt, wenn ich das Verdeck vom Auto habe und der Wind durch meine Haare weht. Du kannst es im Büro lassen, wenn du heute Abend Feierabend machst.«

Carmichael platzte plötzlich damit heraus, was ihm auf der Seele lag. »Sie sahen aus, als hätten Sie bereits von ihren Kursen in Selbstverteidigung und waffenlosem Kampf gewusst.«

»Das liegt daran, dass ich es wusste. Bei allem, was passiert ist, habe ich vergessen, dir zu sagen, dass ich früher am Tag beim College angerufen und die Informationen von ihnen bekommen habe. Ich hatte das Gefühl, dass derjenige, der den ersten Mord begangen hat, ziemlich starke Hände haben müsste, und nachdem du diesen Stein in Sutherlands Küchenschrank gefunden hattest und sie eine beiläufige

Bemerkung über Selbstverteidigung gemacht hatte, habe ich Erkundigungen eingezogen, da ich mir nicht vorstellen konnte, wie sonst eine Frau in ihrem Alter das hätte tun können.«

Carmichael machte sich auf den Weg zurück ins Büro, und Falconer fand sich plötzlich allein mit Honey wieder, wobei er sich verlegen räusperte. »Es tut mir leid, wenn ich harsch erschien, aber ich kann Untreue nicht gutheißen«, krächzte er, ziemlich unfair (wenn auch nicht nach seinen peniblen Standards), wobei das unruhige Gefühl, das er bei ihrem ersten Anblick verspürt hatte, zurückkehrte.

»Es tut mir leid, dass mein Urteilsvermögen so getrübt war, dass ich etwas Schreckliches getan habe, ohne nachzudenken. Kannst du mir je verzeihen?«

Falconer stand eine ganze Minute schweigend vor ihr, dann fragte er: »Ist sie verhandlungsfähig?«

»Im Moment bin ich mir nicht sicher. Ich werde sie noch einmal sehen müssen.«

»Ich auch.«

Es folgte ein weiterer Moment peinlichen Schweigens, bevor Honey wieder sprach. »Können wir nicht wenigstens zusammen einen Drink nehmen, der alten Zeiten wegen?«, fragte sie und legte sanft ihre Hand in seine.

Er zog seine Hand weg und sagte: »Ich habe jetzt eine Art Freundin.«

»Es ist nur ein Drink«, sagte Honey, legte ihre Hand wieder in seine und lächelte zu ihm auf. »Nur für die guten alten Zeiten.«

Das Leben in Ford Hollow kehrte in seine vorherige sanfte Routine zurück. Pfarrerin Florrie machte Fortschritte bei der Rekrutierung neuer Mitglieder für den Chor, und es gab ein spätes Gemeindepicknick, bei dem die Sonne noch schien und es warm war, wenn man in ihr saß.

Die Baugenehmigung für die neuen Häuser wurde aufgrund von Umweltschäden und mangelnder Infrastruktur in der Nähe verweigert, und der Zustand der Wirtschaft machte es unwahrscheinlich, dass sie in absehbarer Zukunft je an einen Bauträger weitergegeben worden wäre. Landbank Ltd. musste daher Konkurs anmelden, und die vier Männer gingen getrennte Wege, um ihre Wunden im Privaten zu lecken.

Pfarrer Monaghan wurde tatsächlich vom Bischof versetzt, der unmissverständlich klar machte, dass er nur handeln musste, weil er aufgeflogen war. Er wurde in eine Gemeinde versetzt und seiner Position als Leiter eines Pastoralteams enthoben, nachdem ihm gesagt wurde, er solle sich in Zukunft benehmen und sich um seine Frau kümmern, die bald ein Kind erwartete.

Elodie Sutherland wurde für verhandlungsunfähig erklärt, durfte aber in Begleitung das Pflegeheim besuchen, um ihre Mutter zu sehen.

Inspektor Falconer lebte derweil in einem Zustand emotionaler Verwirrung, unfähig, seine genauen Gefühle für Honey zu ordnen, und fühlte sich Heather Antrobus gegenüber, seiner derzeitigen lockeren Freundin, äußerst schuldig. Er hatte viel nachzudenken und konnte die Weichheit von Honeys Haut und ihre Zartheit nicht aus dem Kopf bekommen. Ihre kaffeebraune Haut erschien oft in seinen Träumen, und er hatte keine Ahnung, was er mit seinen Gefühlen anfangen sollte.

Sein einziger Trost und seine einzige Beruhigung fand er derzeit bei seinen Katzen, die ihn liebten, weil er sich um sie kümmerte und weil er eine Dose öffnen konnte.

ENDE